# 시교육 방법과 실제

노철 지음

보고사

# 서문

　시가 무엇인가라는 질문은 애초부터 우문이다. 시는 늘 딱 붙잡히는 물건이
아니기 때문이다. 꼭 붙들라치면 물처럼 미끄러져 빠져나간다. 시는 너무도 많
은 형태와 세계를 지니고 있다. 더구나 지금도 새로운 시가 자꾸 생성되면서 무
한히 확장되고 있다.

　그러나 근본적인 어려움은 시가 인간의 정신과 심리 영역에서 발생하기 때
문에 일정한 틀로 담아낼 수 없다는 데 있다. 시의 영역인 인간의 정신과 심리
란 무엇인가, 육체가 사라지면 함께 사라지는 물질인 체험과 감각이 빚어낸 것
이 아닌가. 시가 보이지 않는 영역에 있으면서도 함께 공감할 수 있는 것은 이
처럼 체험과 감각으로 존재하기 때문일 것이다.

　시는 체험과 감각을 언어로 빚어낸다. 현실적인 사건에 대한 감정, 감정 상태
에 따른 심장의 박동, 흥분 상태에 다가오는 사물 등을 다양한 방식의 언어로 조
직한다. 그러므로 시를 향유하는 것은 언어로부터 육체적 체험과 감각을 거쳐 정
신·심리 영역을 만나는 일인지도 모른다. 이러한 시를 만나는 일이 즐거운 것

은 위의 세 가지 영역 가운데 어디에선가 즐거움을 얻기 때문일 것이다. 시교육은 이러한 언어, 감각과 체험, 정신과 심리의 세 영역을 향유하는 방법을 가르치는 일이다.

그런데 지금까지 시교육의 방향을 좌우했던 문학이론들은 세 가지 영역 가운데 특정 부분에 강조하는 경우가 대부분이었다. 특정 영역을 강조하면서 나머지 영역을 소홀히 하거나 멀리하는 경우가 있었던 것이다. 더구나 현실적으로 특정 문학이론의 발생과 선호는 예술적 입장을 벗어난 사회적 · 정치적 입장이 미묘하게 작용해 왔다. 그러므로 시교육에서 특정 문학이론이 우세하게 되면 예술과 사회 · 정치에서 모두 특정 권력의 지배가 발생하게 마련인 것이다.

하지만 시교육은 민주적이어야 한다. 시에 대한 다양한 이해를 인정하고 학습자가 스스로 그 가능성을 탐구하는 장을 마련해야 한다. 교사는 학습자가 다양한 시를 이해하고 체험하도록 도와주어야 하는 것이다. 그러므로 시교육 교사가 시와 문학이론의 관련을 이해하는 것은 필수적이다. 교사의 시에 대한 이해가 깊을

수록 학습자에게 다양한 시의 향유 방법을 제시할 수 있다. 그러기 위해서 교사는 개인의 특정한 선호를 넘어서 다양한 시를 교육할 필요가 있다. 따라서 이 책은 시에 대한 다양한 입장과 시교육의 관련을 살피고자 하였다. 그러나 그동안 시교육론은 교육의 현장보다 연역적인 이론에 치우쳐 실제적인 교육 방법에 천착하지 못했기에, 교육현장의 실례를 제시하여 향후 시교육의 새로운 방향과 방법을 찾는 기초를 마련하고자 하였다.

그러나 이 책을 쓰면서 시를 이해하고 가르친다는 것이 아직도 멀었다는 것에 스스로 부끄러웠다. 이러한 부끄러움을 무릅쓰고 이 책을 출간한 것은 아직도 시교육론이 정립되지 못한 현실에서 필자의 고민을 밝힘으로써 서로 간의 많은 대화가 가능하리라는 믿음 때문이다. 끝으로 이렇듯 둔탁한 필자를 믿고 이 책이 세상에 나오도록 애써주신 보고사에 진심으로 감사드린다.

2002년 8월
노철

# 목차

제1부
# 시교육의 이론과 실제

# Ⅰ. 시교육의 방법과 문학이론

시교육의 목적은 일반적으로 크게 세 가지 정도로 설정되어 있다. 첫째, 시가 고도의 언어 예술이므로 높은 수준의 언어교육을 할 수 있다. 둘째, 시가 인간의 심리적 진실과 삶을 담고 있으므로 정서적, 지적 통찰력을 증진시킬 수 있다. 셋째, 시를 읽고 쓰는 과정에서 상상력과 감수성을 향상시킬 수 있다. 그러나 이러한 목적을 수행할 시교육 방법은 아직까지 충분히 정립되지 못하고 있다. 그것은 시가 인간 심리와 정신 활동의 산물로서 논리적 체계로 설명할 수 없는 영역이라는 근본적인 한계를 가지고 있기 때문이다. 그렇다고 해도 시교육의 현장에서 교육방법이 미흡한 이유를 살펴볼 필요가 있다.

현상의 시교육은 인상비평 차원에서 수행되는 경우가 대부분이다. 그것은 시와 문학이론에 대한 이해가 부족한 교육 방법에서 연유한다. 시교육의 세 가지 목적은 각각 특정한 문학이론과 밀접한 관련을 가지고 있다. 각각의 문학이론은 시에 대한 이해의 방법을 체계적이고 깊게 할 가능성을 내포하고 있는 것이다. 따라서 시의 고유한 특성을 이해하기 위해서 문학이론에 대한 이해가 필요하며, 그 이해를 바탕으로 시교육 방법을 정립할 필요가 있다.

물론 그 동안 우리의 시교육은 어떤 형식으로든 문학이론과 밀접한 관련을 가져왔다. 때로는 문학 외적인 정치·사회적 목적이 시교육의 목적과 방법을 특정 목적에 귀속시키는 경우가 있었지만 이 때에도 문학이론은 특정 목적을 합리화하는 방향으로 작용해왔다. 또, 시교육 방법의 변천과정은 특정한 시교육 방법의 문제점을 해결하기 위한 노력이었다. 따라서 각 문학이론이 시교육 방법과 어떤 관계를 맺고 있고, 교육적 효과와 의의가 무엇인지를 살펴볼 필요가 있다.

## 1. 시교육의 방법과 문학이론의 관계

시교육은 일차적으로 문학으로서 시와 사회적 효용으로서 교육이 결합되어 있지만, 시가 본질적으로 문학이므로 시교육은 시에 대한 이해 방식의 역사가 축적되어 있다. 시의 이해 방식으로 가장 오래된 것은 저자 읽기 방식인 모방설과 표현설이다. 모방설과 표현설은 '시는 시인이 체험한 삶과 정신이 농축된 텍스트'로 본다. 이러한 입장을 기반으로 한 시교육은 시를 통해 시인의 삶과 정신을 읽는 것을 목적으로 삼는다. 시인의 개인적 생애와 시대적 삶의 관계를 고려하여 시를 통해 시인의 삶과 정신을 재구성하는 방법인 것이다. 그러므로 시에서 저자의 의도를 읽고 감동하는 것이 훌륭한 독자가 되는 길이 된다.

이러한 시 읽기는 교육의 소통구조에서 보면 저자가 주체가 되고 독자는 저자에 종속되게 된다. 시를 저자의 특권적 공간으로 설정함으로써 독자를 수동적인 존재로 자리잡게 하는 것이다. 한국의 현대시 교육은 이러한 저자 읽기의 교육에 상당히 쏠려 있다. 한국현대시사는 대부분 역사적 체험과 개인적 반응을 재구성하는 역사·전기비평의 관점으로 서술되고 있으며, 이러한 관점은 다시 작품 읽기에도 적용되고 있다. 한 시인의 탄생부터 죽을 때까지를 추적하여 시인론을 구성하고 그 시인의 업적을 소개하는 것도 같은 방법론이다. 이러한 방법론은 학습자가 시를 통해 시인의 삶과 정신을 배우는 장점은 있으나 시를 예술로 체험할 기회를 봉쇄당할 위험이 있다.

다음으로 오래된 것은 시를 독립된 텍스트로 읽는 방식이다. 이 방식은 작품을 저자로부터 독립된 하나의 세계로 인정하여 작품의 내적인 구조를 이해하려는 방법이다. 작품의 내적 구조에서 시인의 개인적인 특성보다는 인간의 보편적인 특성을 파악하거나 작품을 심미적 언어 구조로 파악하는 관점이 여기에 해당된다. 마르크스주의 비평이나 정신분석 비평 등이 전자에 해당된다. 마르크스주의 비평은 작품에서 저자의 의식과 행동을 넘어선 사회구조를 읽어내며, 정신분석 비평은 인간의 욕망과 충동의 구조를 읽어낸다. 반면에 구조주의 비평은 후자에 해당된다. 작품을 언어 구조로 보고 언어의 여러 요소들이 전체 맥락 속에서 심미적 세계를 이룬다고 보는 입장이다. 이러한 입장 가운데 우리 시교육에 가장 널리 상용되어 온 것이 신비평이다.

신비평은 세계, 작가, 독자를 비본질적인 것으로 보고 작품 자체의 구조만을 본질적인 것으로 본다. 시의 가치는 사상의 진위 여부가 아니라 섬세하게 잘 짜여진 구조가 빚어낸 심리적 진실에 있다. 그러므로 신비평의 시교육은 아름다운 형상(form)과 구조(structure)를 경험하는 데 주안점을 둔다. 작품 속의 단어 하나, 비유 하나도 전체 문맥의 유기적 관계 속에서 꼼꼼하게 읽는 것을 과제로 삼는다. 이러한 꼼꼼히 읽기는 시의 언어에 대한 이해와 심미적 경험을 증대시키는 데 매우 효과적이다. 하지만 꼼꼼히 읽기는 전문적인 감식안을 가진 독자가 아니고 불가능하다는 데 문제가 있다.

전문적인 감식안을 획득하기 위해서는 시에 관한 전문적인 지식의 습득 과정이 필수적이다. 학습자는 전문적인 비평가의 도움없이 시의 학습이 불가능한 것이다. 오늘날 시교육에서 아이러니, 파라독스, 비유, 상징 등의 지식 교육이 우선되는 현상은 신비평 방법론의 영향이다. 신비평은 시보다 지식이 우선되어 정작 시를 체험하는 기회가 줄어들 위험이 있는 것이다.

1960년대 이후 한국의 시교육은 신비평의 영향을 지대하게 받아왔다. 시의 형상성을 이해시키기 위해 '운율'과 '심상'에 관한 다양한 지식을 교육하여 왔으며, 시의 구조를 이해시키기 위해 '역설', '아이러니', '어조' 등의 지식[1]을 교육해 왔다. 이러한 시교육은 시의 감상이 단순한 인상비평을 넘어서 체계와 깊이를 획득하는 데 기여해 왔다. 하지만 몇몇 전문적인 비평가의 권위에 얽매여 다양한 감상을 방해한 것도 사실이다. 뿐만 아니라 작품의 단일한 의미를 확보하기 위한 경쟁 속에서 다양한 구조주의 이론을 수용하는 계기를 만들어 왔다. 그러나 시의 이해를 이론적 지식의 틀에 얽매이게 함으로써 정작 시의 심미성을 감상하기 어렵게 하는 경우가 많았던 것이다.

비평적 지식에 독자가 종속되는 신비평의 문제를 해결하려 한 것이 독자 반응을 중시하는 수용미학이다. 수용미학은 저자의 텍스트를 수용하는 독자의 의식, 입장, 견해 등이 독서 과정에서 구체적인 작품을 생성한다고 본다. 작품의 의미는 텍스트에 들어있지만 아직 확정될 수 없다. 독서 과정에서 독자가 느끼는 심미적 경험이 의미를 생성하기 때문이다. 독자가 텍스트를 읽지 않는다면 작품은 형성될 수 없다는 것이다.

텍스트에는 여러 코드가 복합적으로 들어 있고 독자의 경험 속에도

---

1) 김대행, 「시교육의 내용」, 『현대시 교육론』(시와 시학사, 1996), 33～51면.
   김재홍, 「시교육의 방법 : 시 수업을 어떻게 할 것인가」, 『현대시 교육론』(시와 시학사, 1996), 52～78면 등.

여러 코드가 내재해 있으므로 작품은 두 코드가 일치하는 지점에서 다양하게 생성된다는 것이다. 이 때 독자가 다양한 코드를 통해서 텍스트 속의 코드를 읽어내 하나의 구조를 만들기 때문에 한 텍스트에는 복수의 구조가 생성될 수 있다. 그러므로 수용미학은 독자의 반응을 주목한다. 그렇다고 모든 것을 독자에게 맡기는 것은 아니다. 텍스트의 구조와 독자의 기대지평이 일치하는 것을 전제로 한다.

이러한 이론에 근거한 시교육은 대학의 시교육에서 적지 않게 활용되고 있으나 중등교육에서는 거의 찾아보기 힘든 실정이다. 시에 대한 독자의 다양한 감상을 존중하고, 각자의 감상을 촉발하는 근거를 텍스트의 구조 속에서 찾아내는 학습을 수행하기에는 현 교육제도의 현실적 여건이 매우 미흡하기 때문이다. 그러나 보다 문제가 되는 것은 독자 반응을 이끌어내는 시교육 방법의 부재다. 독자 반응 과정을 교육할 프로그램 개발이 되어 있지 않은 것이다.

이상의 세 가지 시의 이해 방식은 현장에서 어느 것 하나 소홀히 할 수 없는 방법이다. 저자 읽기, 텍스트의 구조 읽기, 독자의 반응은 시교육에서 모두 필요하다. 특정 문학이론에 국한해서 시교육의 방법을 규정하려는 시도는 시교육의 풍부함을 도식화할 위험이 따른다. 실제로 교사의 시에 대한 이해의 정도가 시교육의 방법을 규정하는 중요한 변수가 되기 쉽다. 따라서 시교육의 성패는 교사가 시의 이해를 높이고, 그 이해를 바탕으로 교육 방법을 어떻게 체계화하느냐에 달려 있다고 해도 과언이 아니다. 그러므로 현장에서 활용할 수 있도록 세 가지 시교육 방법을 효과적으로 활용하는 프로그램 마련이 중요하다. 각 이론의 특성을 교육 프로그램 속에서 효과를 발휘할 수 있도록 배치해야 한다.

시교육 현장에서 학습자를 고려하면 맨 먼저 독자가 작품 읽기를 15

통해 시 감상에 주체적으로 참여하도록 유도할 수밖에 없다. 다음으로 언어 구조를 꼼꼼하게 읽어 고도의 언어를 이해함으로써 상상력과 감수성을 증진시킬 수 있다. 마지막으로 시를 시인의 삶과 정신에 관련지을 때 심리적 진실과 삶의 세계를 이해시킬 수 있다. 작품에 따라 저자의 생애, 사회의 구조, 욕망의 구조가 텍스트 속에 코드를 형성할 수 있으며, 독자의 기대지평도 이러한 코드를 형성할 수 있기 때문이다.

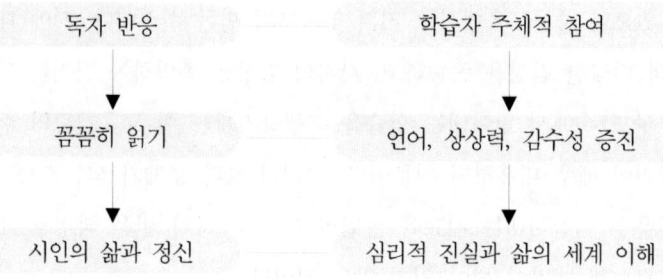

다음으로는 문학이론과 사회적 교육의 관계를 고려해야 한다. "문학이론은 순수한 사유의 영역에 존재하는 것이 아니라, 제도적 구조와 정치적 요인으로 이루어진 세계에 존재"[2]한다. 우리의 시교육에서도 문학교육 목표와 문학이론이 정치 · 사회적 요인과 밀접하다는 것을 보여주고 있다.

1955년에 문교부령 제46호로 고시된 국어과 교육 목표는 '개인적인 언어 생활의 기능과 중견 국민으로서 교양'을 강조한다. 실제로 수록된 시작품은 조국애와 민족의식을 강조하는 시와 순수 서정시를 집중적으로 수록하였다.[3] 이것은 '표현설과 모방설'을 정치적 요구에 맞

---

2) Robert Scholes, 『문학이론과 문학교육 : 텍스트의 위력』, 김상욱 옮김, 하우, 1995. 3~4면.

게 설정하고 시교육을 진행한 것이라 할 수 있다. 반면에 1980년대 제 5차 개정 교과서에서는 문학교육 목표가 새롭게 규정된다. 문교부 고시 제88-7호는 문학 작품을 통하여 문학에 관한 체계적인 지식을 갖추고 창조적 체험을 함으로써, 미적 감수성을 기르고 인간을 총체적으로 이해시키는 것을 목표로 설정하고 있다. 이 시기는 민주화 이후 국가 중심의 이데올로기 교육이 약화되면서 문학이 본격적으로 제 모습을 찾아가는 시기라 할 수 있다. 이에 따라 '문학에 관한 지식', '창조적 체험'과 '미적 감수성'이 문학 교육의 핵심이 된 것이다. 실제로 교과서에는 김종길의 비평인 「시와 언어」가 실려 있어 이를 뒷받침해 준다. 김종길은 현대시를 신비평의 입장에서 이해하고 교육하던 대표적인 문학교수이다.

우리는 시에 대한 올바른 접근을 통해 지성과 감성 사이의 섬세한 상호조절과 자기중심적인 편견을 제거함으로써 의식을 확대하고 심성을 도야할 수 있는 것이다.
이와 같은 바람직한 효과는 시작품의 의미파악을 통해서만 얻어지는 것이 아니다. 그것은 또한 시작품이 가지는 아름답고 완벽한 형식 내지 구조를 경험함으로써 얻어지기도 한다. 잘된 시작품이란 잘 짜여진 형식 내지 구조를 통해 심오하거나 섬세하거나 강렬한 진실을 담은 그 자체의 세계를 보여줌으로써 우리에게 감동과 삶의 세계에 대한 새로운 지각 내지 인식을 제공하고 우리에게 삶과 사물에 대한 애정을 일깨우고 꿈과 힘과 희망을 갖게 한다.[4]

---

3) 권혁준, 「문학비평이론의 시교육적 적용에 관한 연구」(교원대학교 박사논문, 1997), 52면 참조 : 논자는 이에 해당하는 작품으로 빼앗긴 들에도 봄은 오는가 (이상화), 고지가 바로 저긴데(이은상), 십일면 관음(김상옥), 옥저(김상옥), 아차산(이병기), 청포도(이육사), 알 수 없어요(한용운), 파초(김동명), 광야(이육사) 등을 들고 있다.
4) 김종길, 『시를 어떻게 읽을 것인가』(고려대학교출판부, 1998), 7면.(이 글은 1980년 ≪고대신문≫에 실린 글이다.)

이 글은 시를 텍스트 자체의 심미적 구조로 이해하는 신비평적인 시교육론의 표명이라 할 수 있다. 제7차 교육 과정의 국어 교과서 역시 이 틀을 벗어나지 않는다. 다만 독자의 자율성을 확대하는 점에서 차이를 보인다. 시 단원의 학습 목표에서 이런 점은 분명하게 제시되어 있다.

> 문학 작품의 아름다움은 작품을 구성하는 요소들이 유기적 관계 속에서 빚어내는 효과이다. 이 아름다움은 독자에 의해 제대로 파악될 때 가치가 있다. 즉 작품의 아름다움에 대한 자신의 생각을 독자 스스로 언어로 표현할 수 있을 때, 문학의 아름다움은 더욱 분명해진다.[5]

이전 교육 과정과 달리 독자에 대한 언급이 강조되고 있다. 학습자인 독자가 스스로 텍스트를 읽는 과정을 강조한 것으로 수용미학의 문학론을 받아들이고 있다.

독자 반응을 중시하는 이러한 시교육은 오늘날 사회구조를 수용하면서 정립된 것이다. 오늘날 미디어 문화를 체험한 세대는 이전의 독자처럼 수동적이지 않다. 인터넷을 통해서 자신의 기호에 따라 동호회를 만들어 자신의 기호를 향유하는 세대다. 뿐만 아니라 디지털 기술을 활용하여 기존의 문화를 변형하거나 조립함으로써 스스로 향유와 창조를 동시에 즐긴다. 시의 교육도 이러한 세대의 문화 향유 과정을 보장하지 않을 수 없게 된 것이다.

따라서 오늘날 시교육은 그 동안 제기된 여러 이론을 교육 현장에서 실제로 활용할 수 있는 방법적 모색이 절실하다. 독자가 텍스트와

---

 **18**

5) 교육인적자원부, 『고등학교 국어(상)』(두산, 2002), 228면.

시의 내적 구조를 일치시키는 과정에서 심미적 경험을 구체화하는 방법을 찾아야 하며, 독자 스스로 막연했던 심미적 코드를 깊이 있게 향유하는 능력을 배양시켜야 한다. 그러므로 이 장에서는 앞에서 제시한 단계적 학습 프로그램을 구체적으로 확립하기 위해 수용미학의 시교육 방법, 신비평의 시교육 방법, 역사·전기비평의 시교육 방법을 살펴보고 시교육의 방향을 제시하고자 한다.

## 2. 수용미학과 시교육의 방법

시교육은 창작된 시를 텍스트로 하여 이루어진다. 그것도 현재 존재하는 텍스트를 기반으로 할 수밖에 없다. 그런데 우리의 현실은 비평가가 상대적인 전문성을 담보로 시의 의미를 고정하여 텍스트를 확정하는 경우가 허다하다. 텍스트가 한 의미로 고정될수록 정형화된 사유와 감성이 강요된다. 이러한 강요는 수용자의 주체적인 참여를 위축시켜 시교육을 어렵게 한다. 이러한 현상에 대한 반성으로 제기된 것이 수용론으로, '학습자의 자발성과 자율성을 이끌어내기 위해 의미의 다양성을 인정할 것을 논리화'[6]하고 있다. 그러나 이러한 논리가 실제적인 교육으로 이어지기 위해서는 구체적인 예가 필요하다. 그러므로 여기서는 실례를 통해 독자 반응과 텍스트의 구조를 일치시키는 방법을 설정하려고 한다.

> 해야 솟아라. 해야 솟아라. 말갛게 씻은 얼굴 고운 해야 솟아라.
> 산 넘어 산 넘어서 어둠을 살라 먹고, 산 넘어서 밤새도록 어둠을
> 살라 먹고, 이글이글 애띤 얼굴 고운 해야 솟아라.

---

6) 강현재, 「시 교육의 수용론적 방법 연구」(서울대학교 석사논문, 1991).

달빛이 싫여, 달빛이 싫여, 눈물 같은 골짜기에 달빛이 싫여, 아무도 없는 뜰에 달밤이 나는 싫여……

해야, 고운 해야. 늬가 오면 늬가사 오면, 나는 나는 청산이 좋아라. 훨훨훨 깃을 치는 청산이 좋아라. 청산이 있으면 홀로래도 좋아라.

사슴을 따라, 사슴을 따라, 양지로 양지로 사슴을 따라 사슴을 만나면 사슴과 놀고,

칡범을 따라 칡범을 따라 칡범을 만나면 칡범과 놀고……

해야, 고운 해야. 해야 솟아라. 꿈이 아니래도 너를 만나면, 꽃도 새도 짐승도 한 자리에 앉아, 위어이 위어이 모두 불러 한 자리 앉아 애띠고 고운 날을 누려 보리라.

<해> 전문

이 텍스트에 대한 독자의 감상을 물으면 '조국 해방의 기쁨'이라는 반응이 많다. 이에 대한 자신의 시적 경험을 말하라고 하면 '해 / 달밤'의 대비를 통해 '고운 날'을 갈망하는 심정이라는 도식을 제시하는 경우가 허다하다. 규정된 의미에 갇혀서 시적 경험의 과정으로 진입하지 못한 것이다. 여기에는 두 가지 이유가 있다. 첫째는 저자 읽기 방식으로 주제를 고정화시킨 기존 비평에 오염된 경우를 들 수 있다. 대학입시 준비 과정에서 이 시의 주제나 구조를 주입식으로 외운 정답에 의존하는 것이다. 둘째, 시 읽기 방식에서 독자의 주체성이 상실된다는 점이다. 그 동안 저자나 텍스트의 위력에 눌려 독자 스스로 시를 향유하는 주체로 자리잡지 못하는 것이다.

이러한 장벽을 해소하기 위해 강요된 담론을 배제하고 자신의 시적

체험을 자유롭게 말하도록 하면 대부분의 학생들은 시어에서 의미를 읽어낸다. 이것은 기존의 시교육의 허점을 드러내 준다. 독자가 시를 상상력과 정서로 접근하는 것이 아니라 산문을 읽듯이 의미를 파악하려 든다는 것이다. 독자 스스로 시적 체험을 수행하는 과정을 건너뛰고 해답을 찾아 곧바로 나아가 버린다. 너무도 빠른 인지의 흐름은 스스로 시를 음미할 시간을 허용하지 않는다. 그러므로 일차적으로 독자의 주체성을 확보하기 위해 독자 자신의 정서와 상상력을 작동하게 할 필요가 있다. 그 구체적인 교육 방법은 작품을 읽고서 어떤 의미가 아니라 느낌을 말하라는 교정 작업이다.

실제로 여러 독자들에게 각자 자신의 느낌을 말하게 하였다. 독자가 말한 의미를 유보하고 순수하게 느낌만을 말하게 한 것이다. 이러한 수정 작업을 거쳐 첫 번째로 〔답답하다〕는 느낌을 찾아냈다. 이런 식으로 찾아낸 느낌은 〔안타깝다〕, 〔그립다〕 등이었다. 먼저 독자에게 답답한 느낌이 드는 구절이나 이유를 말하도록 하였다. 답답한 느낌을 주는 구절은 '눈물 같은 골짜기의 달밤'이고, 그 이유는 달밤에 눈물을 흘리며 해가 뜨기를 기다리지만 여기서 말하는 고운 날은 올 수 없기 때문이라고 했다. 이러한 시적 체험은 <해>라는 시의 구조 가운데 한 코드를 읽어낸 것이라 할 수 있다. 그러므로 첫 번째 제시된 느낌과 발언이 시의 구조 속에 있다는 사실을 인정하였다.

다음으로는 〔안타깝다〕는 느낌이 드는 독자에게도 같은 질문을 하였다. 두 번째 독자는 '눈물'과 '싫여'라는 말에서 가슴을 쥐어뜯으며 소리치는 모습이 떠올라 안타깝다는 것이었다. 이번에는 다시 얼마만큼 안타까운 것이냐는 질문을 하였다. 안타까운 마음의 정도가 너무도 많아서 어느 정도인지 알 길이 없다고 했다. 쉽게 답변하지 못하므로 침묵하는 모습에서 느끼는 안타까움과 어떤 차이가 있는가를 대비하도 21

록 하였다. 이에 대해 다른 독자가 열정적인 목소리가 오히려 [허전한 느낌]을 주어 안타깝다는 말을 하였다. 이러한 느낌들 역시 시의 구조 속에 있다는 사실을 인정하였다.

마지막으로 독자에게 [그립다]는 느낌이 드는 구절과 이유를 말하라고 하였다. '사슴을 따라 사슴을 만나면 사슴과 놀고/ 칡범을 따라 칡범을 따라 칡범을 만나면 칡범과 놀고'라는 구절로, 그럴 수 있는 세계가 너무 그립다는 것이다. 유년시절 동화적 세계처럼 돌아갈 수 없는 세계여서 그리워진다는 것이다. 이 역시 훌륭한 답변이었다. 시의 구조 속에 이런 느낌이 들어 있었기 때문이다. 그러나 아직도 독자가 시의 구조를 모두 읽어낸 것은 아니어서 '꽃도 새도 짐승도 한자리에 앉아' 노니는 곳에 대한 느낌은 어떠냐는 보충 질문을 하였다. 누군가 에덴동산이 떠오른다고 했고, 또 다른 누구는 동양의 산수화가 떠오른다고 했다. 둘 다 재미있는 연상들이었다. 이런 과정 끝에 우리는 여러 독자들의 느낌과 연상을 모아서 하나의 글로 만들어 보았다.

> 답답하게 갇혀 있는 곳에서 눈물을 흘리며 그 곳이 싫다고 안타깝게 외칠수록 더욱 슬퍼지기도 한다. 그래도 꿈을 꿀 수 있지 않은가. 모두가 함께 행복할 수 있는 에덴에 대한 꿈을 꿀 수 있는 것이 얼마나 행복한가. 이제 차분하게 내 맘속에 꿈의 동산을 가꾸어야겠다.
>
> (대학 2학년 시 수업에서)

독자 반응을 확인하는 과정에서 일정한 교육적 효과를 거둘 수가 있었다. 독자가 상상력과 정서로 시에 접근하도록 교정하고, 그 반응을 모아보니 독자가 기본적인 시의 구조를 통찰하게 되었다. 특히 마지막 구절은 시를 통해 자기 성찰이라는 사고력을 증진시킬 수 있었다.

이어서 독자에게 위의 시적 구조와 유사한 자기 경험을 자유로운

형식의 글로 써보라고 했고, 이후에 몇몇 독자의 발표를 통해 자신의
일상 경험의 이야기와 <해>의 시적 체험을 비교하도록 하였다. 이러
한 과정은 학습자에게 시를 자신의 심미적 경험으로 확산하는 데 일정
한 효과가 있었다. 이러한 시교육 과정을 도표로 정리하면 다음과 같다.

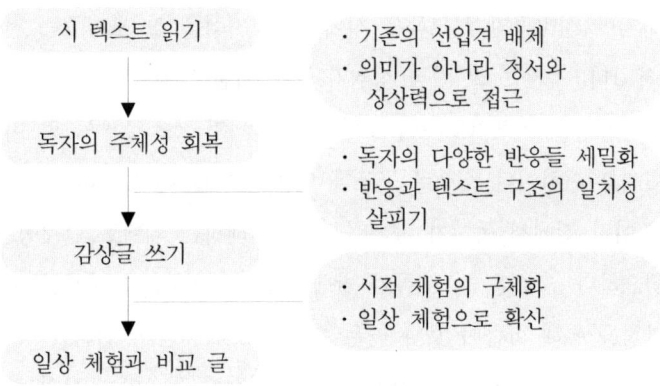

  그러나 이러한 과정은 시적 구조에 독자가 주체로서 접근하는 데는
유용하지만 시의 섬세한 언어 구조를 깊이 있게 경험하는 데까지 접근
하기에는 미흡하다. 시의 언어를 보다 정밀하게 체험하는 데에는 언어
에 대한 이해 능력을 배양시킬 필요가 있다.

## 3. 신비평과 시교육의 방법

  언어 구조에 대한 이해는 시가 '유기체적 구조'라는 관점에도 불구
하고 '은유, 역설, 상징, 운율, 이미지'[7] 등의 하위 개념들이 강조되어

---

7) 김재홍, 앞의 논문 이외에도 대표적인 시론인 김준오『시론』(삼지원, 1999)의
  목차에서 리듬, 심상, 비유, 상징, 인유, 패러디, 어조, 퍼소나, 아이러니와 역설

왔다. 개별적인 분석을 통해 통합적인 이해를 이끌어내는 과정에서 불가피하다고 할 수도 있다. 그러나 이러한 분석적 방법은 한 텍스트의 구조를 이해하기 위한 도구에 지나지 않는다. 구조를 이해하는 데는 시가 감성적 언어로 심리적 진실을 담아내는 텍스트라는 것을 이해시킬 필요가 있다.

하지만 신비평의 시교육은 시에 관한 지식을 잘 보여주는 전범을 활용해왔다. 독자는 늘 시적 성취가 높은 작품을 전범으로 하여 그 구조의 완결성을 이해하도록 유도되었다. 독자가 스스로 구조의 미흡함에 대해 비판하거나 스스로 구조를 만들 엄두를 내지 못하도록 한 것이다. 이런 점에서 독자가 시의 구조를 이해하는 데에도 단계적 학습이 필요하다. 학습은 늘 오류가 발생하기 마련이고, 그 오류를 수정하는 과정을 통해 학습이 보다 높은 수준으로 고양된다. 이러한 점을 고려하면 구조적 완결성이 미흡한 시와 완결성이 돋보이는 시의 차이를 통해 구조가 빚어내는 심리적 진실을 이해시키는 학습이 우선되어야 한다.

> 둥그런 바퀴가 세상을 굴리고 있다.
> 비 개인 하늘엔 말간 구름 둥둥 떠 있다
> 머리카락 날리며 달려오는
> 낯선 여인의 구릿빛 얼굴에서
> 싱싱한 아침 뚝 뚝 떨어져 달려온다
> 바퀴의 경쾌한 동작을 따라
> 어릴 적,
> 뽀얀 흙먼지 일으키며 신작로 수놓던
> 얼굴들이 연기처럼 피어난다

---

   등의 항목이 설정된 것도 같은 맥락이다.

힘든 줄도 모르고 평생 바퀴를 돌리던
아버지 굵은 땀방울
소달구지 몰고 따다닥 따다닥
과거 속을 달려온다

　　　　　명희, <자전거>(『시안』창작지도교실)

이 습작시는 두 개의 장면으로 이루어져 있다. 첫째, 경쾌한 동작
으로 자전거를 타고 오는 구릿빛 여인과, 둘째, 어릴 적 흙먼지를 일으
키며 달리던 얼굴들과 땀방울을 흘리며 소달구지를 모는 아버지다. 적
지 않은 독자는 이 텍스트에서 무엇인가 어색하다는 것을 느꼈다. 실
제로 두 개의 장면을 따라가 보면 자연스럽지 못한 흐름을 느낄 수가
있다. 아침에 자전거를 타는 구릿빛 여인의 경쾌함과 땀방울을 흘리며
느릿느릿 소달구지를 모는 아버지의 이미지는 서로 당기는 힘이 미약
하다. 아버지와 구리빛 여인 사이에는 틈이 있다. 심리적 흐름과 논리
적 개념이 어긋나 구조적 완결성을 이루지 못하고 있다.

좀 더 살펴보면, 여인의 '구릿빛 얼굴'에서 노동을 읽어낼 수는 있
지만 이 의미는 시속에 다른 요소와 결합하여 심리적 자장을 만드는
것이 아니라 상투적인 생각에 의존하고 있다. 오히려 심리적 흐름을
이루는 것들은 '싱싱한 아침 뚝뚝 떨어져 달려온다'와 머리카락을 날
리는 것, 비 개인 하늘에 말간 구름이 떠 있는 것, 바퀴의 경쾌한 동작
이라는 구절들이다. 여기에서 비 온 뒤 맑은 아침에 머리카락을 날리
며 자전거를 타는 여인의 건강미가 느껴진다.

그런데 갑자기 어릴 적 아버지를 떠올린다. 자전거의 바퀴와 소달
구지의 바퀴라는 연상을 통해 소달구지를 느릿느릿 몰던 아버지를 떠
올린다. 그러나 자전거의 바퀴와 소달구지의 바퀴를 이어주는 심리적
흐름은 어긋난다. 소달구지 모는 아버지, 굵은 땀방울, 흙먼지 등은 이

전과 동떨어진 심리적 흐름을 만들고 있다. 이 구절들은 힘겨운 노동이라는 느낌을 자아낸다. 건강함을 함축하는 심리적 흐름과 힘겨운 노동을 함축하는 심리적 흐름은 하나로 완결된 구조로 통일되지 못한다. 비록 두 체험이 저자의 체험을 담고 있다는 것을 인정한다 하더라도 시의 언어 구조에서 심리적 진실이 미흡한 것이라 할 수 있다. 이 시는 유기적 구조의 완결성이 미흡하여 통일된 심리적 감동을 이끄는 데 실패한 것이다. 이러한 시의 구조에 대한 기초적인 이해는 구조의 완결성이 뛰어난 시를 통해 다시 한번 점검할 필요가 있다.

> 잔치는 끝났더라, 마지막 앉아서 국밥들을 마시고
> 빠알간 불 사르고,
> 재를 남기고,
>
> 포장을 걷으면 저무는 하늘.
> 일어서서 주인에게 인사를 하자
>
> 결국은 조금씩 취해가지고
> 우리 모두 다 돌아가는 사람들.
>
> 목아지여
> 목아지여
> 목아지여
> 목아지여
>
> 멀리 서 있는 바닷물에선
> 난타하여 떨어지는 나의 종소리.

서정주, &lt;행진곡(行進曲)&gt; 전문

이 시는 잔치가 끝나고 돌아가는 장면을 서술한 전반부와 강렬한 내면의 심리를 서술한 후반부로 나누어 볼 수가 있다. 두 장면은 구체적인 장면의 연속이란 측면에서 동떨어진 것처럼 보인다. 그러나 전반부와 후반부는 정서적인 질감이란 측면에서는 유기적 흐름을 이루고 있다. 전반부가 부산하던 잔치가 끝나면서 허전함과 아쉬움을 보여준다면 후반부는 허전하고 쓸쓸함 속에서도 가슴을 쥐어짜는 전율의 힘을 보여준다.

이 시의 전반부는 잔치가 끝나고 사람들이 돌아가는 장면을 행의 운율과 문장 부호를 통해서 정밀하게 묘사하고 있다. 시의 시작은 잔치가 끝나는 장면부터 진행된다. 점점 짧아지는 행에 따라 느려지는 운율과 쉼표의 휴지는 부산함이 점점 수그러드는 모습과 허전함을 드러내고 있으며, '마시고', '사루고', '남기고'에서 연결어미의 반복은 잔치가 끝나는 것에 대한 아쉬움을 더해 주고 있다.

다음에 이어지는 장면은 하늘 뒤에 구두점과 '하자'라는 청유형 어미를 통해 완결된 문장을 구사하여 경쾌하면서도 안정된 리듬을 만들고 있다. 아쉬움과 허전함을 간직하면서도 흐트러지지 않는 심리적 긴장을 자아낸다. 바로 이어지는 장면은 취기를 안고 돌아가는 사람들의 발걸음을 느끼게 한다. 글자수가 많아서 안정적이면서도 속도감을 주는 리듬과 'ㅁ', 'ㄷ', 'ㄹ' 음의 반복은 연달아 이어지는 발자국 소리를 연상시킨다. 또한 마지막 구두점은 시간적 휴지를 만들어 잔치가 끝난 사태 자체가 주는 침묵과 그 침묵 속에 내재된 심정을 암시하고 있다.

이어서 후반부에서 '목아지여'를 네 번씩 반복하면서 차분한 리듬을 격정적 리듬으로 바꾸고 있다. 그것은 침묵 속에 내재된 강렬한 전율을 느끼게 한다. 다음에 '멀리 서 있는 바닷물'과 '난타하여 떨어지

27

는 나의 종소리'는 그 전율을 우주 속으로 확산시키고 있다.

이 시는 잔치가 끝나가면서 느끼는 허전함과 아쉬움에서 침묵하지만 그 침묵 속에 내재된 강렬한 전율을 묘사하고 있는 것이다. 시인 스스로 조선일보 폐간에 부쳐서 쓴 시라고 말한 것을 고려해 볼 때도, 허전하고 쓸쓸하여 눈물겹지만 안에서 솟구치는 강한 생명력을 느끼게 한다. 이 시는 정서적 흐름이 유기적인 셈이다.

그러나 장면의 흐름도 연속성을 가지고 있는 것으로 보인다. 다만 전반부에서 사실적인 묘사를 하던 방식과 달리 후반부에서 수사적인 언어 배치와 비유를 사용하고 있다. 이러한 수사는 사실적인 질감을 입체적인 질감으로 변화를 주고 있을 뿐이다. '멀리 서 있는 바다'를 관념적인 바다로 보는 견해가 적지 않지만, 보리밭의 출렁이는 물결과 그 위 아래로 오르락내리락 드러났다 사라지는 여러 사람들의 목아지를 묘사한 것으로 보는 것이 장면의 연속성으로 보아 자연스럽다.

앞의 사진처럼 걸을 때마다 들락날락하는 몸짓이 '난타하여 떨어지는' 듯하고, 출렁이는 보리들이 '서 있는 바닷물'인 듯하고, 그것은 마치 종을 치는 것 같고, 그 종소리가 울리는 것 같다.

<행진곡(行進曲)>의 '유기적 구조'를 살피는 과정은 시어를 이해하는 계기가 될 수 있다. '목아지여'라는 시어의 사용법은 시어의 구축 방법을 이해하는 표본이라 할 만하다. 머리와 목이 동시에 보였을 지라도 '목'만을 취해 '목아지여'로 글자를 늘여 네 번 반복하는 행의 배치는 독자가 목을 만져볼 정도로 강렬한 전율을 자아낸다. 뿐만 아니라 운율, 음상 등의 정서적 질감이 심리적 자극을 하고, 심지어 시어 하나, 행 하나, 구두점 하나까지 심리적 질감을 가지고 있다는 것을 깨우쳐 준다. 이러한 학습 과정은 '꼼꼼히 읽기'가 왜 중요한지를 이해하도록 만들 수 있다.

| 습작시인 텍스트 | 구조의 틈 | |
| --- | --- | --- |
| | | 언어의 진실성 |
| 전범이 되는 텍스트 | 구조의 유기성 | |
| 시어의 질감 | 꼼꼼히 읽기 | |

꼼꼼히 읽기는 시어의 심미성을 이해하는 데 기본이지만, 학습자가 언어의 심미성을 향유하는 차원으로 이끌기에는 미흡한 감이 있다. 직접 언어의 심미성을 만드는 체험이 수반될 때, 시어의 심미성을 훨씬 쉽게 터득할 수 있다. 이런 점에서 기초적인 언어 활용법을 직접 수행할 필요가 있다. 이를 위해 학습자에게 직설적인 감정의 표현을 요구

하고, 그 표현을 시어의 활용 방법을 이용하여 심미적 표현으로 만들어 가는 과정을 수행하였다. 여기서는 구체적인 한 예를 통해 시어의 심미성을 체험하는 학습 프로그램을 제시하고자 한다.

학습자가 표출한 감정 가운데 "답답해서 떠나고 싶다."는 문장을 선택하였다. 이러한 직설적 토로는 막연하고 모호하기 마련이다. 이 막연하고 모호한 감정을 구체화시킬 필요가 있다. '답답하다'는 막연한 감정을 구체화하는 데는 일차적으로 언어의 이항대립을 활용할 수 있다.

'답답하다'는 감정을 몸의 상태나 행위 혹은 기분 등으로 구체화하고, 이어서 새로 찾은 낱말과 상반되는 낱말을 찾도록 해 그런 감정의 동인을 찾아내도록 하였다. '화나서', '실망해서', '서운해서' 등과 같은 자극을 찾아내는 것이다. 이러한 과정을 거쳐 자신의 자극과 반응인 감정을 해소하는 방식인 '떠나고 싶다'를 구체화하도록 하였다. 앞에서 자신이 발견한 자극과 반응에 따라 '떠나고 싶다'를 구체화할 낱말을 만들어 가는 것이다.

　　　"서운해서 답답해 (　　　　　) 떠나고 싶다."

이 문장의 괄호 속에 들어갈 낱말은 논리적으로는 거의 무한대에 가깝다. '집에서', '학교에서', '산으로', '바다로', '구름처럼', '유령처럼'……. 대부분 학습자는 떠날 장소를 찾는다. 그러나 여기서 은유를 활용하도록 할 필요가 있다. 은유는 감정을 해소하는 방향을 암시해 준다.

"서운하고 답답해 유령처럼 떠나고 싶다."

이제 학습자에게 상상력을 발휘하도록 할 필요가 있다. "유령처럼 떠나고 싶다"를 유령처럼 순간 사라졌을 때 벌어질 상황을 상상하도록 하였다. 너무 막연해 하는 경우는, 유령처럼 떠났을 때 식구들과 친구들이 할 행동이라는 구체적인 범주를 정해 주어도 상관없다. 하나를 선택해 보면 "식구들이 걱정하고 친구들은 소문을 무성하게 만들 것이다."는 답변이 나왔다. 여기서 다시 걱정하는 모습을 식구들이 아닌 집의 사물들로 표현하도록 하였고, 친구들이 소문을 떠들면서 '나'에 대한 감정을 드러내는 행동을 묘사하도록 하였다. 환유를 활용한 것이다. 이것은 인접한 사물이나 한 부분을 통해 감정과 상황을 표현하는 방법이다.

"새벽까지 전등은 꺼지지 않는다."
"설거지 그릇이 쌓이고, 옷가지가 어수선하게 널려져 있지만 너무도 조용하였다."
"처음에 친구들은 소문을 이야기하면서 걱정하더니 곧 아무 일도 없던 것처럼 웃고 떠들며 일상생활을 한다."

이 답변들 중에 세 번째 것은 추상적이어서 다시 구체화할 필요가 있다. 여기에는 환유의 두 가지 속성을 활용하였다. 첫째는 부분으로 전체를 나타내는 방식으로, 친구들의 모든 행동을 말하지 말고 가장 자신의 감정을 건드리는 행동으로 국한하라는 과제였다. 둘째는 인접한 것으로 느낌을 나타내는 방식으로, 친구들의 행동을 표정이나 구체적인 행위를 통해서 나타내라는 과제였다.

"꽃무늬 원피스를 입고서 콜라와 함께 나를 삼키고 있다."

여기까지 과정을 통해 처음의 감정을 구체적으로 표현하라는 과제를 주었다. 그 중 하나를 학습자들에게 함께 정리하게 해도 상관이 없다.

내가 유령처럼 사라지자
우리 집은 새벽까지 불이 꺼지지 않고
나의 옷들이 어수선해졌지만
아무도 떠들지 않았다.

내가 유령처럼 사라지자
그녀는 꽃무늬 원피스를 입고
콜라와 함께 나를 마셨다.
아무 일도 일어나지 않았다.

다시 정리된 위의 글을 바탕으로 다시 학습자에게 스스로 유령이되어서 주변 사람을 바라볼 때, 그들이 자신의 존재를 어떻게 취급하는가를 사물이나 상황에 빗대어 표현할 것을 과제로 주었다.

그녀에게 유령은 콜라 한 잔도 안 되었다.
소문으로 떠도는 '나' 유령은
호주머니 속으로 구겨져 들어갔다.
심심할 때 꺼내 씹는 수다거리였다.

이러한 과정에서 학습자는 스스로 자기 감정의 정체를 구체적으로 확인하고, 그 감정을 정화하거나 새로운 시각으로 바라보게 되었다. 뿐만 아니라 시어의 활용법인 은유와 환유를 익히고 향유할 수 있었다. 즉, 언어생활을 통한 통찰력의 증진을 수행하는 교육적 효과를 가질 수 있었던 것이다. 이런 점에서 신비평의 시교육 활용은 지식보다는 학습자가 신비평의 시에 관한 여러 지식을 직접 수행하는 학습으로 전환할 때 시교육의 효과를 거둘 수 있을 것으로 판단된다.

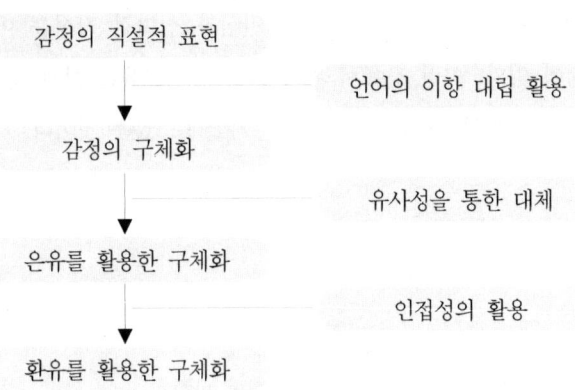

교육 방법 : 신비평의 지식 학습을 수행 학습으로 바꿈
교육 효과 : 언어의 심미성 학습, 사고를 통한 통찰력 증진

## 4. 역사 · 전기비평과 시교육의 방법

시가 시인의 체험을 담고 있다는 모방론과 시가 시인의 사상·감정의 표현이라는 표현론은 모두 저자 읽기라 할 수 있다. 시인의 현실적인 체험이나 실존적 체험은 사상·감정을 형성하는 제 요소로서 시인의 의식·무의식을 형성한다. 이러한 문학관에 따라 시를 읽는 것은

시를 통해 시인의 의식과 무의식을 재구성하는 일이 될 것이다.

시인의 제 경험과 의식을 시에서 읽어내기 위해서는 시인의 개인적인 생애와 체험을 고려할 수밖에 없는데, 이러한 시 읽기 방식이 역사·전기비평이다. 이것은 전통적인 시교육의 방법으로 오늘날 우리의 시교육에도 여전히 활용되고 있다. "전기비평은 정신적 특징을 찾아내고 역사비평은 각 시대의 지배적인 경향을 찾아낸다."8) 이러한 역사비평 방법은 문학성은 부차적으로 취급하고 역사적인 특성을 강조하기 쉽다. 하지만 역사·전기비평은 작품이 발생한 근거로 시인의 정신과 삶을 찾아냄으로써 시인의 총체적인 인식과 심미적 감성을 이해하는 데에 장점이 있다. 이런 점에서 저자 읽기의 시교육은 삶과 문학을 총체적으로 인식시키는 교육으로 의의를 가질 수 있는 것이다.

> 내 고장 칠월은
> 청포도가 익어 가는 시절
>
> 이 마을 전설이 주절이주절이 열리고,
> 먼 데 하늘이 꿈 꾸며 알알이 들어와 박혀,
>
> 하늘 밑 푸른 바다가 가슴을 열고,
> 흰 돛 단 배가 곱게 밀려서 오면,
>
> 내가 바라는 손님은 고달픈 몸으로
> 청포를 입고 찾아온다고 했으니,
>
> 내 그를 맞아 이 포도를 따 먹으면,
> 두 손은 함뿍 적셔도 좋으련,

---

8) Jean-Louis Cabanès, 『문학비평과 인문과학』, 조광희 옮김(이화여자대학교 출판부, 1995), 15～16면 참조.

아이야, 우리 식탁엔 은 쟁반에
하이얀 모시 수건을 마련해 두렴.

이육사, &lt;청포도&gt; 전문

'조국 광복의 염원'이 작품에 대한 이해의 한 전범이 된 것은 신석초의 글에서 비롯된다. 이러한 이해와 관련된 부분을 발췌해 보았다.

  ① 이곳에 보이는 흰 돛단배나 청포를 입고 찾아오는 손님이란 결국 잃어진 조국을 찾아 투쟁하는 지사들의 표징에 틀림이 없고, 하이얀 모시 수건 등이 우리 민족의 고유한 정서의 펼침인 것은 말할 나위도 없다.

  ② 아무튼 깔끔하고 재주 있고 지순한 그의 인품은 그대로 그의 모든 작품에 투영되어 있다. 그 중에도 「청포도」와 같은 작품은 가장 잘 그의 지사적인 희구와 무사(無邪)한 성격, 티끌 없는 명랑성 등이 표출되어 있는 것이다.

  ③ 육사가 노상 나처럼 한만한 생활만 한 것은 물론 아니다. 그의 행동 반경은 나보다는 훨씬 넓었었고 매우 바빴었다. 친구들과 함께 있다가도 몇 번씩 시간 약속이 있다고 하여 자리를 떴다. 그러나 또 우리와 약속한 시간에는 반드시 돌아왔다. 그 동안에 누구와 만났으며 무슨 일을 하였는지 그것은 그도 말하지 않았고 우리도 굳이 묻지 않았다. 생각하면 지사(志士)로서, 지하 운동가로서 매우 중요한 임무를 수행한 시간이었는지도 모른다.[9]

  ①은 청포도에 대한 해석이고, ②는 시인의 개인적 특질이 시에 반영되어 있다는 생각이고, ③은 시인의 특질과 관련된 개인사적 생애라 할 수 있다. 신석초는 '청포도가 익어 가는 고향'을 시인의 고향인

---

9) 신석초, 「이육사의 인물」, 『이육사』(문학세계사, 1992), ①은 228~229면, ② 는 228면, ③은 227면.

안동군 도산면 원촌리의 기억이 만든 형상이라고 보고 있다. 그러나 당시 이 시의 배경은 고향 마을이 아니라 경북 영일군 동해면 도구리라는 추정이 설득력을 얻고 있다. 1936년 7월(32세) 시인은 동해 송도원(포항 소재)에서 휴양했던 것으로 알려져 있다. 당시 그곳에는 영일만과 동해의 수평선이 한눈에 들어오는 포도밭과 일본인 미쓰아가 경영하는 대규모 포도주 생산 공장이 있었던 것으로 알려져 있다. 그곳에서 시인은 애국 청년 김영호(당시 35세), 정의호(당시 37세), 이석진(당시 40세) 씨 등과 만났다는 설이 있으나 확인되지 않고 있다. 그런데 <청포도>가 시인이 영일만을 여행한 후 3년 뒤에 1939년 《문장》 6월호에 발표된 것으로 보아 위의 주장은 설득력이 있어 보인다.

다음으로 신석초는 '하이얀 모시 수건'을 시인의 동양적인 심미적 취향이 만든 형상으로 보고, '손님'을 '조국을 찾으려 투쟁하는 지사'의 상징으로 보고 있다. 신석초는 <청포도>를 발표하기 전 해인 1938년 육사와 함께 경주와 부여를 여행한 것으로 알려져 있다. 당시 육사는 1932년(28세)에 상하이에서 뤼신(魯迅)을 만났고, 그 해에 조선혁명군사정치간부학교 1기생 학원(學員)으로 입교, 이듬해 4월 20일 졸업하고 국내로 들어와 의열단 활동을 한 것으로 추정되고 있다.10) 따라서 신석초의 해석은 육사와 친분을 쌓았던 입장에서 가능한 견해로 보인다.

물론 이 작품을 언어의 내적 구조로만 본다면, '조국광복의 염원'이라는 애국심을 읽어내는 것이 무리가 될지 모른다. 그러나 이 시에서 싱싱하고 풍성한 고향과 손님을 기다리는 고귀하고 절실한 마음이

---

10) 군사학교에서 육사는 정치학(교관 : 韓某), 경제학(교관 : 왕현지), 사회학과 조직방법(교관 : 김정우), 철학(김원봉) 등을 배웠고, 그 외 군사학, 통신법, 선전법, 연락법 등을 비롯하여 탄약, 폭탄, 도화선, 뇌관 등 제조법, 그리고 투척법, 피신법, 변장법, 서류은닉법, 삐라살포법, 암살법, 무기운반법, 철로폭파법, 열차운전법 등을 교습받은 것으로 알려져 있다.

아름다운 자연 속에서 펼쳐진다고 해서, 그 자연 속에는 시인의 절절한 애국심이 들어 있다는 것을 전적으로 부정하기도 어렵다. 아름답고 경쾌한 민요 가락 속에도 절절한 그리움과 애국심이 들어 있어 온 국민을 감동시키는 경우와 마찬가지라 할 수 있다. 의미를 지나치게 고정하여 정서적 울림의 여러 가능성을 배제한 것이 문제이지, 역사 · 전기적 이해가 문제라고 보는 것은 설득력이 떨어진다.

우리의 시교육에서 일부 교육자들은 시를 단순히 언어 구조로만 보려는 경향이 강해 역사 · 전기 비평 방식을 배제하려 드는데, 이러한 교육은 문학과 삶의 상호작용을 단절시킬 위험이 있다. 뿐만 아니라 그 동안 시인의 생애와 시의 관련에 대한 이해가 미흡한 것은 시인의 생애를 고증하기가 쉽지 않았던 데에서도 기인한다. 이제는 기록의 부실과 소실 등이 있다 하더라도 시가 쓰여진 당시 풍속, 문화적 환경에서부터 개인적인 생애를 고증하는 작업이 필요해 보인다. 이러한 고증이 많아질수록 독자는 현대시를 통해 삶과 역사를 이해하게 되어 시교육은 인문교양 교육의 지위를 지속할 수 있을 것이다.

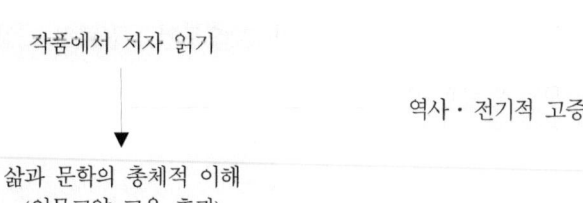

## 5. 요약

문학이론의 시교육의 적용은 학습 과정의 단계에 따라 적용할 필요가 있다. 처음 감상 단계에서는 독자가 주체로서 시교육에 참여하도록 하기 위해 수용미학의 독자반응 이론을 적용할 필요가 있다. 이 단계에서는 독자가 시를 의미나 논리로서 접근하기보다는 정서와 상상력으로 접근하는 교정 작업이 필요하다. 느낌과 연상을 통한 감상을 글로써 정리함으로써 독자가 시적 체험을 수행하도록 한 것이다. 두 번째 단계인 작품의 구조를 읽는 단계에서는 신비평의 이론을 적용할 필요가 있다. 이 단계에서는 구조가 정서의 유기적 통일이며, 그것이 심리적 진실이라는 이해를 돕는다. 이 때 습작시와 전범의 비교를 통한 구조의 틈을 발견할 수 있고 구조적 완결성을 체험할 수 있도록 하면 학습 효과가 높다. 세 번째 단계는 시어의 언어 활용법을 직접 수행하는 체험 학습이다. 이 수행학습은 신비평의 지식을 직접적인 수행으로 전환함으로써 언어활동과 사고력의 증진을 꾀할 수 있다. 언어의 이항대립, 은유, 환유 등의 이론적 지식을 창작 체험을 통해 터득하도록 도와야 한다. 마지막으로 작품을 통해 삶과 문학에 대한 총체적 이해를 하는 단계에서는 역사·전기비평의 이론과 같은 저자 읽기 방법을 활용할 필요가 있다. 이 단계에서는 저자의 생애와 시대적 환경과의 관계 등을 활용하여 시와 삶의 관계를 이해함으로써 인문학적 교양을 터득하도록 하는 것이다.

# Ⅱ. 시교육의 실제와 문학이론

## 1. 현대시의 감상과 이미지 교육의 실제

우리의 눈과 귀는 하루에도 헤아릴 수 없이 많은 것을 보고 듣지 않는가, 또 우리의 손과 입은 어떠한가. 우리가 만진 것들, 먹은 것들이 얼마나 많은가, 기억할 수가 없을 정도인데도 잊혀지지 않는 것들이 있고, 어떤 때는 불쑥 예기치 못하게 그 감각들이 솟아오르기도 한다. 몇 십 년이 지나도 사랑했던 사람과 앉았던 의자, 탁자 위의 촛불, 커피 향을 잊지 못한다. 세월이 지나도 잊혀지지 않는 것, 이것이 이미지가 아닐까.

이렇듯 마음속에 생생하게 살아있는 사물의 형태, 색깔, 분위기들을 낯선 사람에게 생생하게 전달할 수 있을까. 언어로 내면의 감정이 묻어있는 이미지를 재생하기란 쉬운 일이 아니다. 생생하게 전달하려고 다른 말로 바꾸어 형태, 색깔, 분위기를 전달할 수도 있다. 하지만 내면의 감정을 상대가 절절하게 느낄 수 있도록 하지 못하면 실패가 아닌가. 사물의 느낌을 다른 것으로 대체하는 것만으로는 기억 속에 살아있는 미묘한 생각과 느낌을 전달하기가 어렵다. 그것은 그 순간 스스로도 설명할 수 없는 생각과 느낌이 넘쳐나기 때문이다. 자신도 알 수 없는 그 미묘한 것까지 재생하는 것이 시의 묘미일 것이다.

39

그러므로 시를 감상할 때 마음속에 떠오르는 이미지를 찾아내고, 그 이미지의 묘미를 즐기는 것이 중요하다. 학습자가 시는 어렵다는 일반적인 인식을 벗어나 스스로 시를 향유하도록 해야 한다. 따라서 시교육의 첫 번째 일은 학습자가 시를 향유하도록 유도하는 것이 중요하다. 우선 스스로 시를 감상하면서 전체의 느낌을 적고 재미있는 부분을 찾도록 하였다.

뭔가를
하염없이 만지작거려야 했다
손등 위로 흐르는 시간마저
볼 틈이 없었다
그것이 시금치든 봄똥이든 호떡이든
붕어빵이든 고막이든 황실이든
아 그와 같은 뭣뭣이든
고무장갑을 낀 그녀들의 손은
끊임없이 움직이고 있었다
그녀들의 손은 호수의
수면 안에 감춰진 고니의 물갈퀴였다
차가운 곳 향해 무리 지어 날아가는 고니처럼
그녀들의 먹을 것도 차가운 바닥에 있었다
그녀들은
더 좋은 자리를 찾아 뜨고 싶어서
마음속엔 앰뷸런스와 불자동차를 달고
고니의 물갈퀴처럼 왕관 무늬 그리며
수면 위를 차 오르고 싶었다
그녀들의 손은
먼 곳으로 떠나는 비행기 바퀴였다

김호균, <그녀들의 손> 전문

이 시를 감상한 학생들은 대부분 가정 주부인 어머니를 떠올리며 뭉클한 느낌을 받았으며, 수면 위의 고니와 수면 아래 숨겨진 고니의 물갈퀴와 앰뷸런스와 불자동차의 비유에서 재미를 느꼈다. 그러나 대부분의 학생의 느낌이 시의 의미를 확정하는 것은 아니다. 오히려 예기치 못한 엉뚱한 느낌이 더 소중한지 모른다. 여러 학생들의 감상들 가운데 일반적인 것과 예기치 않은 표본을 발췌하여 정리해 보았다. 대부분이 이 시에서 서러움, 안타까움, 우울함 등을 느끼면서 자신의 생활을 돌아보는 경우가 많았다. ①, ②, ③이 여기에 해당되며 밑 줄 친 부분은 시를 향유하는 즐거움에 해당된다.

① 끊임없이 움직이는 손들과 마음속에 앰뷸런스와 불자동차를 달고 있다는 대목에서 척박하고 건조한 경쟁 사회 속에서 살아남으려는 인간의 처절한 모습이 담겨져 있는데, 그 모습이 그리 천박해 보이지 않는다. (옥수진 학생 글)

② 마음을 앰뷸런스와 불자동차로 표현한 부분이 재미있다. 표현은 재미있게 하고 있으나 시상 그 안에 감추어진 뜻은 표현된 것과 정 반대다. 그녀의 손들이 불쌍하다. 하지만 지금은 고되지만 앞으로의 희망이 있기 때문에 열심히 일하는 그녀들의 손은 부르텄을지언정 아름답게 보인다. (류수호 학생 글)

③ 이 시를 읽고 조금은 안쓰러웠고 지금의 나를 한 번 돌아보게 보였다. 시속에서의 그녀들은 그녀들의 가족을 위해 쉴 새 없이 일을 하고 있다. 하지만 나는 삶의 무료함을 못 이겨하며 쓸 데 없는 일들로 시간을 보내기에만 급급해 하고 있는 것이다.
(김민경 학생 글)

④ 결코 밝지 못한 시의 내면에도 불구하고 시를 읽는 동안 신선하고, 심지어 즐거운 느낌까지 주는 이 경쾌함은 무엇일까. 이미지의 신선함과 동적인 어휘와 문장이 아닐까. (주민 학생 글)

41

이 예에서 보여 주듯이 대부분의 학생들은 이미지를 향유하는 즐거움을 느끼고 있으며 시의 정황과 느낌에 자신을 비추어 보고 있었다. 상상력을 토대로 한 감수성과 삶에 대한 인식인 인문학적 교양을 쌓고 있는 것이다. 이러한 감상이 가능했던 것은 작품이 비교적 접근하기 쉬웠다는 점과 처음 보는 낯선 작품이라 스스로 감상할 수밖에 없었던 데서 연유한다. 뿐만 아니라 작품의 재미있는 부분을 찾아보고 느낀 점을 적어보라는 제시도 요인이라 할 수 있다.

이 결과는 시교육에서 작품 선정의 중요성을 말해주는 것이다. 전범만을 강요할 때 학습자는 전범의 위력에 눌려 시적 체험으로 쉽게 들어오려 하지 않는다. 다음으로 학생들의 감상을 토대로 이 작품을 통해 시에 관한 지식을 공부할 수 있다. 체험을 바탕으로 학습과제를 도출하는 것이다. 물론 여기에는 작품의 특징을 고려한 교사의 학습목표가 분명히 있어야 한다. 이 작품은 은유의 위력을 잘 보여준다. 상반된 요소인 처절함과 아름다움이 은유를 통해 전개되기 때문이다.

이 시는 삶의 고단함, 상처, 위태로움, 울화와 그 고통을 넘어서는 꿈과 힘이 아름다운 은유로 나타나고 있다. 고무장갑을 낀 여인들의 고달픈 생활을 고니의 물갈퀴의 움직임과 비상하는 동작으로 아름답게 비유함으로써 눈물의 감상을 벗어나 노동을 삶의 동력으로 승화시키는 힘이 있다. 고단한 일상에서 욕망은 거칠어지기 쉽고, 좌절은 엄살로 흐르기 쉬운 데도 욕망을 아름답게 바라보는 통찰력이 있다.

그러므로 고무장갑을 끼고 고달픈 생활을 하는 그녀들의 손을 고니의 물갈퀴와 비상으로 표현한 상상력을 살펴볼 필요가 있다. 끊임없이 움직이는 행위를 생존을 위해 헤엄치는 고니의 물갈퀴로 비유하고, 차가운 바닥에서 밥을 먹는 행위를 고니가 차가운 물에서 먹이를 먹는 것으로 비유하고 있다. 또, 더 좋은 생활을 꿈꾸는 마음을 좋은 환경을 찾아 이륙하는 고니의 비상으로, 다시 이륙하는 고니의 물갈퀴를 비행기의 바퀴로 비유하고 있다. 본래의 세계를 상상력을 통해서 새롭게 재구성한 것이다. 이처럼 이미지는 본래 대상과는 아슬아슬하게 묶여 있으면서도 엉뚱하다. 본래 대상과 엉뚱한 것의 거리는 예기치 못하는 상상력에서 빚어지는 것이다. 이러한 이미지 만들기는 아주 즐거운 일이다.

이미지 만들기는 신의 몫이었던 창조를 흉내내는 일인지도 모른다. 문학적 상상력이 직접 새로운 세계를 만들어내지는 못하지만 그 새로운 세계는 인간의 사유를 확장하므로 인간 문화의 새로운 지평을 여는 일이 되는 것이다. 이렇듯 거창한 이야기를 지워버린다고 해도 이미지 만들기는 아주 즐거운 일이다. 새로운 것을 스스로 만들어내는 창조의 기쁨이 있기 때문이다. 롤랑 바르트가 제시한 이미지들을 감상하며 이미지에 대한 생각을 적게 하였다.[11]

---

11) 김인식 편역, 『이미지와 글쓰기 : 롤랑 바르트의 이미지론』(세계사, 1993), 18~19면.

[1] 시에서의 이미지란 무엇을 말하는 것일까? 두 개의 그림을 살펴 보자. 왼쪽에 있는 그림은 소의 그림이다. 하지만 보통의 소와는 그 모습이 많이 다르다. 이 소는 박스같은 몸뚱이를 가지고 있으 며, 초등학생이 만든 공작모형 마냥 위태로워 보인다. 게다가 쉴 새 없이 사료를 쏟아내고 있어서 무슨 기계 같은 느낌을 준다. 주 변에는 고압선이 잔뜩 둘러져 있고, 전선을 받치고 있는 탑들의 모습이 위압적이다. 그런 상황에서 이 황소는(뿔로 보아 황소임이 확실하다) 우측의 하늘을 곁눈질한다. 이 그림은 말 그대로 그림 이다. 그러나 우리의 인식 과정을 거쳐서 하나의 이미지가 된다. "야, 그 그림 대체 뭐야?"라고 물었을 때, "몰라 하여튼, 우울하고 답답해."라고 대답하게 된다면, 이 대답이 바로 그 사람이 그림을 통해 경험한 이미지일 것이다. 그렇다면 이 그림에서 우울하고 답 답하다는 이미지를 얻게 되는 원인은 무엇일까? 그것은 사물이 변형되어 있으며, 그 변형이 자의적이 아니라 타의적이기 때문으 로 보인다. 이 그림의 주인공은 소이며, 따라서 그림을 보는 사람 들은 소에 집중하게 된다. 자신이 소가 된 듯한 동질감을 느끼는 것이다. 그랬을 때 자신의 몸이 엉성한 박스가 되어 있음을 알게 되고, 따라서 자신의 존재가 종이 박스 정도의 가치를 지닌다는 압박감을 받는다. 또한 주변에는 알지도 못할 것들이 널려 있는 데, 경험상 이것들이 전기라고 불리며 매우 강한 힘을 지니고 있 다는 것을 깨닫는다. 더군다나 이 모든 것들이 자신의 뜻과는 상 관없이 외부의 힘, 곧 다른 인간들에 의해서 구조되었으며, 자신 이 배설하고 있는 사료조차도, 자신의 의지와는 상관이 없다는 절 망감에 휩싸인다. 그리고 이 같은 상황은 결코 소에게만 해당되는 것이 아니며, 보편적인 대다수의 현대인에게 해당되는 상황이다. 전체의 일부분으로서 사육되거나 배양되고 짜 맞춰지는 삶을 살 아가는 현대인에게 이 그림이 주는 이미지는 더욱 강하게 와 닿 을 수밖에 없다.

그렇다면 이미지란 결국, 작가 혹은 화가 등의 생산자가 전달하 고자 하는 생각들을 압축시켜 표현하기 위한 방법의 하나일 것이 다. 그럴 경우에 얼마만큼의 효과를 증폭시킬 수 있을지 생각해 보자. 오른쪽의 그림은 배추머리를 한 평범한 인상의 사내가 평범한 정장을 입고, 평범하게 앉아서 눈을 감고 신문을 펴들고 있다. 이 그림에서 배경은 전혀 나타나 있지 않다. 그러나 누구라도 쉽게 지하철을 연상하게 된다. 지하철을 연상한 후에는, 지하철 속의 셀러리맨을 연상할 수 있으며, 그 후에는 다시 일상의 답답하고 지독하게 평범한 일상을 절감하게 된다. 그러나 정작 그림은 신문을 보는 한 사내일 뿐이다. <u>이미지의 또 다른 특징을 방금 깨달았는데, 그것은 매우 상징적이라는 것이다.</u> 이 사내의 머리는 신문처럼 펼쳐져 있는데, 이것은 갖가지 생각들을 불러일으킨다. 그리고 그 중에 중심적인 생각은, 인간의 뇌가 물질화되었다는 것이다. 무의식적으로 혹은 어쩔 수 없는 필요로 신문을 읽어나가는 현대인은, 그런 식으로 고유의 본성을 잃어버리고, 물질화되고 있음을 상징하는 것이다. 어두운 배경은 어두운 현실을 상징하고, 신문은 일상을 상징하고, 감은 눈은 피로와 자포자기의 심정을 상징하고, 양복은 현대인을 상징하고, 둥근 뿔테 안경은 규격화된 조직 시스템을 상징한다. 왼쪽 그림도 그런 식의 상징이 가득하다. 결국 '<u>이미지란 작자의 생각을 압축시키는 수단으로서 독자에게 강하게 파고드는 힘이 있으며, 압축에 의해서 발생하는 상징들을 안고 있다.</u>'고 부족하게나마 정의해 본다.

(김원국 학생의 글)

2 고압전류가 흐르는 목장에서 풀 대신 전신주를 타고 흐르는 고압선류에 중독 된 젖소는 움직이지도 않는 다리를 갖고 넓고 삭막한 벌판에 혼자이다. 통제되고 차단된 일상에서 오는 무기력과 권태, 단절과 고립은 예정된 것이며 그조차 규격화되어 있다. 소는 울 수도 없으며 침묵하고 체념한다. 규격화의 이미지는 소의 몸통이 구형이 아닌 사각이라는 점에서 온다. 인간의 대부분의 일상에서 보이는 사각형태의 규격화된 모든 사물들, 어쩌면 다리가 둘뿐이며 그 두 다리로 간신히 직립하고 있는 저것은 결국 사각형이 되어버린, 모든 감정의 표출을 분노로만 대신하게 된 뿔 달린 인간의 모습일 수도 있다. 무한대의 익명성과 정보의 홍수가 초고속으로 얽히고 꼬여있는 상징으로 보이는 전선들은 벌판 위에 끝이 없고 인간은, 젖소처럼 말이 없고 컴퓨터처럼 사각이 된

**45**

데다, 오직 그 하나만 존재할 뿐, 다른 존재는 어디에도 없다.

이미지는 찰나적으로 스치는 심상인데 사물에 대한 이미지를 보고 그 이미지에 대한 이미지를 말로 설명하는 것이 가능한가. 아니 말이 될 것인가, 만약 그렇다면 사고력의 한계 상상력의 결핍을 이겨낼 수 있을 것인가. 두 번째 이미지 그림은 비교적 단순하고 명확한 이미지이다. 집중과 몰입에 대한 기발한 발상이며 한편 강요된 지식을 수동적으로 수용하는 현대의 지치고 억눌린, 정체성을 상실 젊은 일반인들의 모습이다. 담배를 피고 있는 상황이라면? 손에는 담배가 쥐어져 있고 머리에선 담배연기가 춤을 추며 어지럽게 사방으로 흩어지고 있다면? 하고 생각해보니 그다지 기발한 착상은 아닐 수도 있다는 생각이 든다. 이미지의 대상과 나타내는 주제에 따라 같은 방법일지라도 전혀 다른 효과를 낼 수 있다는 것을 알게 되었다.

(박연미 학생의 글)

이 학생의 글을 정리하면 이미지의 함축성, 상징성, 감각성, 다양한 효과에 대해 말하고 있다. 이들의 글은 이미지가 감각적 자극을 통해 정서적 긴장을 함축하는 언어라는 개념에 모두 수렴될 수 있다. 더 중요한 것은 여러 감각적 요소가 서로 결합하면서 의미를 만들어내는 이미지의 속성을 학생들이 스스로 체험하고 있다는 것이다. 시의 언어에서 상상력을 잘 발휘하지 못한 학생들도 같은 체험을 하고 있다. 아마도 그림이라는 시각적 형상이 주는 효과라고 볼 수 있다. 그렇지만 그림을 통한 유기적 이미지의 체험은 시의 이미지 체험에도 도움을 줄 수 있었다. 따라서 시에서 이미지의 유기성을 상상력을 통해서 다시 체험하도록 하였다. 학습자가 상상의 결과를 서로 이야기하게 하고, 마지막으로 학습자의 상상을 토대로 교사가 이 시의 감상을 마무리하였다.

이 시는 시장 아주머니의 손과 고니의 물갈퀴가 동일화되면서 이미지가 형성된다. 이 작품에서 가장 핵심적인 이미지는 '고무장갑을 낀 그녀들의 손'이다. 다른 것은 모두 삭제하고 고무장갑을 낀 손들의 움직임만 상상해 보라. 그것이 고니의 물갈퀴 빛깔이자 동작일 것이다. 차가운 물 바닥과 시금치, 황실이와 같은 고니의 먹이가 자연스럽게 동일화된다. 고무장갑의 색깔과 움직임과 소리는 황급히 달리는 앰뷸런스와 동일화되고, 불자동차로 동일화된다. 그러나 이미지는 일대일 대응이 아니라 그물처럼 얽혀 있다. 붉은 고무장갑의 움직임은 마음속에 '앰뷸런스'를 달고 사는 사람, 마음속에 '불자동차'를 달고 사는 사람과 동일화되기도 한다. 위태로운 생존을 벗어나야 한다는 다급함과 울화의 불길을 꺼야 하는 힘겨움의 의미가 생성된다. 그러면서도 다시 '왕관 무늬'와 먼 곳으로 떠나는 '비행기 바퀴'와 동일화된다. 여왕 같은 삶을 꿈꾸는 소망과 새로운 세계에 대한 동경이 동화의 주인공처럼 순수함을 느끼게 한다. 이렇듯 이미지는 서로 결합하면서 자꾸 새로운 의미를 만들어낸다. 이러한 이미지의 의미 생성 과정을 따라가는 즐거움이 문학 작품을 읽는 재미 가운데 하나일 것이다.

> 향단(香丹)아, 그넷줄을 밀어라.
> 머언 바다로
> 배를 내어 밀듯이,
> 향단아.
>
> 이 다수굿이 흔들리는 수양버들나무와
> 벼갯모에 뇌이듯한 풀꽃데미로부터,
> 자잘한 나비새끼 꾀꼬리들로부터
> 아주 내어 밀듯이, 향단아.
>
> 산호(珊瑚)도 섬도 없는 저 하늘로
> 나를 밀어 올려 다오.
> 채색(彩色)한 구름같이 나를 밀어 올려 다오.

이 울렁이는 가슴을 밀어 올려 다오!

서(西)으로 가는 달같이는
나는 아무래도 갈 수가 없다.

바람이 파도를 밀어 올리듯이
그렇게 나를 밀어 올려 다오.
향단아.

서정주, &lt;추천사&gt; 전문

이 시는 학생들에게 잘 알려진 작품이므로 감상의 글을 적기 전에 꼼꼼히 읽기를 하도록 하였다. 전체적으로 몇 개의 이미지가 중첩되어 있지만 일관된 흐름을 유지하고 있으므로 크게 몇 개의 이미지 덩어리가 있는가를 살피도록 하였다. 이러한 이미지 덩어리를 다시 하나의 흐름으로 엮을 때 이 시의 상상력과 이미지의 매력을 느낄 수 있기 때문이다. '바다와 배', '숲과 베개', '달과 하늘'을 찾아내자 각각의 이미지 무리를 상상력을 통해 재구성하도록 하였다.

우선 이 시에 나타난 바다와 배의 이미지를 그네와 분리하여 상상하도록 하였다. "먼바다로 배를 밀어 왔는데, 산호도 섬도 없는 망망대해이고 날마다 날마다 가슴이 울렁거린다." 이 때 드는 느낌을 적어 보라고 하였다. '외로움', '고통스러움', '무서움', '답답함' 등을 찾을 수 있었다. 그러나 육지가 그립지 않을까라는 설명과 함께 '그리움'을 더 넣었다. 다시 이 느낌 가운데 그네를 타는 춘향의 마음과 관련된 느낌을 찾아보도록 하였다. 사실 위에 찾았던 느낌 모두와 관련된다. 이 느낌 중에 더 강렬한 것이 있기는 하지만 외로움, 고통스러움, 답답함, 무서움, 그리움 등이 모두 함유되어 있다. 이러한 느낌을 토대로 춘향의 입장이 되어서 그녀의 마음을 쓰도록 하였다. 덧붙여 춘향의 고백

형식으로 어미도 바꾸어 정리하도록 하였다. 이것은 비유적 이미지가 함축한 느낌의 진폭을 이해하도록 하기 위한 것이다.

> 그리움에 사무치는 가슴이 날마다 울렁거리는 내 가슴은 그네를 타면 도련님이 더욱 그리워라. 그리울수록 외롭고 애가 타지만 꿈에도 잊을 수가 없어라. 님을 기다리는 내 몸이 닳아 없어져도 나는 님이 보고 싶어라.

어느 정도 춘향의 입장으로 진입한 학습자들에게 이번에는 '숲과 베개'의 이미지 무리에서 드는 느낌을 토대로 상상을 전개하도록 하였다. '다수굿이 흔들리는 수양버들 나무', '벼갯모에 뇌이듯한 풀꽃데미', '자잘한 나비새끼 꾀꼬리들'을 볼 때마다 드는 춘향의 마음을 상상하여 쓰도록 하였다. 이것은 묘사적 이미지 속에 숨겨진 의미를 포착하도록 하기 위한 것이다.

> 다수굿이 흔들리는 수양버들 나무야 님과 마주하던 첫 눈빛이 보이지 않니. 풀꽃뎀이야, 님과 함께 하던 베개모를 닮았구나. 너도 나처럼 님의 체취를 아느냐. 그 때 춤추던 나비냐, 그 때 지저귀던 꾀꼬리냐. 너희는 다시 와 춤추고 지저귀지만 나는 이제 이곳을 떠나고 싶구나. 님이 없는 산천이 무슨 소용이 있겠느냐.

그러나 '산호도 섬도 없는 저 하늘'과 '채색한 구름', '울렁이는 가슴'과 '밀어 올려다오!'를 반복하는 곳에서는 느낌을 최대한 절제하고 어떤 상황인가를 묘사하도록 하였다. 이것은 비유적 이미지가 상황을 어떻게 변형하는가를 이해시키기 위한 것이다.

> 산호의 아름다운 빛깔이나 섬의 초록 빛깔도 없고 짙푸른 하늘밖

에 없다. 이 푸른 하늘에 채색한 한복을 곱게 차려 입은 춘향은 하늘까지 올라가 채색한 구름이 되어 님이 계신 곳으로 흘러가고 싶은 것이다.

다음에는 '서로 가는 달'을 보는 심정을 쓰도록 하였다. 이미지가 단순하므로 이미지에 함축된 느낌을 포착하도록 한 것이다.

> 달은 저절로 서쪽으로 잘도 가는데 이내 몸은 어째서 이곳에 묶여 있는가. 내 마음은 달처럼 님 계신 곳으로 가는데 이내 몸은 마음을 따라 가다가 되돌아오고 되돌아오는가.

마지막으로 '파도를 밀어 올리듯'에서 떠오르는 모습과 심정을 함께 쓰도록 하였다. 이것은 이미지의 형상과 의미의 관계를 이해하도록 한 것이다.

> 날마다 아니 영원히 지치지 않고 치는 파도처럼 사랑하는 마음 변하지 않으니, 님을 향해 가련다. 그네를 영원히 밀어 올려다오.

위의 제시된 과제를 수행하는 글을 바탕으로 이미지에 관한 이해를 학습하였다. 몸은 님에게 가지 못하지만 마음은 영원히 님에게 가 있는 춘향의 마음을 이미지로 형상화하는 방법을 구체적으로 살피고자 한 것이다.

'배'의 비유는 그리움에 사무치는 아픔을 벗어나 님을 찾아 떠나는 가슴 설렘을 함축하고 있다. 아픔을 설렘으로 바꾸는 심리적 진실이 들어 있는 것이다. 그러므로 비유적 이미지는 단순한 언어의 유희가 아니라 심리적 긴장을 강화하거나 해소하는 심리적 방식이라 할 수 있다. 뿐만 아니라 '먼바다의 배'는 외로움, 고통스러움, 답답함, 무서움,

그리움 등의 미묘한 감정을 함축하고 있어 의미가 자꾸 확산되어 간다. 이미지는 하나의 감정에 일대일 대응되는 것이 아니라 의미의 폭을 규정하기 힘든 것이다.

다음으로 '수양버들, 베개, 나비새끼, 꾀꼬리' 등은 님과 함께 하던 즐겁던 시절을 떠올리게 하지만 현실적으로는 눈물과 한숨을 만드는 것들이다. 여기에 '아조'라는 부사는 이러한 눈물과 한숨과 결별하고 새로운 기쁨을 찾아가고자 하는 갈망을 담고 있다. 묘사적 이미지도 심리적 긴장을 해소하거나 강화하는 심리적 방식인 것이다.

'산호도 섬도 없는 저 하늘, 채색한 구름' 등은 바다의 이미지와 하늘의 이미지가 중첩되면서 새로운 이미지를 만들고 있다. 이미지는 제시된 것들끼리 결합하면서 새로운 의미의 자장을 만들어내는 것이다. 이때 새롭게 형성되는 이미지는 그 자체로 새로운 세계로 생명력을 가진다. '울렁이는 가슴'이란 원관념을 넘어서 하늘을 채색한 구름을 올릴 수 있는 공간으로 만들고 있다. 그 자체로 동화적인 하늘의 이미지를 구축하고 있는 것이다. 이러한 이미지는 이후에 한국현대시의 새로운 지평으로 자리잡게 된다.

'서로 가는 달'이나 '바람이 파도를 밀어 올리듯'의 이미지는 단순해 보이지만 한 시에서 이미지들끼리 어떻게 유기적 관계를 맺는가를 보여준다. 무턱대고 아무 것이나 결합한다고 이미지가 되는 것은 아니다. '달'과 '파도'가 '나'와 결합하면서 드러내는 차이는 화자의 갈등을 보여준다. 또, 앞의 '배'와 '구름'은 화자의 이러한 심리적 흐름 속에서 '달', '파도'와 결합하고 있다. '달', '파도'는 앞의 '배', '구름' 등의 이미지들 때문에 창조적 이미지로 수렴되고 있는 것이다.

시의 감상을 통한 이미지 학습은 이후 시를 감상하고 이미지를 총체적으로 이해하는 데 중요한 토대가 될 것이다. 이미지는 생성되는 순간 의미를 분출한다. 우리가 비록 그 의미의 시작과 끝을 다 알기는 어렵지만 그 의미의 자장을 느낄 수 있어야 한다. 그렇다고 정해진 코드를 따라가는 상투적인 것은 재미가 없다. 너무 뻔한 의미를 보여주므로 의미가 확산되지 못하기 때문이다. 반면에 창조적 이미지는 엉뚱한 것과 결합하면서 아직 알 수 없는 의미, 즉 무의미의 공간으로 끝없이 확산되어 나가는 것이다. 그것은 서로 다른 것이 결합하여 새로운 것들을 탄생시키는 축복이다. 이것이 이미지의 생명이다. 마치 아기가 태어나는 축복처럼. 이제 시를 제시하고 학생들에게 이미지를 감상하도록 할 수 있을 것이다. 그러나 늘 잘 짜여진 시의 감상만으로는 스스로 이미지를 향유하는 데 한계가 있다.

학습자가 스스로 이미지를 창조하는 경험이 중요하다. 하지만 초보자에게 시를 써오라는 과제는 무리가 되게 마련이다. 따라서 습작시를 수준별로 단계적으로 제시하였다. 처음 단계로 습작시를 제시하고 시적 완결성이 문제가 되는 곳을 파악하게 함으로써 이미지에 대한 이해를 높일 수가 있기 때문이다.

어미는 오지 않았다
해 그리운 비가 되어 있어도
어미는 오지 않았다

빨랫줄처럼 높은 구름이
새끼줄에서
촉촉촉 떨어져
땅을 적시고
흘러도
끝내 오지 않았다

습작시의 부분

첫 연에서 '해 그리운 비가 되어 있어도'라는 구절이 문제가 되었
다. 해가 비가 된다는 것과 비가 그립다는 표현은 지나치게 주관적이
어서 의미가 모호하다. 첫 연에 대한 학생들의 토론이 끝나자 "과연
이 연에 이미지가 있는 것인가?"를 물었다. 이 질문은 '이미지'에 대한
기초적인 이해를 하는데 중요한 질문이다. 해가 비가 되었다는 것은
이미지라 할 수가 없다. 그렇다면 '그리운 비'가 이미지가 될 수 있는
가. '그리운'은 아마도 어머니에 대한 감정을 드러낸 것인데 수식이 잘
못된 것으로 보여진다. 이 구절대로 읽는다면 비는 '그리움'인데 전체
분위기는 '심란함'과 모순된다. '해 그리운 비가 되어 있어도'는 시간
의 변화와 어머니를 기다리는데 비까지 와 심란한 마음을 진술하고 있
는 정도다. '비'가 분위기를 보여줄 수 있지만 뚜렷한 의미의 자장을
형성하는 이미지는 될 수가 없다.

다음 연에서는 '빨랫줄처럼 높은 구름이/ 새끼줄에서/ 촉촉촉 떨어
져'라는 구절이 문제가 된다. 빨랫줄에서 비가 줄기차게 떨어지는 모습
이다. 그런데 '빨랫줄처럼 높은 구름'이란 구절이 어색하다. 비유가 성
립되지 않는다. 비유는 유사성에 의거하거나 혹은 전혀 다른 차원의
사물과의 결합인데 이 구절은 유사성도 다른 차원도 아니다. 구름이
비가 되어 빨랫줄을 타고 내린다는 말을 비유적으로 바꾸고 싶었던 습
작자의 의도는 알겠지만 비유가 성립될 수가 없다. '빨랫줄'은 지시적
인 의미에 머무를 뿐 암시하는 의미의 자장을 이루지는 못한다. 또,
'촉촉촉' 역시 심리적 긴장을 촉발하지 못한다. 단순히 비가 떨어지는
소리에 그치고 있다.

습작시 비판 작업을 통해 학습자는 이미지가 일관된 심리적 긴장을
따라가는 논리가 있다는 것과 암시적이라는 것을 알 수 있었다. 다음
의 습작시에서는 이미지의 성립 여부와 함께 이미지의 유기성에 대하

53

여 지적하도록 하였다.

> 자물쇠 채워진 접근 금지구역 안에
> 곰팡이가 완강하게 피어 있다.
> 독한 락스를 끼얹져도
> 시간을 비집고 고개를 내민다.
> 인젠 사랑을 한 웅큼 뿌린다.
> 그제서야 백기를 흔들며
> 태어나면서 입고 있던 검은 옷 벗고
> 주위를 밝힌다
> 바닥에 흥건한 붉은 꽃잎, 그 빛을 받아
> 꿈틀거리고
> 땅에 붙어 뗄 수 없던 발도 풍선 달고
> 하늘을 난다.
> 접근 금지구역의 열쇠는
> 마음 속에 숨겨져 있었다.

하염, <암호해독> 전문(『시안』창작지도교실에서)

이 작품은 '접근 금지구역'이란 비유가 적절한지 문제가 되었다. 시의 진술로 보아 화자가 접근 금지구역 안에 있는데 '접근 금지구역' 이라고 쓰여 있고 자물쇠가 채워져 있다는 것은 이상하다. '접근 금지구역'이 바깥 세계이고 그 세계가 밝은 곳이라야 타당해 보인다. 폐쇄적인 마음의 공간을 표현하고자 한 의도로 보이지만 어색한 비유는 습작자의 심리적 집중이 미약했다고 할 수밖에 없다. 분위기에 어울리는 낱말을 찾아 쓴 것이라는 혐의를 지우기 어렵다. 곰팡이 역시 분위기에 따라서 선택한 이미지라 할 수 있다. 곰팡이가 낀 어두운 공간이란 지시적 의미에서 풍기는 분위기만 있을 뿐 화자의 심리 상태를 구체적으로 받쳐주지 못한다. 답답한 것인지, 지겨운 것인지, 화가 나는 것인지 알 길이 없다.

  이어서 '락스'와 '사랑'의 유기성이 문제가 되었다. '락스'는 곰팡이를 제거하는 실제의 사물인데 '사랑'은 매우 추상적인 낱말이어서 두 낱말 간에 대비가 이루어지지 않는다. 락스는 사랑과 관련하여 구체적인 이미지로 자리잡고 있지 못한 것이다. 이후 문장은 주어가 불분명해 혼란스럽지만 일단 이미지를 따져 보았다. '백기', '검은 옷', '붉은 꽃잎'을 통해 색깔을 대비해 이미지를 구축하고자 한 것으로 보인다. 하지만 곰팡이가 백기를 흔드는지, 화자가 흔드는지가 불분명하다. 화자가 곰팡이라면 사랑을 뿌리는 주체가 누구인지 모호해진다. 만일 곰팡이라면 곰팡이가 검은 옷을 벗고 붉은 꽃을 피운다는 것이 되지만, 다음 문장의 '발'이나 '마음'과 일치되지 않는다. 화자라고 본다면 검은 옷과 붉은 꽃잎은 너무도 막연한 낱말이 된다. 이미지의 경계가 너무 막연해 의미의 자장이 형성되지 못하는 것이다. 이미지의 유기성에 대한 이해를 바탕으로 이 시를 유기적 구조로 고쳐보도록 하였다. 수업 시간에 함께 고친 것은 다음과 같다.

> 언제부터인가
> 완강하게 피어 있는
> 내 맘속의 곰팡이
> 아무도 죽이지 못했네
> 그녀의 바람결이 닿기 전에
>
> 언제부터인가
> 그녀의 숨결을 타고 온
> 불꽃같은 씨앗 하나,
> 내 맘속에 자라더니
> 환한 꽃을 피웠네

학습자들은 '붉은 꽃', '풍선', '사랑'을 '그녀', '불꽃', '씨앗', '환한 꽃'으로 바꾼 것이다. 이렇게 바꾸어보니 '곰팡이'가 '그녀의 숨결'로 인해 '불꽃같은 씨앗'이 되고, 그 씨앗이 '환한 꽃'이 되는 이미지의 유기성이 살아났다. 다만 본래의 습작시가 스스로 사랑을 촉발했다는 것을 외부의 자극으로 인해 사랑을 촉발한 것으로 바뀌어서 약간의 차이가 있지만, 이미지의 유기성을 창조해낸 학습으로서 의의는 충분하다고 판단된다.

지금까지 시의 감상과 이미지 교육 방법을 정리해보면, 시에서 이미지 교육은 시의 감상을 토대로 작품 속의 이미지를 체험하는 데서 출발할 수밖에 없다. 학습자는 스스로 느꼈던 감상을 통해 이미지의 효과를 이해하고, 이미지의 다양한 형태와 성격을 이해할 수 있도록 작품을 선정하고 프로그램을 만들었다. 다음으로 이미지 사용이 미숙한 시의 문제를 통해 이미지의 특성과 효과를 경험하게 하는 프로그램을 활용했다. 어색한 시의 이미지를 통해 이미지에 대한 이해를 높이고 스스로 이미지를 창조하는 작업을 수행함으로써 시를 향유하도록 한 것이다. 시의 감상을 통해 이미지를 이해하고 이미지를 창조하는 학습 프로그램은 시의 감상능력과 더불어 언어 생활을 발전시키는 교육적 효과가 기대되는 것이다.

## 2. 현대시 운율 교육의 실제

시의 운율을 가르칠 때 운율을 감득할 수 있지만 감득한 운율을 학습자에게 교육하기가 어렵다. 운율이 무엇이며 어떻게 교육해야 하는가를 모르기 때문이다. 뿐만 아니라 운율에 대한 인식 부족은 운율을 도식화시키거나 운율의 범주를 지나치게 확장하여 개념을 혼란스럽게 한다. 특히 현대시의 운율 교육에서는 더욱 혼란스럽다. 현대시는 운율을 겉으로 잘 드러내지 않은 경우가 많아서 한 작품에서 운율 체계를 읽어내는 것이 쉽지 않다. 현대시에서 운율은 말뜻, 정서적 흐름, 말소리 흐름의 일치를 살피는 것으로 특정한 유형을 설정할 수가 없기 때문이다. 현대시에서 운율은 시를 읽을 때 감각적 언어나 의미가 주는 심미적 정서와 일치하는 경우도 있지만 일치하지 않는 경우도 적지 않다. 운율이 생성시킨 가락 자체가 주는 미감 때문에 감각적 이미지나 의미가 약화되는 경우도 있고, 의도적으로 운율과 의미를 어긋나게 하는 경우도 있다. 또, 적지 않은 현대시가 운율에 대한 인식이 미약한 경우도 많다. 운율에 대한 일반적인 생각을 하나로 규정하기가 어려운 것이다. 뿐만 아니라 일상 생활의 리듬과 시의 운율을 혼동하거나 음악과 시의 운율을 혼동하는 경우가 많기 때문에 더욱 혼란스럽다. 따라서 운율이 무엇인가를 살펴볼 필요가 있다. 그러므로 우선 운율에 대한 여러 견해를 살핌으로써 혼란을 최대한 줄이고, 이를 토대로 현대시를 감상하는 방법으로서 운율을 찾아보고자 한다.

우선 우리 시의 운율을 소리가 일정한 간격으로 단위를 형성하면서 반복된다고 보는 견해다. 이것은 운율의 가장 기본적인 특성을 규정하고 있다.

| | | | | |
|---|---|---|---|---|
| 내고향 | 남쪽바다 | 그, 파란물 | 눈에보이네 | |
| 꿈엔들 | 잊으리오 | 그, 잔잔한 | 고향 바다 | |
| 지금도 | 그, 물새들 | 날으리 | 가고파라 | 가고파 |
| | | | | |
| 어린제 | 같이놀던 | 그동무들 | 그리워라 | |
| 어디간들 | 잊으리오 | 그, 뛰놀던 | 고향 동무 | |
| 오늘은 | 다무얼하는고 | 보고파라 | 보고파 | |

이은상, <가고파> 부분

57

위의 현대시조는 가곡으로 작곡되어 널리 알려진 작품이다. 시인이 시조는 본래 노래였고 현대시도 노래여야 한다는 인식 아래 쓴 시다.

3/4박자로 작곡된 이 노래는 시의 음보단위 별로 붙임표를 통해 음을 묶어서 시의 의미를 살리고 있다. 이러한 노래가 가능한 것은 음보단위가 통사적 의미 단위와 일치하기 때문에 가능하다.

그런데 통사적 단위와 음보 단위가 일치하지 않더라도 정서적 흐름과 일치하는 경우도 있다. 김소월의 <가는 길>에서 "그립다/ 말을 할까/ 하니 그리워//"는 '그립다'는 말을 하려다 마음속으로 머뭇거리는 순간 더 그리워지는 심리적 흐름을 보여주고 있다. 운율이 통사적 단위에 일치한 경우와 비교해 보면 시적 효과가 더욱 분명해진다. "그립다/ 말을 할까하니/ 그리워//"를 읽을 때 두 번째 단위에서 중간의 짧은 휴지(休止)를 주면 다음 단위를 읽을 때 급박해져서 생리적으로 부담을 느끼게 된다. 이러한 부담을 덜기 위해서 "그립다/ 말을 할까/ 하니 그리워//"로 하는 것이 자연스럽다. 여기에는 '말을 할까'라는 어미가 우리 언어에서 문장을 종결하는 자질을 강하게 갖고 있기 때문이다. 크게 말해서 우리말의 통사적 휴지와 관련된 것이다. 그런데 3음보의 율독을 시 전체로 확장하면 앞 구절에서 보여주었던 운율과 심리적 흐름의 일치가 별로 중요하게 작용하지 않는다.

> 그립다/
> 말을 할까/
> 하니 그리워//
> 그냥 갈까/
> 그래도/
> 다시 더 한번 …//.
>
> 저 山에도/ 까마귀/, 들에 까마귀//
> 西山에는/ 해진다고/
> 지저귑니다//
> 앞 江물/, 뒷 江물/,
> 흐르는 물은//
> 어서/ 따라오라고/ 따라가자고//
> 흘러도/ 연달아/ 흐릅디다려//.
>
> 김소월, <가는길> 전문

　이 시를 3음보로 읽으면 3음보의 맨 마지막 단위의 처음 음에 강세가 주어져 3음보의 반복이 일정한 가락을 이루게 된다. 단순히 시간의 등장성으로 설명할 수 없는 운율의 특징이 드러난 것이다. 의미에서 발생하는 정서적 긴장과 다른 미묘한 가락이 생성되는 것이다. <가는 길>의 운율을 단순한 단위의 반복인 시간적인 등장성(等張性)만으로 설명하기에는 역부족이며, 운율이 생성시킨 정서적인 흐름이 의미가 발산하는 정서적 흐름과 일치한다고 할 수가 없다. 물론 의미의 자장과 운율의 자장이 결합하여 서럽고 그리운 정서를 두서없이 쏟아내지 않고 가락을 통해서 풀어내고 있다. 그렇다면 운율은 독자성을 지니고 있고, 그 독자적인 자질이 의미나 정서적 흐름과 결합한다는 가정이 가능해진다.

이러한 가정을 토대로 시간의 등장성만으로 운율을 규정하는 견해를 보완한 것이 율동(rhythm)이라 할 수 있다. 율동은 시간의 흐름에 운동의 속성을 첨가한 견해다. 한 낱말의 발음이 생성하는 충격, 진동의 힘과 그 흐름, 즉 소리의 역동적인 성질을 율동(rhythm)이라 하는 것이다. 음의 장단(長短), 고저(高低), 강세(强勢)를 고려해 운율을 규정하고자 하는 입장이다. 그러나 음의 고저와 강세가 우리 시의 중요한 자질이냐는 문제가 제기될 수 있다. 영어의 정형시가 강세를 운율법의 기초로 삼고 있는 것은 영어에서 강세(accent)는 의미를 고려한 것으로 중요한 자질이지만 우리 시에서 강세는 국어의 음운론에서 말하는 변별자질이 아니라 잉여자질(비변별적 자질)로서 운율에 지대한 영향을 미치는 요소가 아니며, 설혹 강세를 인정하더라도 율문(律文)과 산문(散文)에 차별없이 나타나기 때문에 율문의 독자적인 성격이라 할 수 없다는 것이다.[12] 고저율격론 역시 음성학적 측정기를 사용하여 우리말의 고저를 따지지만 인간이 인식하고 활용하는 자질이 아니며, 기계가 인간 언어의 음운론적 자질을 구분해내지 못해 실제 시의 운율을 따지는 데는 무용해진다.

이 가운데 음의 장단(長短)은 우리말의 음운론적 자질로서 시의 운율을 설명하는 요소로서 의미를 지닌다. 실제로 우리 시의 운율을 음의 장단, 음수, 음보를 토대로 유형을 분류하는 데로 나아가고 있다.[13] 여기서는 현대시에 적용한 몇 개의 예를 살펴볼 필요가 있다.

---

12) 김흥규, 「한국 시가의 율격이론 I : 이론적 기반의 모색」, ≪민족문화연구≫ 13집(고려대학교 민족문화연구소, 1978), 105면 참조.

13) 성기옥, 『한국시가의 율격이론』(새문사, 1986).

山에는─    꽃피네─    꽃이피네
갈─봄∨    여름없이    꽃이피네

산에─∨    산에─∨    피는꽃은
저만치─    혼자서─    피여있네

산에서─    우─는∨    작은새요
꽃이좋아    山에서─    사노라네

山에는─    꽃지네─    꽃이지네
갈─봄∨    여름없이    꽃이지네

김소월, &lt;산유화&gt; 전문[14]

이 율격도에서 '─'음은 장음이고, 표시가 없는 것은 정음, ∨은 휴지를 나타낸다. 이 분석도가 작품의 행 배치 이전에 기저(基底) 율격이라는 주장이다. 그러나 이러한 율격이 시를 감상하거나 창작하는 데 어떤 효과가 있는지에 대해서는 설명하지 못하고 있다. 물론 3음보의 각 단위가 일정한 음량을 어떻게 유지하는가를 보여줌으로써 율독의 규칙을 설명하는 데 의의를 지닌다. 하지만 이 율격의 분석은 현대시를 정형시의 운율과 동일화하여 운율을 지나치게 독립적인 요소로 상정한 것으로 현대시의 창작과 감상에 도움을 주기 어렵다는 데 문제가 있다. 이 시는 오히려 운율이 인간사로부터 후퇴하여 자연 속에 외로운 새가 되어 저만치 혼자 피는 꽃을 바라보는 고독한 인간의 심정을 3음보의 운율로 나타내고 있다는 것을 고려해야 한다. 의미와 정서를 고려한 율독을 하면 다음과 같이 수정될 수밖에 없는 대목이 있다.

---

14) 성기옥, 위의 책, 195면.

산에 — ∨    산에 — ∨    피는꽃은
<u>저만 — 치</u>    <u>혼자서</u>∨    피여있네

밑줄 친 부분을 의미와 정서에 따라 음의 장단과 휴지를 변경한 곳이다. 운율과 의미가 화자의 고독하면서도 관조하는 듯하고, 관조하면서도 서러운 듯한 미묘한 심정을 생성시키고 있다. 복합적인 감정을 생성시키기 위해 운율을 활용하고 있는 것이다. 이렇듯 3음보의 음량을 맞추면서도 음의 장단(長短)을 통해 복합적 감정을 표현하는 김소월의 운율 의식은 현대시의 특성을 살리고 있다. 이처럼 개인의 복합적인 감정을 운율로 만드는 현대시의 면모는 서정주의 시에서도 드러난다.

눈물 아롱아롱
피리 불고 가신 님의 밟으신 길은
진달래 꽃비 오는 서역(西域) 삼만 리.
흰 옷깃 여며 여며 가옵신 님의
다시 오진 못하는 파촉(巴蜀) 삼만 리.

신이나 삼아 줄 걸 슬픈 사연의
올올이 아로새긴 육날 메투리.
은장도 푸른 날로 이냥 베어서
부질없는 이 머리털 엮어 드릴 걸.

초롱에 불빛, 지친 밤하늘
굽이굽이 은하(銀河)ㅅ물 목이 젖은 새,
차마 아니 솟는 가락 눈이 감겨서
제 피에 취한 새가 귀촉도 운다.
그대 하늘 끝 호올로 가신 님아

서정주, <귀촉도> 전문

이 시는 시인의 운율에 대한 인식을 분명히 보여준다. 전체가 3음보로 자연스럽게 읽히는데, 첫 행에서 한 음보를 비워둔 것이나 구두점이나 쉼표의 활용은 운율에만 빠지지 않으려는 시인의 의식을 보여준다. '눈물/ 아롱아롱/      //'에서 한 음보를 비워둔 것은 그 만큼의 휴지를 두어 '아롱아롱'의 감각적 이미지를 살리기 위한 의도라 할 수 있다. '아롱아롱'의 이미지를 빈 단위의 시간만큼을 유지시켜 감정적 여운을 만들고 있는 것이다.

다음으로 처음 연과 가운데 연에서 구두점은 3음보의 정돈된 운율을 잠시 멈추도록 하기 위한 의도라 할 수 있다. 이 시는 율독(律讀)할 때 너무도 거침없이 읽히기 때문에 의미가 운율에 묻혀버릴 위험이 있다. 이러한 위험을 방지하기 위해 마침표를 찍어 한 박자 쉬어가도록 유도하고 있다. 운율을 활용하면서도 운율의 단속(斷續)을 통해 의미와 정서를 살리고 있는 것이다.

셋째 연의 첫 행의 쉼표는 율독할 때 3음보의 호흡을 조절하기 위한 배려다. '초롱에 불빛 지친 밤하늘'일 경우 '초롱에 불빛' 다음에 곧바로 '지친'으로 들어가게 되므로 호흡이 벅차 3음보의 운율이 정돈되지 못한다. 반 박자 쉬면서 무리한 호흡을 방지함으로써 '초롱에 불빛/, 지친/ 밤하늘//'로 3음보의 호흡이 자연스럽게 된 것이다. 다음에 둘째 행의 마지막은 이전의 두 연의 마침표와 달리 쉼표를 사용하고 있다. 앞의 두 연에서 마침표는 의미 단위가 완성된 곳에 위치했던 데 비해 이곳의 쉼표의 위치는 의미 단위가 완성되지 못한 곳에 위치한다. 주체인 새의 행위가 바로 이어지고 있는 통사적 의미 단위의 압력이 작용한 것이다. 쉼표는 의미의 연결과 운율의 단속을 동시에 수행하도록 반 박자 쉬도록 한 것이다.

마지막으로 끝 행 바로 앞에 찍힌 구두점은 시의 마무리 기능을 수행하고 있다. 사실 이 행에서 시가 끝나도 무리가 없다. 하지만 계속되는 3음보의 운율은 또 다시 3음보의 운율을 기대하게 한다. 그렇다고 무한정 시를 전개할 수는 없는 일이다. 이러한 부담이 마지막 행을 첨가하게 한 것으로 보인다. 끝 행 바로 앞에 마침표는 시의 마무리 기능을 했지만 운율의 압박에 마무리를 실패하고 있는 것이다. 그러므로 마지막 행에 '그대 하늘 끝/ 호올로 가신/ 님아//'를 붙여 시가 마무리된 것을 확인시키고 있다. 이 때 마지막 행의 음보의 음수를 주의할 필요가 있다. 끝의 음보를 '님아'라는 두 글자만을 두어 음량을 크게 하고 있다. 이 단위가 자연스럽게 길게 발음하도록 하여 호흡을 그치고 싶도록 만들고 있다. 두 글자를 연속으로 장음(長音)으로 발음하면 호흡이 잦아들어 멈추게 되는 것이다.

서정주의 <귀촉도>에서 운율의 미감을 살리기 위한 구두점 사용과 시의 마무리를 위한 구두점 사용은 현대시의 운율의 새로운 특징을 보여준다. 운율과 의미의 일치를 꾀하는 것이나 운율의 속도를 의도적으로 늦추는 것은 현대시의 운율이 의미나 정서와 결합되어 작용한다는 것을 보여주고 있다.

지금까지 운율은 음보에 의존하는 운율에 대한 고찰이었다. 그런데 오늘날 현대시의 운율은 음보율 이외에도 여러 요소가 작용한다고 보고 있다. 브룩스와 워렌이 『시의 이해』에서 영어 자유시의 운율은 영어 정형시가 음절 사이의 강세에 따라 리듬을 결정한다는 운율법 휴지와 음절의 길이, 뜻에 대한 고려, 운 등이 정해지고 강조하는 등의 요소가 작용한다고 설명하고 있다. 정서나 의미를 살리기 위해 행한 언어학적 모든 요소를 운율을 이루는 요소가 될 가능성을 열어 놓고 있는 것이다. 운율은 반복이라는 기존 인식에, 모든 언어학적 요소가 운율이라는 인식을 첨가한 것이다. 우리 시에서도 이러한 운율 의식이 드러난다.

내 마음의/ 어딘 듯/ 한 편에// 끝없는/
　강물이/ 흐르네//
돋쳐 오르는/ 아침/ 날 빛이// 빤질한/
　은결을/ 도도네//
가슴엔 듯/ 눈엔 듯/ 또 핏줄엔 듯/
마음이/ 도른도른/ 숨어 있는 곳/
내 마음의/ 어딘 듯/ 한 편에// 끝없는/
　강물이/ 흐르네//

김영랑, &lt;동백 잎에 빛나는 마음&gt; 전문

나는/ 사랑합니다//, 소쩍새가/ 소탱소탱 울면/ 흉년이 온다든가//
솔짝솔짝 울면/ 솔 작다든가/ 하는// 그/ 흉년과/ 풍년 사이//
온도계의/ 눈금 같은/ 말까지를//, 다 우리들의/ 타고난/ 운명을 극
복하는//
말로다/ 사랑합니다//, 술이 깬 아침은/ 맑은 국물에/ 동동 떠오르
는//
동치미에서/ 싹둑싹둑/ 도마질하는// 아내의/ 흰 손이/ 보입니다//,
그 흰손이/
우리나라/ 무덤을 이루고//, 동치미/ 국물 속에선/ 바햐흐로// 쑥둑
쑥둑/
쑥둑새가/ 우는 아침입니다//.

송수권, &lt;우리 나라의 숲과 새들&gt; 부분

　&lt;동백 잎에 빛나는 마음&gt;은 3음보의 기저 율격인데 '끝없는'과
'빤질한'을 행걸침을 만들어 놓고 있다. '끝없는'과 '강물이 흐르네'를
분리함으로써 '끝없는'과 '강물이 흐르네'의 의미와 정서적 흐름을 확
산시키려는 의도다. 뿐만 아니라 3음보이면서도 두 번째 음보에서 의
도적으로 정상보다 약간 긴 휴지(休止)를 만들고 있다. 첫 행과 여섯째
행의 두 번째 음보의 '듯'은 발음상 약간의 휴지를, 다섯째 행의 두 번

째 음보와 세 번째 음보의 연결에서 '눈엔 듯/ 또'를 배치해 약간의 휴지를, 셋째 행의 두 번째 음보의 '아침'과 넷째 행의 '도른도른'은 음수를 줄이고 늘려서 약간의 휴지를 생성시킨다. 3음보이면서도 2음보와 같은 호흡을 슬쩍 유발시켜 앞 뒤 구절이 서로 이어지도록 배치해 마치 <가고파>의 악보에서 보듯이 음보 단위로 의미를 주면서도 음보간에 음을 연결하는 효과를 만들고 있다. 김영랑은 여기에 그치지 않고 치음과 유음의 반복을 통해 음악의 선율같은 느낌을 만들고 있다. 또 '빤질한', '도도네', '도른도른' 등으로 언어를 조탁해 음상의 결을 맞추기까지 한다. 김영랑은 적극적으로 휴지와 음절의 길이나 운을 활용하여 운율을 만들고 있는 것이다. 뿐만 아니라 행걸침을 통해 정서의 결을 이어가거나 확산하고 있다. 현대시의 운율이 음보율을 넘어서 보다 언어의 다양한 요소를 활용하고 음보의 자유로운 변주의 가능성을 보여주고 있는 것이다.

송수권의 <우리 나라의 숲과 새들>은 김영랑과 같은 적극적인 운율 의식을 보여주지는 않지만 김영랑이 시도한 운율 의식을 기저에 활용하고 있어 현대시의 운율을 잘 보여준다. 이 시의 음보를 도표화하면 다음과 같다.

짙은 부분은 2음보의 형태를 보여주는 곳이다. 구조상 3음보 사이에 2음보가 끼어 있는 형태다. 마지막 행은 3음보인데 2행 건너 2음보가 오는 구조를 맞추기 위해 행걸침으로 2음보 형태를 만들고 있다. 구조적으로 운율을 맞추려는 운율의 식을 보여준다. 한 행에 3음보가 중첩되면서 산문같이 풀어질 위험이 생기면 2음보를 넣어서 리듬을 살려 놓고 있는 것이다. 뿐만 아니라 '소탱소탱', '솥짝솥짝', '싹독싹독', '쑥독쑥독' 등은 청각적인 이미지인데 비슷한 음상이 반복되면서 운율을 느끼게 한다. 그러나 '동동'은 유사한 음상의 반복의 맥락에서 동떨어져 있어 운율에 적극적으로 기능하지 않는다. 부분적으로 '동동 떠오르는 동치미', '도마질'의 유사한 음상의 반복이 그 구절에 국한되어 운율을 느끼게 한다.

김영랑과 송수권의 시는 현대시의 운율이 음성적 요소의 배열, 특정한 음보의 반복, 음성 상징어의 구사, 음절의 배열과 반복, 행과 연의 배열 등에 의해서 복합적으로 이루어진다는 것을 알 수 있게 하였다. 뿐만 아니라 운율은 시의 구조 전체에 작용하는 것과 부분적으로 작용하는 것을 구분할 필요가 있다는 것을 확인할 수 있었다. 현대시에서 부분적으로 운율 의식이 나타나는 것을 전체 구조로 확대하면 운율에 대한 이해가 왜곡될 위험이 따른다.

거울속에는소리가없소.
저렇게까지조용한세상은참없을것이오.
거울속에도내게귀가있소.
내말을못알아듣는딱한귀가두개나있소.

거울속의나는왼손잽이오.
내악수를받을줄모르는 － 악수를모르는왼손잽이오

거울때문에나는거울속의나를만져보지못하는구료마는
거울이아니었던들내가어찌거울속의나를만나보기만이라도했겠소.

나는지금거울을안가졌소마는거울속에는늘거울속의내가있소.
잘은모르지만외로된사업에골몰할께요.

거울속의나는참나와는반대요마는
또꽤닮았소.
나는거울속의나를근심하고진찰할수없으니퍽섭섭하오

이상, &lt;거울&gt; 전문

풀이 눕는다
비를 몰아오는 동풍에 나부껴
풀은 눕고
드디어 울었다
날이 흐려서 더 울다가
다시 누웠다

풀이 눕는다
바람보다도 더 빨리 눕는다
바람보다도 더 빨리 울고
바람보다도 먼저 일어난다

날이 흐리고 풀이 눕는다
발목까지
발밑까지 눕는다
바람보다 늦게 누워도
바람보다 먼저 일어나고
바람보다 늦게 울어도
바람보다 먼저 웃는다
날이 흐리고 풀뿌리가 눕는다

김수영, &lt;풀&gt; 전문

　이 두 시를 인용한 것은 이상의 <거울>을 구문을 반복한 운율로 교육하는 어처구니없는 상황을 목격했기 때문이다. <거울>에서 '거울 속에는 소리가 없소', '거울 속에도 내게 귀가 있소', '거울 속의 나는 왼손잡이오'를 '거울 속'이라는 구절의 반복이기 때문에 운율적 요소라는 것인데, 이것은 운율에 대한 이해를 전혀 갖지 못한 처사라 할 수 있다. 이 구절의 반복은 시 전체 구조에서 운율을 형성하는 데 전혀 기여하지 못하고 있다. 뿐만 아니라 이 시는 부분적으로도 운율 의식을 보여주는 대목이 없다. 이 시에는 운율 의식이 전혀 없다고 해도 과언이 아니다. 김수영의 <풀>과 비교해 보면 구문의 반복이 무조건 운율이 되는 것이 아니라는 것을 알 수 있을 것이다.

　김수영의 <풀>은 구문의 반복이 전체 구조 속에 작용할 때 운율이 생성된다는 것을 보여준다. 전체적으로 2음보인데 논자에 따라 5, 8, 9행에서 '더'를 강조해서 3음보로 읽을 수 있다고 주장할 수도 있다.

> 날이 흐려서/ 더/ 울다가
> 바람보다도/ 더/ 빨리 눕는다
> 바람보다도/ 더/ 빨리 울고

　그러나 전체 시의 운율 구조를 보면 2음보라 할 수 있다. 동사 구문을 기저로 해서 두 박자의 리듬으로 운율이 구성되어 있다.

> 풀이/ 눕는다//
> 비를 몰아오는/ 동풍에 나부껴//
> 풀은/ 눕고//
> 드디어/ 울었다//

날이 흐려서/ 더 울다가//
다시/ 누웠다//

풀이/ 눕는다//
바람보다도/ 더 빨리 눕는다//
바람보다도/ 더 빨리 울고//
바람보다도/ 먼저 일어난다//

날이 흐리고/ 풀이 눕는다//
발목까지/            //
발밑까지/ 눕는다//
바람보다/ 늦게 누워도//
바람보다/ 먼저 일어나고//
바람보다/ 늦게 울어도//
바람보다/ 먼저 웃는다//
날이 흐리고/ 풀뿌리가 눕는다//

　　현재 시제와 과거 시제의 교체, '눕다/ 일어서다', '울다/ 웃다'의 대립적 교체에 의해서 운율이 형성되고 있다. 동사가 중심이 되면서 부사인 '드디어', '다시', '더 빨리', '먼저', '늦게'가 추가되고 있다. 풀이 눕고 일어나는 속도가 2음보의 율격을 따라 형성되고 있으며, 이 율격은 다시 동사의 대립적 교체에 따라 눕고 일어서는 율동을 만들고 있다. 또 하나 주목할 것은 시제다. '드디어/ 울었다'와 '다시 누웠다'는 두 구절은 과거 시제이지만 나머지는 모두 현재 시제다. 과거 시제가 나올 때까지 구문은 부사의 대립이 일어나지 않는다. 그러나 이후에는 행이 교체될 때마다 부사와 동사가 대립적으로 교체되면서 움직임을 강렬하게 부각시켜 율동을 역동적으로 만들고 있다. 역동적 율동은 눕고 일어나고 눕고 일어나는 풀의 움직임을 형상화하면서 울고 웃고, 울고 웃는 시인의 감정마저 풀의 움직임과 일치시키고 있다. 이 때 풀은 한 포기가 아니다. 집단적이고 일반화된 풀이라 할 때 눕고 일어나기를 반복하며 풀의 파도치는 움직임은 강렬한 생명력을 느끼게 할 것이다. 운율이 의미나 이미지와 일치하는 현대시의 특성을 보여주고 있는 것이다. 더구나 감정이 이입된 풀은 웃고 울고, 웃고 울기를 반복하는 시인의 의식과도 일치하고 있다. 강렬한 율동이 시인의 자유를 향한 투쟁과 패배로 점철된 시인의 열정이나 고독과도 일치하는 것이다. 이처럼 구문의 반복이 모두 운율이 되는 것이 아니라 전체 운율 구조와 더불어 의미나 정서적 흐름과 일치할 때 운율이 되는 것이다.

김영랑의 <동백 잎의 빛나는 마음>, 송수권의 <우리 나라의 숲과 새들>, 김수영의 <풀>에서 현대시의 운율은 율격뿐만 아니라 구문의 반복, 운, 음상의 반복에 의해서 형성된다는 것과 시 전체 구조와 관련된다는 것을 확인할 수 있었다. 현대시의 운율은 전통적인 율격에 새로운 요소를 첨가하여 시인의 개성적인 운율을 형성하고 있는 것이다. 그러나 현대시의 운율에도 전통적인 운율이 기저를 이루는 경우가 적지 않다는 것도 알아야 한다.

전라도나 경상도
여기저기 이곳 저곳
산굽이 돌고 논밭두렁 돌아
헤어지고 만나며 아하,
그 그리운 얼굴들이
그리움에 목말라
애타는 손짓으로 불러
저렇게 다 만나고 모여들어
굽이쳐 흘러
이렇게 시퍼런 그리움으로

71

어라 둥둥 만나
얼싸절싸 어우러지며
가슴 벅찬 출렁임으로 차오르나니
어화 어화 숨차
어화 숨막히는 저 물결
어화 어기여차
저 시퍼런 하동 포구

김용택, &lt;섬진강10 - 하동포구&gt; 전문

이 시는 강물의 흐름과 흥겨움의 정서와 운율이 일치하고 있다. 이 이미지와 정서 운율이 조화로운 것이다. 전체적으로 2음보의 율격을 통해 강물이 속도감을 주면서 음수에 변화를 주어 율독 시 호흡을 조정하고 있다. 그러면서 심리적 긴장과 이완을 생성시키며, 그 출렁이는 운율이 다시 강물이 물결치며 흘러가는 이미지와 일치하고 있다.

전라도/ 경상도//
여기저기/ 이곳 저곳//
산굽이 돌고/ 논밭두렁 돌아//
헤어지고/ 만나며 아하//,

2음보의 운율인데 행을 거듭할수록 음보마다 한 음절씩을 늘여감으로써 점점 빠르게 읽도록 하여 감정을 고양시키고, 끝 행의 마지막 음보에서 '아하'라는 감탄사로 음을 고조시켜 흥겨운 가락에 매김소리를 넣는 효과를 만들고 있다. 흥에 겨워 춤을 추는 율동과 강물이 경쾌하게 흘러가는 율동을 일치시키고 있는 것이다. 바로 다음에는 그리움이 해소되어 기쁨이 넘치는 장면을 연상하게 한다.

그 그리운/ 얼굴들이//
애타는/ 손짓으로 불러//
저렇게/ 다 만나고 모여들어//
굽이쳐/ 흘러//
이렇게/ 시퍼런 그리움으로//
어라 둥둥/ 만나//

음절수를 늘여서 가쁜 호흡을 만들었다가 음절수를 줄여 한 호흡을 늦추기를 반복하면서 빠른 율동과 느린 율동을 만들고 있다. 이러한 율동의 변화는 어깨춤의 사위의 리듬과 흡사해 '어라 둥둥'의 여흥구와 어우러져 흥겨움을 더해 주고 있다. 이 대목은 운율이 의미와 결합하면서 정서를 생성시킬 뿐만 아니라 이미지까지 환기시키고 있어 운율의 묘미를 보여준다.

얼싸절싸/ 어우러지며//
가슴 벅찬/ 출렁임으로 차오르나니//
어화/ 어화 숨차//
어화 /숨막히는 저 물결//
어화/ 어기여차//
저 시퍼런/ 하동 포구//

마지막 대목은 앞에서 보여준 율동의 연속으로 점점 고양되는 감정을 보여준다. 그러나 이곳에서는 2음보의 율격과 음수의 변화를 바탕으로 '어화'라는 감탄사를 반복함으로써 흥겨움이 최고조에 이르러 땀방울이 맺히면서 소리를 지르는 듯한 인상을 만들어내고 있다. 낱말의 반복이 2음보의 율격과 음수율 조정으로 할 수 없는 감정을 형상화하고 있는 것이다.

흥겨운 춤사위의 리듬인 김용택의 <섬진강 10 - 하동포구>는 한

국 시의 율격의 계보에서 보자면 기저에 전통시가의 두 박자 율격이
깔려 있다고 할 수 있다. 하지만 민요처럼 겉에 드러나는 2음보의 운
율이 만드는 가락 자체에 의존하지 않고 운율이 내재화되어 있다. 의미
나 정서와 일치하는 운율은 이미지까지 생성시키고 있다. 전통시가의
외재율이 철저히 가락에 의존하는 것과 다른 것이다. 성기옥이 분석한
전통 시가들과 비교해 보면 현대시가 내재율이란 것이 잘 드러난다.

1

| 달아달아 | 초싱달아 |
| 어듸갓다 | 인제왔나 |
| 새각씨의 | 눈섭갓고 |
| 늙은니의 | 허리같다 |
| 달아달아 | 초싱달아 |
| 어서어서 | 잘아나서 |
| 겨율가혼 | 네얼골노 |
| 왼세계를 | 빗초여라 |

엄필진, 『조선동요집』, 10~11면

| 연줄가네 | 연줄가네 |
| 해를따라 | 연줄가네 |
| 그연줄을 | 따라가면 |
| 부모형제 | 만나보리 |

임동권, 『한국민요집 Ⅲ』, 266면

2

| 四月 − ∨ | 아니니저 |
| 오실셔− | 곳고리새여 |
| 므슴다− | 綠事니믄 |
| 넷−나를 | 닛고신뎌 |

<동동>, 『악장가사』

3

| 날오란다네 | 날오란다네 |
|---|---|
| 산골처자가 | 날오란다네 |
| <u>천장미조밥에</u> | 새우젖놓고 |
| <u>혼자묵기심심해서</u> | 날오란다네 |

임동권, 『한국민요집 I 』, 13면

 ①은 음수까지 맞춘 2음보로 철저히 맞추고 있다. 동요는 빠른 리듬으로 밝고 명랑한 느낌을 생성하고 있으며, 민요는 늘어지는 리듬으로 어둡고 비극적인 정서를 생성하고 있다. 빠르기의 차이가 정서적 질감의 차이를 만들고 있지만 음보 단위마다 음절수까지 맞추고 있어 운율이 겉에 드러나고 있다. 이에 비해 ②는 음절수의 제약으로부터 벗어나 있다. 음의 장단(長短)에 따라 음량을 일치시킨 2음보. 이 때 2음보를 맞추기 위한 음의 장단이 그리움의 정서를 생성시키고 있다. 마지막으로 ③은 2음보의 율격 가운데 3음보로 전환되고 있다. 하지만 자유로운 운율이라 할 수는 없다. 2음보에서 3음보로 전환하면서 흥겨운 정도의 변화를 주는 운율의 전환이라 보는 것이 타당할 것이다. 전통 시가의 정형적 운율은 리듬을 통해 가락을 만들어내는 기능을 하고 있는 것이다.

 반면에 김용택의 <섬진강 10 - 하동포구>는 강물의 물결, 어깨춤 사위 등의 의미나 정서와 운율이 긴밀하게 결합되어 하나의 유기적 구조를 이루고 있다. 현대시에서 운율은 독립된 요소가 아니라 의미, 정서와 유기적으로 결합한 구조이므로 현대적 운율은 구조적 완결성 속에서 살펴야 한다. 물론 현대에 쓰여진 시가 전통적인 운율을 바탕으로 쓰여진 경우도 많다. 그렇다고 이 시가 모두 현대적 운율이라고 할 수는 없다.

늙은 애비 헛간에서 죽었더란다
두 섬 쌀마지기 숨겼다고 쪽발이놈이 죽였더란다
고운 아내 골방에서 죽었더란다
벌건 대낮에 강간하고 양키놈이 죽였더란다
어이어이 못 산 애비 떠메고 들어갔나
어이어이 못 산 아내 묻으러 들어갔나
꽃아 지리산꽃아
무엇을 목놓아 부르다가 쓰러진 꽃아
바람만 훅 불어도 금시 일어나
백발머리 흩날리며 마을로 치달려오는
뉘는 널더러 빨갱이꽃이라 부르지만
정작 너는 슬픈 꽃
두고 온 자식이나마 만나야겠다고
왼종일 서두르는 지리산꽃.

오봉옥, <지리산 갈대꽃> 전문

이 시는 운율적인 측면에서는 전체가 3음보이지만 전반부와 후반
부에서 운율의 기능이 다르다.

늙은 애비/ 헛간에서/ 죽었더란다//
두 섬 쌀마지기/ 숨겼다고/ 쪽발이놈이 죽였더란다//
고운 아내/ 골방에서/ 죽었더란다//
벌건 대낮에/ 강간하고/ 양키놈이 죽였더란다//
어이어이/ 못 산 애비/ 떠메고 들어갔나//
어이어이/ 못 산 아내/ 묻으러 들어갔나//

3음보의 일정한 율격은 이야기를 안정적으로 전달하기 위한 것으
로 보인다. 하나의 이야기를 심리적 정황과 함께 끌고 가는 것이 아니
기 때문에 각 행마다 이야기의 단절이 있으므로 이 단절을 극복하는

방법으로 전통적인 운율을 활용하고 있다. 운율을 통해 동떨어진 이야
기를 하나로 묶어가고 있는 것이다. 그런데 이후 운율은 심리적 드라
마에 따르는 운율이다.

> 꽃아/ 지리산꽃아//　　　　//
> 무엇을/ 목놓아 부르다가/ 쓰러진 꽃아//
> 바람만/ 훅 불어도/ 금시 일어나//
> 백발머리/ 흩날리며/ 마을로 치달려오는//
> 뉘는 널더러/ 빨갱이꽃이라/ 부르지만//
> 정작/ 너는 슬픈 꽃/　　　　//
> 두고 온/ 자식이나마/ 만나야겠다고//
> 왼종일/ 서두르는/ 지리산꽃.//

　한 음보를 비워 둔 두 행은 감정의 여운을 생성시키고 있으며, '무
엇을/ 목놓아 부르다가/ 쓰러진 꽃아//'에서 가운데 단위의 늘어난 음절
수는 '목놓아 부르는'을 발음할 때 빠르게 하여 애가 타는 심정을 유발
하고 있다. '마을로 치달려오는' 역시 빠른 속도를 통해 치달려오는 느
낌을 자아내고 있다. 3음보에서 한 음보를 비운 것과 '목놓아 부르는'
은 심리적 흐름과 운율을 일치시키는 효과를 유발하고 있고, '마을로
치달려오는'은 운율이 심리적 흐름, 이미지와 일치하는 효과를 유발하
고 있다. 부분적으로 현대시의 운율의 특성을 보여주고 있는 것이다.
그러나 시의 전체 구조는 전통적인 율격을 활용한 정도에 그치고 있다.
현대적인 운율이라 보기가 어렵다. 이 시는 운율적인 측면에서는 현대
시라 하기 어려운 것이다. 현대적 운율은 이미지, 의미, 정서와 유기적
인 구조를 이룰 때 형성된다.

잔치는 끝났더라, 마지막 앉아서 국밥들을 마시고
빠알간 불 사르고,
재를 남기고,

포장을 걷으면 저무는 하늘.
일어서서 주인에게 인사를 하자

결국은 조금씩 취해가지고
우리 모두 다 돌아가는 사람들.

목아지여
목아지여
목아지여
목아지여

멀리 서 있는 바닷물에선
난타하여 떨어지는 나의 종소리.

　　　　　　　　서정주, <행진곡(行進曲)> 전문


이 시는 잔치가 끝나고 돌아가는 장면과 분위기, 화자의 심정이 운
율과 일치하고 있다. 전반부가 부산하던 잔치가 끝나면서 느끼는 허전
함과 아쉬움을 운율과 유기적으로 결합하였다면, 후반부는 허전하고
쓸쓸함 속에서도 가슴을 쥐어짜는 화자의 전율을 운율과 유기적으로
결합하고 있다.


　　　잔치는/ 끝났더라//, 마지막 앉아서/ 국밥들을 마시고//
　　　빠알간/ 불 사르고//,
　　　재를/ 남기고//,

 **78**　　첫 연은 2음보로 진행되고 있다. 하지만 한 음보의 음절수, 구두점,

행의 분절을 통해 잔치가 끝나가는 장면과 느낌을 형상화하고 있다. 처음에 쉼표는 휴지를 만들어 진술과 묘사의 전환을 자연스럽게 따라 가도록 한다. 다음에 바로 음절수가 많은 2음보를 붙여서 빠르게 읽히 도록 하여 부산한 모습을 만들고 있다. 다음 행의 분절과 쉼표를 통해 잔치가 끝날 때까지의 시간적 경과를 나타내며, 음절수를 점점 줄여나 감으로써 천천히 읽히게 함으로써 부산함이 점점 수그러드는 모습과 허전함을 드러내고 있다. 이어서 다음 연에서는 3음보의 안정적이고 경쾌한 운율로 변화시켜 잔치가 끝나고 서로 예를 지키는 모습과 심정 을 묘사하고 있다.

> 포장을/ 걷으면/ 저무는 하늘//.
> 일어서서/ 주인에게/ 인사를 하자//
>
> 결국은/ 조금씩/ 취해가지고//
> 우리 모두/ 다 /돌아가는 사람들//.

다음 두 연은 3음보를 통해 경쾌하면서도 안정된 리듬을 만들고 있다. 아쉬움과 허전함을 간직하면서도 흐트러지지 않는 심리적 긴장 을 자아낸다. 셋째 연의 마지막 행에서 가운데 음보를 한 글자를 놓고 다음 음보에 많은 글자를 놓음으로써 취기를 안고 돌아가는 사람들의 발걸음을 느끼게 한다. 또, 마지막 구두점은 시간적 휴지를 만들어 잔 치가 끝난 사태 자체가 주는 침묵과 그 침묵 속에 내재된 심정을 암시 하고 있다.

이어서 후반부에서 '목아지여'를 네 번씩 반복하면서 차분한 리듬 을 격정적 리듬으로 바꾸고 있다. 그것은 침묵 속에 내재된 강렬한 전 율을 느끼게 한다.

목아지여/
목아지여/
목아지여//
목아지여//

멀리/ 서 있는/ 바닷물에선//
난타하여/ 떨어지는/ 나의 종소리//.

'목아지여'를 한 행으로 놓지 않고 행갈이를 통해 한 연으로 구성함으로써 격정적인 리듬과 함께 여러 개의 모가지를 형상화하고 있다. 이 격정적인 리듬은 허전함을 강렬한 생명력으로 바꾸어 놓는다. 그리고 마지막 연을 다시 3음보의 경쾌한 리듬으로 구성하여 생명에 대한 믿음을 간직하는 정신적 승리를 보여준다. 그러나 여기서 운율은 정서 뿐만 아니라 장면의 이미지와도 유기적으로 결합되어 있다. '멀리 서 있는 바다'를 관념적인 바다로 보는 견해가 적지 않지만, 보리밭의 출렁이는 물결과 그 위 아래로 오르락내리락 드러났다 사라지는 여러 사람들의 목아지를 묘사한 것으로 보는 것이 자연스럽다. 걸을 때마다 들락날락 하는 몸짓의 리듬과 출렁이는 보리들의 움직임을 '난타하여 떨어지는 종소리'와 '서 있는 바닷물'이란 이미지와 결합시키고 있는 것이다. <행진곡>이란 제목이 붙은 것도 잔치가 끝나고 보리밭 사이로 사람들의 걸음을 행진(行進)으로 보고 있다는 것을 확인시켜 준다.

이상에서 살펴본 현대시의 운율을 정리하면 다음과 같다. 첫째, 현대시의 운율은 전통시가의 음보 율격에서 구두점 사용, 음절수의 조절, 음상의 활용, 구문의 반복 등의 활용으로 확산되어 있다. 둘째, 현대시의 운율은 시 전체의 구조 속에서 의미, 정서, 이미지와 유기적으로 결합되어 내재화되는 경우가 많다. 그러나 현 우리의 시인들이 운율에 대한 인식이 그리 투철하지 못해 전통적인 시가의 율격의 압력으로부터 자유롭지 못한 경우가 많다.

## 3. 현대시의 서술성 교육의 실제

시에서 이야기는 중요한 요소다. 김소월의 <진달래꽃>에도 이야기는 들어있다. 서술시(narrative poem)는 아주 오래된 전통이다. 김인환의 지적처럼 "7세기의 <죽지랑가>와 8세기의 <기파랑가>에서 보듯이 우리 시의 전통적인 장르 가운데서 대표적인 것은 설화시였다."[15] 신화, 전설, 민담이나 당시 생활에 기반을 둔 이야기를 시로 표현한 것은 중국의 『시경(詩經)』에서부터 비롯된 오랜 전통이다. 오늘날까지 시에서 이야기는 매우 많이 활용되고 있다. 자신의 체험을 바탕으로 시를 쓸 때 이야기가 작품 속에서 중요한 요소가 되는 경우가 적지 않다.

현대시 교육에서 이러한 서술시의 교육은 체험이 시로 정착하는 과정을 학습하는 데 유용하다. 이 가운데 자신의 체험을 고백하는 형식은 학습자가 두려움없이 시에 접근하도록 하며, 시의 가장 기본적인 서술성을 이해하도록 할 수 있다.

> 순아 오늘도 에미는 네가 보고 싶어
> 아픈 몸을 이끌고 역에 나갔다
> 와닿는 열차의 어느 칸에서고 네가
> 금방이라도 웃으면서 내릴 것 같아
> 차마 발길을 못돌리고 에미는 또 울었다
>
> 남들은 다들 배우러 간다는데

---

15) 김인환, 『한국 문학이론의 연구』, 을유문화사, 1986. 10면.

원수놈의 돈을 벌어보겠다고
이른 새벽 종지불 밝혀서 쑥국밥을 먹고
내가 고향을 떠나던 날
웬놈의 진눈깨비는 그렇게 뿌렸는지

처음에 어느 곳 시다로 있다더니
곧 미싱사 보조가 되어 월급도 올랐다고
좋아라고 보내오던 네 편지
봉투 째 부쳐오던 네 월급

이번 구정엔 틀림없이 에미 보러 온다기에
에미는 동내마다 옷장사를 나갔는데
눈오는 시장바닥을 떠돌면서 기다렸는데
연탄가스에 중독되어 네가 먼저 가다니
이 에미를 남겨두고 네가 먼저 가다니

썰렁한 네 자취방 웃목에는
아직도 빈 라면봉지가 나뒹구는데
순아 하늘에는 겨울에 무슨 꽃이 피더냐
이 겨울 하늘에도 눈물꽃이 피더냐

정호승, <마지막 편지> 전문

이 시는 자신이 체험한 사연과 감정을 직접적으로 진술하고 있다. 딸이 죽은 사연과 어머니의 심정이 독자의 가슴을 울린다. 가난한 농촌에서 돈벌러 상경하여 고된 노동을 견디며 성실하게 일하던 딸의 얼굴 한 번 못 보고 연탄가스 중독으로 보낸 어미의 슬픔이 절절하다. 학습자에게 이 시를 감상하고 나서 각자 이 시의 형식을 염두에 두며 편지를 쓰게 하면 처음에는 자신의 감정을 과잉되게 표출하거나 사연을 수다스럽게 늘어놓는다. 이후에 감정의 과잉과 수다를 이 시의 형식처럼 정선하게 하면 서술시의 특징을 쉽게 이해한다. 서술시가 이야기를 기반으로 자신의 감정을 표출하지만 내면의 카타르시스 과정없이 쉽게 형성되지 않는다는 것을 깨닫게 된다. 그러나 또 하나 문제는 편지 형식의 시가 대부분 사적인 것에 흘러 시적 객관성을 확보하는 데 어렵다는 것이다.

따라서 사적인 것에서 벗어나는 훈련이 필요하다. 다음 시는 시인이 현실적인 자신의 신분을 벗어나 다른 사람의 입장에서 사연과 감정을 진술하고 있다. 학습자가 다른 사람의 입장에서 시적 진술을 이해하는 학습에 표본이 될 만하다. 또, 집단적인 경험을 토대로 하고 있어 학습자들의 공통된 경험을 이끌어내고 함께 토론하는 데에도 적절한 표본이다.

> 징이 울린다 막이 내렸다
> 오동나무에 전등이 매어달린 가설 무대
> 구경꾼이 돌아가고 난 텅빈 운동장
> 우리는 분이 얼룩진 얼굴로
> 학교 앞 소줏집에 몰려 술을 마신다.
> 답답하고 고달프게 사는 것이 원통하다
> 꽹과리를 앞장 세워 장거리로 나서면
> 따라붙어 악을 쓰는 건 쪼무래기들뿐
> 처녀애들은 기름집 담벽에 붙어 서서
> 철없이 킬킬대는구나
> 보름달은 밝아 어떤 녀석은
> 꺽정이처럼 울부짖고 또 어떤 녀석은
> 서림이처럼 해해대지만 이까짓
> 산구석에 처박혀 발버둥친들 무엇하랴
> 비료값도 안 나오는 농사 따위야
> 아예 여편네에게나 맡겨 두고

쇠전을 거쳐 도수장 앞에 와 돌 때
우리는 점점 신명이 난다
한 다리를 들고 날나리를 불거나
고갯짓을 하고 어깨를 흔들거나.

신경림, <농무> 전문

이 시는 사연을 처음부터 끝까지 늘어놓는 것 같지만 사실은 순간
에 집중하여 압축하고 있다. '산구석에 처박혀 발버둥친들 무엇하랴/
비료값도 안 나오는 농사'가 서정적 주인공들의 원망, 분노, 춤의 원인
이다. 사연은 단 두 행으로 압축하고 나머지는 현재의 행위에 집중되
어 있다. 순간의 현장을 포착하고 있는 것이다. 하지만 그 현장의 상황
을 진술하는 시선과 감정은 일관되게 흐르고 있다. 시상의 전개는 일
관된 정서의 흐름이라는 것을 알 수 있다. 따라서 서술시에서 화자의
시선이 얼마나 중요한가를 이해하게 될 것이다. 그러나 학습자들은 이
해와 별개로 실제로는 하나의 주제에 대한 일관된 시선을 유지하기가
힘들다. 그러므로 학습자가 스스로 쓴 자신의 글을 주변 학습자의 도
움으로 일관된 시선으로 수정하는 학습을 첨가하면 서술에서 일관성에
대한 이해를 높일 수 있을 것이다.

그런데 현대의 서술시는 체험을 소박하게 반영하는 경우도 있지만
개인의 감수성에 따라 이야기를 환상적으로 재구성하거나 여러 이야기를
접붙이는 등 다양한 형태를 보여준다. 앞의 두 시는 소박한 현실 반영
이었지만 다음 제시한 시는 개인의 독자성이 돋보인다. 다음 시는 현대
시의 서술성을 이해하는 학습에 적절한 표본 가운데 하나로 보여진다.

나는 아직도 앉는 법을 모른다
어쩌다 셋이서 술을 마신다 둘은 한 발을 무릎 위에 얹고

도사리지 않는다 나는 어느새 남쪽식으로
도사리고 앉았다 그럴 때는 이 둘은 반드시
이북 친구들이기 때문에 나는 나의 앉음새를 고친다.
팔·일오 후에 김병욱이란 시인은 두발을 뒤로 꼬고
언제나 일본여자처럼 앉아서 변론을 일삼았지만
그는 일본대학에 다니면서 사년 동안 제철회사에서
노동을 한 강자다

나는 이사벨 버드 비숍여사와 연애하고 있다 그녀는
일팔구삼년에 조선을 처음 방문한 영국왕립지학협회회원이다
그녀는 인경전의 종소리가 울리면 장안의
남자들이 모조리 사라지고 갑자기 부녀자의 세계로
화하는 극적인 서울을 보았다 이 아름다운 시간에는
남자로서 거리를 무단통행 할 수 있는 것은 교군꾼,
내시, 외국인의 종놈, 관리들 뿐이었다 그리고
심야에는 여자는 사라지고 남자가 다시 오입을 하러
활보하고 나선다고 이런 기이한 관습을 가진 나라를
세계 다른 곳에서는 본 일이 없다고
천하를 호령하던 민비는 한번도 장안외출을 하지 못했다고······.
전통은 아무리 더러운 전통이라도 좋다 나는 광화문
네거리 시구문의 진창을 연상하고 인환네
처갓집 옆의 지금은 매립한 개울에서 아낙네들이
양잿물 솥에 불을 지피며 빨래하던 시절을 생각하고
이 우울한 시대를 패러다이스처럼 생각한다

버드 비숍여사를 안 뒤부터는 썩어빠진 대한민국이
괴롭지 않다 오히려 황송하다 역사는 아무리
더러운 역사라도 좋다
진창은 아무리 더러운 진창이라도 좋다
나에게 놋주발보다도 더 쨍쨍 울리는 추억이
있는 한 인간은 영원하고 사랑도 그렇다

비숍여사와 이야기하고 있는 동안에는 진보주의자와
사회주의자는 네에미 씹이다 통일도 중립도 개좆이다
은밀도 심오도 학구도 체면도 인습도 치안국
으로 가라 동양척식회사, 일본령사관, 대한민국관리
이아이스크림은 미국놈 좆대강이나 빨아라. 그러나
요강, 망건, 장죽, 종묘상, 장전, 구리개, 약방, 신전,
피혁점, 곰보, 애꾸, 애 못 낳는 여자, 무식쟁이,
이 무수한 반동이 좋다
이 땅에 발을 붙이기 위해서는
─ 제삼인도교의 물 속에 박은 철근기둥도 내가 내 땅에
박는 거대한 뿌리에 비하면 좀벌레의 솜털
내가 내 땅에 박는 거대한 뿌리에 비하면

괴기영화의 맘모스를 연상시키는
까치도 까마귀도 응접을 못하는 시꺼먼 가지를 가진
나도 감히 상상을 못하는 거대한 뿌리에 비하면……

김수영, &lt;거대한 뿌리&gt; 전문

이 시는 두 개의 체험을 이야기를 통해서 전달하고 다시 두 체험을 결합하여 자신의 생각과 감정을 진술하고 있다. 처음에 앉는 법을 자꾸 고치려 드는 친구들의 이야기를 하고 있다. 자신의 의지가 강한 김병욱은 화자의 앉음새를 자기 방식으로 고치려 든다. 다음 이야기는 이사벨 버드 비숍이 쓴『Korea and her Neighbours』를 읽고 느낀 생각과 감정을 진술하고 있다. 두 이야기는 별반 상관이 없어 보이지만 사실은 자신의 시각으로 남을 바라보고 고치려 드는 것에 대한 강한 비판을 담고 있다. 서구인의 눈에 비친 조선은 '기이한 관습을 가진 나라', '더러운 천변에서 빨래하는 나라', '더러운 진창'의 나라이다.16) 그

16) 이사벨 버드 비숍,『한국과 그 이웃나라들』, 이인화 옮김(살림, 1994): 길을

런데 화자는 청계천이 매립되기 이전 빨래하던 시절을 우울하지만 패러다이스처럼 생각하고 더러운 역사라도 좋다고 외치며 '놋주발보다 더 쨍쨍 울리는 추억'이란 비유를 통해 서구인의 시각에서 더러워 보이는 것들을 아름다운 것으로 전환시킨다. 이후에 서구적 시각으로 우

---

메운 군중들에 부딪혀 신경이 피로해진 나그네는 이 천변에 보이는 가난한 집 아녀자들의 모습에서 신선한 인상을 받을 것이다. 어떤 여자는 비교적 깨끗한 우물에서 들통에 물을 길어가고 또 어떤 여자들은 냄새나는 우물 옆에서 옷을 빨기도 하며 억척스럽게 살아간다. 이렇게 빨래하러 오는 가난한 집안의 여자들도 모두 '장옷'이라고 불리는 쓰개용 외투를 가지고 다닌다. 장옷은 초록색으로 된 조선 남정네들의 외투 같은 것으로, 그 저고리에 동정이 위로 가도록 머리에 쓰고 눈만 내놓은 것이다. 앞은 마주 여미도록 단추가 달려 있으며 속에는 이중고름을 달아 잡아 여민다. 기녀(妓女)만 아니라면 어떤 여자도 이것을 써서 얼굴을 가리는 것을 당연하게 여기고 있다. (중략) 한국의 여성은 다른 어떤 나라의 여성들보다도 더 철저히 예속적인 삶을 꾸려가고 있다. 그런데 이와 관련하여 수도 서울에서 흥미로운 제도가 실시되고 있다. 저녁 8시경이 되면 대종(大鐘)이 울리는데 이것은 남자들에게 귀가할 시간이라는 것을 알려주는 신호이며 여자들에게 외출하여 산책을 즐기며 친지들을 방문할 수 있는 시간이라는 것을 알려주는 것이다.

거리에서 남자들을 사라지게 만드는 이 제도는 때로 폐지된 일도 있었는데 그렇게 하면 꼭 사고가 발생했으며 그로 말미암아 폐지되었던 제도가 더욱 강력하게 시행되었다고들 한다. 내가 처음 서울에 도착했을 때 깜깜한 거리에는 등불을 들고 길을 밝힌 몸종을 대동한 여인네들만이 길을 메고 있는 진기한 풍경을 볼 수 있었다. 그밖에는 장님과 관리, 외국인의 심부름꾼, 그리고 약을 지으러 가는 사람들이 통행금지에서 제외되었다. 이러한 제도는 범인 도피에 악용되기도 하며 어떤 자들은 일부러 긴 지팡이를 짚고 장님 흉내를 내기도 한다. 자정이 되면서 다시 종이 울리는데 이때면 부인은 집으로 돌아가야 하고 남자들은 다시 외출의 자유를 갖게 된다. 한 양반가의 귀부인은 한번도 한낮의 서울 거리를 구경하지 못했다고 나에게 말하였다.(62~64면)

대부분의 골목길이 짐을 실은 두 마리의 황소가 지나가기 어려울 만큼 좁다. 더 정확히 말하면 한 사람이 짐을 실은 황소 한 마리를 끌고 지나갈 수 있을 정도이며, 그것도 퀴퀴한 물웅덩이와 초록색 점액질의 걸쭉한 것들이 고여 있는 수챗도랑에 의해 더 좁아진다. 수챗도랑들은 각 가정에서 버리는 마르고 젖은 다양한 쓰레기로 가득 차 있다. 더럽고 악취 나는 수챗도랑은 때가 꼬질꼬질한 반라(半裸)의 어린아이들과 수채의 걸쭉한 점액 속에서 뒹굴다 나온 크고 옴이 오른, 눈이 흐릿한 개들의 즐거운 놀이터이다.(52~53면)

리 나라를 바꾸려는 얼빠진 근대화를 민중의 시각에서 비판하고 있다. 거침없이 비속어를 내뱉는 야유에 그치지 않는다. 계속해서 야유를 퍼붓는다. 그래도 모르겠냐, 제삼 인도교의 교각보다 민중의 뿌리는 훨씬 거대해, 그래도 몰라, 괴기영화 맘모스로도 상상할 수 없을 정도로 거대해 하며 독자를 계속해서 윽박지르고 있다. 논쟁을 벌이면서 상대를 윽박지르는 대화 형태를 그대로 시적 진술로 활용하고 있다. 일상회화를 시의 서술법으로 끌어들이고 있는 것이다. 일상의 회화의 서술법은 산문성의 증대라고도 할 수 있다. 현대시의 운율이 대개 전통적인 시가의 서술법을 활용한 것과 비교한다면 현대시의 산문성을 이해하게 될 것이다. 1920년대 이상화가 <빼앗긴 들에도 봄은 오는가>에서 정형적 운율을 탈피해 시에서 일상 회화 언어를 정립하였던 현대시의 서술성이 또 다시 진화한 것이다. 현대시의 산문성은 단순히 줄글 형태의 글로써 얻어지는 것이 아니다.

　　풀도 떨지 않는 동산이오 돌도 한덩이로 열두골을 고비고비 돌았세라 찬 하늘이 골마다 따로 씨우었고 얼음이 굳이 얼어 드딤돌이 믿음즉 하이 꿩이 긔고 곰이 밟은 자욱에 나의 발도 노히노니 물소리 귀또리처럼 경경(卿卿)하놋다 피락 마락하는 해ㅅ살에 눈우에 눈이 가리어 앉다 흰시울 아래 흰시울이 눌리워 숨쉬는다 온산중 나려앉는 획진 시울들이 다치지안히! 나도 내더려 앉다 일즉이 진달래 꽃그림자에 붉었던 절벽(絕壁) 보이한 자리 우에!

　　　　　　　　　　　　정지용, <장수산 2> 전문

　　이 시는 정선된 운율로 인해 가락이 생성되고 있어 일상적인 회화 어법에 따른 산문성과는 거리가 멀다. 산문성은 아름다운 언어 혹은 운율과 달리 현대 생활의 거칠고 위태로운 정황과 호흡을 그대로 담아낸다. 이러한 현대시의 서술성은 또 다른 방향으로 나가기도 한다. 또 다른 서술성은 일상적인 여러 체험들을 접목시켜서 새로운 이야기를 만들어 낸다. 이것은 신화와 전설이 부재한 현대 세계에서 새로운 신화나 전설을 만드는 작업에 해당된다.

> 그 날 아버지는 일곱 시 기차를 타고 금촌으로 떠났고
> 여동생은 아홉 시에 학교로 갔다 그 날 어머니의 낡은
> 다리는 퉁퉁 부어올랐고 나는 신문사로 가서 하루 종일
> 노닥거렸다 전방은 무사했고 세상은 완벽했다 없는 것이
> 없었다 그 날 역전에는 대낮부터 창녀들이 서성거렸고
> 몇 년 후에 창녀가 될 애들은 집일을 도우거나 어린
> 동생을 돌보았다 그 날 아버지는 미수금 회수 관계로
> 사장과 다투었고 여동생은 애인과 함께 음악회에 갔다
> 그 날 퇴근길에 나는 부츠 신은 멋진 여자를 보았고
> 사람이 사람을 사랑하면 죽일 수도 있을 거라고 생각했다
> 그 날 태연한 나무들 위로 날아오르는 것은 다 새가
> 아니었다 나는 보았다 잔디밭 잡초 뽑는 여인들이 자기
> 삶까지 솎아내는 것을, 집 허무는 사내들이 자기 하늘까지
> 무너뜨리는 것을 나는 보았다 새점치는 노인과 변통(便桶)의
> 다정함을 그 날 몇 건의 교통사고로 몇 사람이
> 죽었고 그 날 시내 술집과 여관은 여전히 붐볐지만
> 아무도 그 날의 신음 소리를 듣지 못했다
> 모두 병들었는데 아무도 아프지 않았다
>
> 이성복, <그날> 전문

한 개인과 그 가족 그리고 주변 사람들이 살아가는 일상의 모습은 우리들의 삶을 보여주는 이야기다. 한 가족의 하루는 평범하여 문제가 될 만한 것이 없다. 어떤 극적인 요소도 기록할 만한 가치가 있는 것처럼 보이지 않는다. 문제가 없으므로 완벽해 보인다. 그러나 여기서 뉴

스거리가 될 만한 큰 사고가 없다면 완벽한 것인가라는 의문을 제기하고 있다.

다음 이야기는 일상이 완벽한 세계가 아니라는 것을 보여준다. 언제나 역전에 창녀는 서성거려 왔고 가난한 집의 계집애들은 집안 일을 도우면서 동생을 돌보면서 자라고 있다. 그 계집애들은 몇 년 후에 창녀가 될 것이다. 오전 아홉 시에 학교를 갔던 여동생은 애인과 영화를 보고, 일곱 시에 금천을 갔던 아버지는 미수금 때문에 회사 사장과 다투고, 화자는 부츠 신은 멋진 여자를 보며 사랑하고 싶은 욕망에 그녀를 죽일 수도 있다고 잠깐 생각을 하고 있다. 집안 일을 돌보며 동생을 보는 계집애와 학교에 간 여동생, 역전에서 서성이는 창녀와 애인과 함께 영화를 보는 여동생의 차이는 일상이 얼마나 어처구니없는가를 보여준다. 다음으로 아버지와 사장의 싸움이나 화자의 강간 혹은 살인의 욕망은 일상이 얼마나 불안하며 위험한가를 보여준다. 완벽했던 일상이 사실은 불안과 위험이 넘쳐나고 있는 것이다.

이 불안과 위험은 일상 속에 은폐된 불안하고 위험한 세계를 직시하게 한다. 나무 위로 나는 것이 새만 있는 것은 아니다. 새가 자기 본성을 잃어버린 것이든 다른 사물이 새의 행세를 하든 안정적이고 자연스러운 세계가 아니다. 잡초를 뽑는 여인이 일을 하면 할수록 자기 삶을 솎아내는 어처구니없는 일이 되어 버린다. 또, 남의 집을 무너뜨릴수록 인간성도 함께 무너지니 자기 하늘을 무너뜨리는 일이 되고 만다. 자본주의의 사회의 불안한 일상과 일할수록 불안과 위태로움에 점점 깊숙이 빠져 들어가는 현대의 신화 혹은 전설을 이야기하고 있다.

새점 치는 노인과 변기통이 함께 나뒹구는 모습이 오히려 다정한 것일까. 그 노인의 처지는 그날 몇 건의 교통사고로 죽은 몇 사람으로 지워지고 있는 것이다. 죽음조차 지워버린 시민들은 술집과 여관이 붐

비도록 욕망을 즐기고 있는 것이다. 욕정의 신음소리에 뒹굴면서 자신의 병을 알아채지 못하고 있는 것이다. 자본주의 도시의 거대한 신음소리를 듣지 못하고 있는 것이다.

이 시는 불평등한 자본주의, 일상 속에 넘쳐나는 불안과 위태로움, 일할수록 파괴되어 가는 자신의 삶을 모른 채 욕망을 불태우는 현대인의 병든 삶을 '소돔과 고모라'의 신화처럼 서술하고 있는 것이다. 현대시는 신화나 전설처럼 영웅의 이야기를 서술하는 것이 아니라 현대인의 일상과 운명을 서술하기 위해 일상적인 것들을 접목시키는 방식을 취하고 있는 것이다. 이것이 옛 설화시와 현대시의 차이라 할 수 있다.

현대시의 서술성은 이야기를 만드는 방식에서 일상적인 이야기 속에 자신을 놓고 그 자신을 관찰하면서 이야기를 꾸며내기도 한다. 자신의 삶을 직접 진술할 때 발생하는 감정의 과잉을 제어하기 위한 지적 조작을 감행하는 것이다. 이것은 일상 생활을 이야기할 때 상투성을 벗어나기 위한 시적 수사라 할 수 있다.

> 나는 아침에 일어나 이빨 닦고 세수하고 식탁에 앉았다.
> (아니다. 사실은 아침에 늦게 일어나 식탁에 앉았더니
> 아내가 먼저 이 닦고 세수하고 와서 앉으라고 해서
> 나는 이빨 닦고 세수하고 와서 식탁에 앉았다.)
> 다시 데워서 뜨거워진 국이 내 앞에 있었기 때문에
> 나는 아침부터 길게 하품을 하였다.
> 소리를 내지 않고 하악을 이빠이 벌려서
> 눈이 흉하게 감기는 동물원 짐승처럼.
>
> 하루가 또 이렇게 나에게 왔다.
> 지겨운 식사. 그렇지만 밥을 먹으니까 밥이 먹고 싶어졌다.
> 그 짐승도 그랬을 것이다; 삶에 대한 상기(想起), 그것에 의해

요즘 나는 살아 있다.
비참할 정도로 나는 편하다; 나는 아침에 일어나 이빨 닦고
세수하고, 식탁에 앉아서 아침밥 먹고,
물로 입 안을 헹구고, (이 사이에 낀 찌꺼기들을 양치질하듯
볼을 움직여 물로 헹구는 요란한 소리를 아내는 싫어했다.
내가 자꾸 비천해져 간다고 주의을 주었다.)
나는 소파에 앉았다.
그러나, 소파!
'소파'하면 나는 '비누' 생각이 났다가 또 쓸데없이
'부드러움'이라는 형용사가 떠오르다가 '거품 − 의자'가 보인다.
의자같이 생긴, 젖통이 무지무지하게 큰 구석기시대의
이 다산성(多産性) 여인상은 사실은 비닐로 된 가짜 가죽을 뒤집어
쓰고 있는데
"오우 소파, 나의 어머니!" 나는 속으로 이렇게
영어식으로 말하면서, 그리고 양놈들이 하듯 어깨를 으쓱해 보이
면서
소파에 앉았던 거디었다.

나는 오늘 아침 일어나 세수하고 밥 먹고 소파에 앉았다.
소파에 앉으면 거실이 번역극 무대 같다.
중앙에 가짜 가죽 소파 하나, 그 뒤엔 오전 9시를 가리키고 있는
패종시계가 걸려 있고, 세잔풍 정물화 한 점, TV세트,
창을 향한 행운목(幸運木) 한 그루, 그리고 폼으로 갖다놓은 읽지
도 않은
카를 마르크스 <자본론>(모스크바, 프로그레스 출판사) 양장본 3
권이
가로로 쓰러져 있는 서투른 서가와 끊임없이 부글거리는 수족관;
그렇지만 이 무대에서 번역될 만한 비극은 없다.
다만 한 사나이가 아침에 일어나 세수하고 밥 먹고 소파에 앉았다.
젊었을 적 사진으로는 못 알아보게 뚱뚱해진,
손가락 하나 움직이는 것을 싫어하는,
최근엔 입에서 나쁜 냄새가 난다고 아내에게 비난받은 바 있는

이 사나이가 멍하니 소파에 앉아, 마치 동물원 짐승이 그렇게 하듯이,
하품을 너무 길게 하고, 눈물이 난 눈을 두 번 깜, 빡, 깜, 빡하고 있을 때
무대 왼편(주방)에서 그의 아내가 등장했으며, 그녀가 소파에 걸터앉아
그의 턱을 쓰다듬어주면서 면도 좀 하라고 하자,
그가 아내를 껴안으면서 "엄마!"라고 불렀을 뿐이다.

하마터면 피아니스트가 될 뻔했던 아내가 출장 레슨 나가기 전에
그에게 와서 나를 어루만져줄 때가 나는 좋다.
나는, 아내가, 소파에 앉아 있는 그의 머리카락을 커트해 줄 때,
낮잠 자고 있는 그에게 가만히 다가와 나의 발톱을 잘라줄 때,
혹은 그를 자기 무릎에 눕혀놓고 내 귀지를 파줄 때, 좋다
아침마다 그에게 녹즙을 갖다주고, 입가에 묻은 초록색을 닦아주자
나는 그녀를 보면서 방그레 웃었다.
나는, 아내가 그를 일으켜주고 목욕시켜주고 나에게 밥도 떠먹여주고
똥도 받아주고, 했으면 좋겠다.
나는 그의 남은 생을, 그녀에게 몽땅 떠맡기고 싶다.
코로 쉼만 쉴 뿐, 꼼짝도 않고 똥그란 눈으로 뭔가 간절히 바라고 있으면
그녀가 다 알아서 해주는 식물 인간이고 싶다.
가끔 햇빛을 보고 싶어하므로 창문을 열어줄 필요만 있을 뿐.
동정할 수는 있어도 책임을 물을 수는 없는 이 행운목, 나는
이 병실에서 나가고 싶지 않다.

　　　　　　　황지우, <살찐 소파에 대한 일기>

이 시는 자신의 일상 생활을 이야기하는 방법에 변화를 주고 있다.
수사적인 방법이 우세하여 작위적인 느낌을 자아내지만 현대시의
서술성을 이해하는 데에는 도움이 될 것이다. 아침에 일어나 하품을

하고 밥을 먹고 빈둥거리는 실업자의 모습이다. 무기력하고 게으르지만 위태로울 것이 하나도 없는 생활이다. 책을 샀지만 읽지도 않고 하잘 것 없는 몽상을 즐기는 실업자 지식인에게 비극은 없다. 이 이야기를 직접 진술하면 너무도 사소하여 지겨울 것이다. 이 지겨움을 피하기 위해 '나'와 '그'를 분리하여 서술한다. 화자가 무대극의 해설자로 역할을 맡으면서 '그'는 무대극의 행위자 역할을 맡는다. 그러나 나는 해설자와 무대극의 행위자를 넘나들고 있다. 이야기를 해설자가 전하다가 그 이야기를 잠시 드라마로 보여주는 방식을 취하고 있다. '소파에 앉았던 거디었다', '무대 왼편(주방)에서 그의 아내가 등장했으며' 등의 서술이 잠시 끼어든 드라마 형태를 보여준다. 이러한 장치는 해설자의 진술마저 부분적으로 드라마로 만들고 있다. 해설자의 서술이 자신의 행위를 순차적으로 진술하고 있어 드라마에 수렴된다. 이렇듯 장황한 이야기를 하는 것은 시의 인용 부분에서 마지막 연을 말하기 위한 수다라 할 수 있다.

'나'는 점점 육체와 정신이 분열되고 있다. 그러나 육체적 감각의 즐거움을 향유하는 것은 마찬가지다. 편안함과 아내의 손길에 길들여진 나는 점점 식물인간이 되어 가고 있다. 먹고 배설하는 것까지 몽땅 내맡겨버리고 싶다. 아무런 책임도 지지 않는 식물인간으로 퇴행하고 싶다. 그것이 병실이라는 것을 알지만 그 병실에 살고 싶은 것이다. 사실 이러한 퇴행의 욕구는 외적 압력에 점점 무기력해 가는 고통을 해소하는 방식이다. 지식인 실업자가 사회 속에서 자신의 존재 위치를 상실해 가는 비극을 보여주고 있는 것이다. 사소하고 무기력한 일상 이야기를 통해 역설적으로 비참한 실업자 지식인의 절망을 이야기하고 있는 것이다. 이 때 역설은 현대시의 서술성의 특징 가운데 하나다. 인간의 사소한 것을 이야기하는 것은 그 속에 내재된 모순을 포괄하는 것이 되기 때문이다. 그러나 이 시의 역설적인 서술은 수사적인 트릭에 지나치게 의존하는 약점을 가지고 있다.

여기서 한국현대시사에서 독특한 이야기시인 서정주의 시집『질마재 신화』를 살펴볼 필요가 있다. 질마재 신화의 이야기를 현대적 서술성으로 볼 수 있느냐는 것이다.

질마재 상가수의 노랫소리는 답답하면 열두 발 상무를 젓고, 따분하면 어깨에 고깔 쓴 중을 세우고, 또 상여면 상여머리에 뙤약볕 같은 놋쇠 요령 흔들며, 이승과 저승에 뻗쳤습니다.

그렇지만, 그 소리를 안 하는 어느 아침에 보니까 상가수는 뒤깐 똥오줌 항아리에서 똥오줌 거름을 옮겨 대고 있었는데요. 왜, 거, 있지 않아, 하늘의 별과 달도 언제나 잘 비치는 우리네 똥오줌 항아리, 비가 오나 눈이 오나 지붕도 앗세 작파해 버린 우리네 그 참 재미있는 똥오줌 항아리, 거길 명경(明鏡)으로 해 망건 밑에 염발질을 열심히 하고 서 있었습니다. 망건 밑으로 흘러내린 머리털들을 망건 속으로 보기좋게 밀어넣어 올리는 쇠뿔 염발질을 점잔하게 하고 있어요.

명경도 이만큼은 특별나고 기름져서 이승 저승에 두루 무성하던 그 노랫소리는 나온 것 아닐까요?

서정주, <상가수(上歌手)의 소리> 전문

이 시는 농경 사회의 인물을 설화적 세계로 형상화하고 있다. 전통적인 설화 형태를 재현하고 있다. 비천하고 남루한 것을 신성한 것으로 상승시키는 매력이 있다. 일상적인 생활에서는 똥오줌 거름을 내지만 멋내기를 즐기고 사람들의 마음을 가지고 노는 재주꾼의 이야기다. 심지어 똥오줌 물을 거울삼아 멋을 낼 정도로 끼가 넘치는 사람이다. 이 재미나는 인물을 설화적 이야기로 풀어내고 있다. 이 때 화자는 이야기꾼의 목소리를 가지고 있다. 이야기 전달자의 기능을 수행하고 있는 것이다. 전달자의 심리적 긴장이나 갈등을 전혀 찾아볼 수가 없다. 시적 주인공의 갈등 역시 존재하지 않는다. 갈등이 없는 세계로 봉인되어 있다. 그런데 현대시의 서술성은 갈등을 배제하지 않고 포괄하기 때문에 역설과 아이러니가 내포하고 있다. 이런 점에서 서정주의 설화시를 현대적 서술성이라 하기에 무리가 따른다.

현대적 서술성은 현대인의 갈등을 담아내는 방법으로서 정신이 함유되어 있는 것이다. 오늘날 이야기를 서술한다고 해서 '현대적 서술성'이라고 할 수는 없다. 다만 현대적 삶을 반영한다는 점에서 현대시라 부르고 있는 것이다. 그런데 오늘날 현대시는 서술성에만 의존하는 시는 드물다. 거의가 이미지와 서술을 함께 활용하고 있다.

> 택시운전사는 어두운 창밖으로 고개를 내밀어
> 이따끔 고함을 친다, 그때마다 새들이 날아간다.
> 이 곳은 처음 지나는 벌판과 황혼,
> 나는 한 번도 만난 적 없는 그를 생각한다.
>
> 그 일이 터졌을 때 나는 먼 지방에 있었다.
> 먼지의 방에서 책을 읽고 있었다.
> 문을 열면 벌판에는 안개가 자욱했다.
> 그 해 여름 땅바닥은 책과 검은 잎들을 질질 끌고 다녔다.
> 접힌 옷가지를 펼칠 때마다 흰 연기가 튀어나왔다.
> 침묵은 하인에게 어울린다고 그는 썼다.
> 나는 그의 얼굴을 한 번 본 적이 있다.
> 신문에서였는데 고개를 조금 숙이고 있었다.
> 그리고 그 일이 터졌다, 얼마 후 그가 죽었다.
>
> 그의 장례식은 거센 비바람으로 온통 번들거렸다.
> 죽은 그를 실은 차는 참을 수 없이 느릿느릿 나아갔다.

사람들은 장례식 행렬에 악착같이 매달렸고
백색의 차량 가득 검은 잎들은 나부꼈다.
나의 혀는 천천히 굳어갔다. 그의 어린 아들은
잎들의 포위를 견디다 못해 울음을 터뜨렸다.
그 해 여름 많은 사람들이 무더기로 없어졌고
놀란 자의 침묵 앞에 불쑥 불쑥 나타났다.
망자의 혀가 거리에 흘러넘쳤다.
택시운전사는 이따금 뒤를 돌아다본다.
나는 저 운전사를 믿지 못한다. 공포에 질려
나는 더듬거린다, 그는 죽은 사람이다.
그 때문에 얼마나 많은 장례식들이 숨죽여야 했던가
그렇다면 그는 누구인가, 내가 가는 곳은 어디인가
나는 더 이상 대답하지 않으면 안된다. 어디서
그 일이 터질지 아무도 모른다, 어디든지
가까운 지방으로 나는 가야 하는 것이다.
이곳은 처음 지나는 벌판과 황혼,
내 입 속에 악착같이 매달린 검은 잎이 나는 두렵다

기형도, &lt; 입 속의 검은 잎&gt; 전문

어디쯤 갔는가, 그대의 하늘길.
거기서는 눈부시게 물결치며 오는 날을
한 눈으로 볼 수 있는가.
여기 맨주먹 큰 싸움 매운 연기 속에
그대 앞선 자리 살아남은 형제들
그대의 이름으로
마지막 이 어둠을 뿌리째 거두리로다.
절대로 티없이 칼날 앞에 한 치의 두려움을 모르는
젊은 넋들 몸을 던져 역사를 여는 눈물겨운 함성 속에
시뻘건 피 뿌리며 떠나간 이여.
그대의 슬픈 그 이름 하나로 이 어둠을
뿌리째 거두리로다.

응답하라 그대,
이 여름날 백양로에 불같이 일어선 형제들 땅을 치며
목을 놓아 그대의 노래를 부르고 또 부르나니.

양성우, <그대의 하늘길> 전문

두 시는 유사한 사건을 서술하는 방식에서 차이를 보여준다. <입 속의 검은 잎>의 그로테스크한 서술과 <그대의 하늘길>의 낭만적 서술은 현대시의 서술성에 대해 생각하게 한다. <그대의 하늘길>은 직접적으로 현실적 사건과 사건에 대한 감정을 서술하고 있다. 사건에 대해 자기 감정을 표현하는 전통적인 서정시의 원형을 보여주고 있다. 반면에 <입 속에 검은 잎>은 개인의 체험이 리얼리티하게 나타나면서도 이미지가 환상적인 느낌을 주고 있다. 사실적인 이야기를 개인적인 감수성으로 재구성해 서술하기 때문이다.

<입 속의 검은 잎>은 독재와 투쟁하다 죽은 사람의 장례식과 이 사건을 전후한 사회 분위기에 대한 화자의 불안이 기묘하게 결합하고 있다. 시적 서술은 현재의 외적 체험과 과거에 대한 기억, 지금의 내적 체험이 접목되어 있다. 택시 운전사가 창밖에 고함을 지르자 새들이 날아가는 것은 별반 심각한 일은 아니다. 그러나 화자는 너무도 낯선 풍경으로 느낀다. 그 순간 우연히 죽은 그를 생각한다. 먼 지방에 있을 때 안개가 자욱하고 땅바닥은 책과 검은 잎을 끌고 다니고 있다. 여기서 화자의 진술은 기묘한 리얼리티를 발생시킨다.

사물이 주체가 되어 일이 벌어지는 듯이 진술한 구절은 안개, 낯선 벌판과 황혼과 결합하여 음울하고 어두운 세계의 비극성을 보여준다. 접힌 옷가지에 흰 연기가 튀어 나왔다는 서술은 사실 최루탄 가스를 지칭하지만 이미 음울하고 비극적인 세계의 이미지 속에 수렴되어 환

상적인 분위기를 연출한다. 이어서 화자는 다시 사실적인 진술을 한다. 그러나 비유적 이미지와 사실이 결합된 세계이다. 사실적이면서도 기묘한 장례식이 세계를 지배하고 죽은 자의 혀가 거리를 넘쳐흐르는 세계다. 이 음울하고 불안한 세계는 언제 자신에게도 유사한 일이 터질지 모른다는 두려움을 자아내고 있다.

기형도의 시는 개인의 감수성이 세계를 새로운 각도에서 감득하고 있으며, 그 새로운 감수성의 시선으로 세계를 서술하고 있다. 상상력을 통해 언어를 조형하는 것이 아니라 자신의 체험을 서술하고 있는 것이다. 이런 점에서 이 시는 현대시의 서술성의 한 좌표를 보여주고 있다고 할 수 있다.

지금까지 살펴본 시의 서술성을 정리하면 다음과 같다. 첫째, 서술에 의존하는 시는 자신의 체험을 이야기로 전달하는 진술에 의존한다. 둘째, 서술시는 이야기를 기반으로 자신의 감정을 표출하지만 내면의 카타르시스 과정없이 쉽게 형성되지 않는다. 셋째, 서술시의 시상 전개는 화자의 일관된 시선에 따라 정서의 흐름을 형성한다.

그런데 현대의 서술시는 체험을 소박하게 반영하기보다는 개인의 감수성에 따라 이야기를 환상적으로 재구성하거나 여러 이야기를 접붙이는 등 다양한 형태를 보여준다. 이를 살펴보면 다음과 같다. 첫째, 현대적 서술성은 일상 회화를 시의 서술법으로 끌어들여 산문성을 증대시킨다. 산문성은 아름다운 언어나 운율보다 현대 생활의 거칠고 위태로운 정황과 호흡을 그대로 담아낸다. 둘째, 또 다른 현대적 서술성은 일상적인 여러 체험들을 접목시켜서 새로운 이야기를 만들어 낸다. 이것은 신화와 전설이 부재한 현대 세계에서 새로운 신화나 전설을 만드는 작업에 해당된다. 셋째, 현대적 서술성은 사소하고 무기력한 일상 이야기를 통해 역설적인 이야기를 한다. 인간의 사소한 것 속에는 모순이 함유되어 있기 때문이다. 그러므로 현대적 서술성은 현대인의 갈등을 담아내는 방법으로서 정신이 함유되어 있는 것이다. 넷째, 오늘날 현대시는 서술성에만 의존하는 시는 드물다. 거의가 이미지와 서술을 함께 활용하고 있다. 이 때 서술성이 드러나는 것은 상상력을 통해 언어를 조형하는 것이 아니라 자신의 감수성에 따른 체험을 서술하기 때문이다.

제2부

# 한국현대시사 교육의
# 방향과 실제

# Ⅰ. 시교육과 한국현대시사

한국현대시사의 교육은 시교육의 목표와 공유되는 영역이 존재한
다. 현대시사 역시 다양한 시의 형태와 감수성을 이해하고 감상함으로
써 전인적 가치를 내면화하는 것을 목표로 한다.[1] 현대시사의 교육도
작품을 읽고 감상하는 것을 수행할 수밖에 없는 것이다. 다양한 개별
작품을 선정하면 되는 데 굳이 역사적인 흐름을 따질 필요가 있을까,
과거의 사실을 재구성하는 것이 작품 감상과 이해에 무슨 도움이 되는
가 등의 의문을 제기할 수 있다. 그러나 개별 작품의 이해와 감상은 현
대시를 전반적으로 이해하는 데 한계를 가진다.

> 독자의 작품 이해는 한마디로 인상적 수준에 머물기 쉽다. 또한
> 개별작품을 제대로 감상하였다 하더라도 그것을 이전의 향유한 문학
> 작품과 연관시켜 이해하고 하나의 의미망을 형성하기란 쉽지 않은
> 것이다. 이러한 개별 작품의 향유에서 오는 한계를 극복하여, 개별
> 작품의 이해에서 그치지 않고 단위시대의 문학을 양식과 정신 차원
> 으로 끌어올려 법칙성을 찾아 단위시대의 문학을 보다 전체적으로
> 조감함은 물론이고 나아가 그 과정 속에 담겨져온 가치, 지향점, 통
> 칭하여 '전통'을 간취하여 한국문학에 대해 자부심을 가지며 문학을
> 포괄하는 개념인 문화의 발전에 기여하려는 욕구를 불러일으키게 하
> 는 것이 문학사 교육을 통해서 성취할 수 있는 것이다.[2]

---

1) 구인환 외 공저, 『문학 교수·학습 방법론』(삼지원, 1998), 187면.

문학사 교육의 필요성에 대한 이 논의는 한국현대시사 교육의 필요성과도 크게 다를 것이 없다. 한국현대시사 교육은 한국현대시사에 대한 형해화된 지식의 암기가 아니라 계통을 갖춘 구조화된 지식을 통해 한국현대시의 가치를 인식시키는 것이 목표다.

한국현대시사는 현대시 작품을 통시적·공시적 연관성에 따라 전체를 구조화하는 지식체계다. 한 작품은 전대의 작품이나 동시대 다른 작품과의 관련에서 생성되기 때문이다. 그러므로 한국현대시사 교육은 집적된 한국현대시 전체를 유기적 구조로 이해하는 데 주안점을 두게 된다.

그런데 유기체적 구조는 관점에 따라 그 체계가 달라지게 마련이다. 우선 현대시의 기점에 따라 현대시에 대한 정의가 달라질 수 있다. 또, 동시대의 중심으로 설정한 개별 작품은 주변의 많은 작품을 사상할 수 있으며, 한 작품을 전시대와의 연속으로 보느냐 단절로 보느냐에 따라 계보가 달라질 수 있다. 현대시사는 관점에 따라 구조체계가 달라지므로 관점에 따라 현대시사 교육의 내용이 천양지차가 될 수 있는 것이다.

더구나 한국현대시사는 아직도 진행 중인 텍스트라 할 수 있다. 새로운 시가 첨가되면 현대시사의 구조가 바뀌기 때문에 끊임없이 살아 움직이는 유기체. 새로운 시가 첨가될 때마다 구조를 조정해야 하는 것이다. 이런 점에서 한국현대시사는 끊임없이 새롭게 쓰일 수밖에 없다. 그러므로 한국현대시사의 구조적 체계를 구성하는 기본 관점과 방법이 중요하다.

따라서 이 장에서는 처음에 기존의 대표적인 한국현대시사의 기술 방향과 방법을 비판적으로 검토하여 한국현대시사 서술 방향과 방법을 설정하고, 설정된 방향에 따라 한국현대시사를 구성함으로써 한국현대

2) 노진한, 「문학사 교육 방법론 연구」(서울대학교 석사논문, 1992), 10면.

시사 교육의 방법과 실제를 마련하고자 한다.

## 1. 한국현대시사 기술방법과 시교육의 방향

한국현대시사는 개념적으로 현대시와 역사의 개념을 내포하고 있다. 한국현대시가 무엇이며, 한국현대시의 역사는 일반적인 역사와 어떻게 다른가를 규정하지 못하면 한국현대시사 교육의 범주가 모호해진다. 한국현대시의 범주는 현대시의 기점을 통해서 맨 처음 규정된다. 전 시대의 시와 현대시의 낙차를 설정하는 기준이 한국현대시의 기본 개념을 규정하게 되는 것이다. 현재 한국현대시의 기준으로 가장 많이 동의하고 있는 기점은 1920년대 주요한, 김억 등의 자유시다. 이러한 판단은 한국현대시를 형식적인 측면에서 규정하는 논자나 내용적인 측면에서 규정하는 논자 모두가 동의하고 있다. 형식적인 측면에서 현대시를 규정하는 논자는 한국현대시가 외래적 요소를 수용하면서 시조의 정형성을 탈피함으로써 자유시로 이행하였다[3]는 견해를 펼치고 있다. 내용적인 측면에서 한국현대시를 규정하는 논자는 애국계몽기의 시가 감각보다는 이념, 개성보다는 관념을 앞세운 타설적 구조였다면 1920년대 초기 시는 이념보다 감각, 관념보다 개성을 강조한 자설적 구조라는 점에서 1920년대 초를 현대시의 기점으로 보고 있다.[4]

그러나 실제 한국현대시사 기술에서는 현대시가 개성적인 언어 구조라는 사실만을 인정하느냐 현대적 삶의 체험을 담아내는 것까지 인정하느냐에 따라 한국현대시사의 구조 체계가 달라진다. 현대시의 개

---

3) 오세영, 「근대시 현대시의 개념과 기점」, 『한국 현대시사의 쟁점』(시와 시학사, 1991), 36면.
4) 박철희, 「문학사 기술의 현 단계와 방향」, 『한국 문학사의 현실과 이상』(새문사, 1996), 85면.

성적 언어 구조에 초점을 맞춘 김용직의『한국근대시사』는 순문예지 활동을 통한 해외시와 시론의 전입과 수용을 현대시의 중요한 요소로 본다. 그 결과 서구 이론의 수용을 주도한 ≪태서문예신보≫를 중심으로 등장한 김억과 주요한의 시를 한국현대시가 확인된 기점으로 보고 있다.5) 김용직은 근대시라는 용어를 사용하였지만 보편적인 현대시의 개념과 동일하다. 반면에 김재용·이상경·오성호·하정일의『한국근대민족문학사』는 민족의 현실과 자아에 대한 인식 태도를 고려해 개성과 자아의 해방을 추구하는 시의 자율성을 중요한 요소로 본다. 한국현대시는 김억과 주요한의 자유시 모색을 거쳐 김소월, 한용운 등에와서 확립된 것으로 보고 있다.6) 이러한 차이는 한국현대시사를 기술하는 관점과 방법에서 비롯된다.

　한국현대시사는 통시적인 입장에서 전 시대와의 낙차를 설정하는 방법을 사용하고 있다. 그런데『한국근대시사』는 시의 형식적인 측면인 정형성 탈피를 현대시의 기준으로 설정하고 있고,『한국근대민족문학사』는 내용적인 측면인 민족적 현실 인식을 포함해 기준으로 설정하고 있다. 이러한 차이는 한국현대시사를 시의 내재적 구조의 변화의 입장에서 서술하느냐 시의 구조와 그 발생 원인인 사회적 활동과 사상을 함께 고려하느냐는 문제다. 이러한 관점의 차이는 한국현대시사 교육의 방향에서도 차이를 내정한다. 작품의 감상과 이해를 언어 구조의 측면에서만 교육한다면 삶에 대한 총체적 이해와 전인적 인격의 내면화라는 시교육의 목표를 놓칠 우려가 있다. 반면에 민족의 현실에 대한 인식을 지나치게 강조할 때 시의 내적 변화보다는 사회·역사적 활동이 중시될 위험이 있다. 사회·역사적 활동은 다양한 역사에서 교육할

---

5) 김용직,『한국근대시사』(학연사, 2002) 참조.

6) 김재용 외 3인,『한국근대민족문학사』(한길사, 1993) 참조.

수 있다는 점을 고려하면 굳이 시교육에서 수행할 필요가 있느냐는 반론이 가능하다.

이러한 난점을 돌파하려는 시도가 임화가 「개설 신문학사」에서 사용한 양식 중심의 서술 방식이다. 각 시대는 하나의 완결된 양식을 지향하며, 모든 작품은 양식으로 수렴되고, 다음 시대에는 또 다른 양식으로 변화한다는 입장이다. 하나의 양식은 그 시대의 사회·역사적 활동에서 탄생하며, 전 시대의 양식을 재조정하는 연속성을 갖는다는 것이다. 그러나 양식론은 한국문학사 전반을 설명하는 데는 유용한 측면이 있지만 한국현대시사에 적용하기에는 무리가 따른다. 현대시 자체가 하나의 양식이어서 현대시의 여러 특성과 형태를 설명하는 방법으로서는 논리적인 틀이 너무 크다. 실제로 한국의 현대시는 한시, 민요, 시조 등의 다양한 전통시와 교섭이 진행되었으며, 서구의 다양한 시형태와 의식이 거의 같은 시기에 수용되었기에 다양한 형태를 이루고 있다. 또, 전 시대의 시와 내적 연관이 반드시 연대기적 순서에 들어맞는 것이 아니다.

백철의 『신문학사조사』는 이러한 난점을 돌파하기 위해 문예사조라는 방법론을 사용한다. 백철의 『신문학사조사』는 시인과 작품을 유파별로 묶어서 체계화하고 있다. 백철의 한국현대시사 체계는 사실상 한국현대시사 교육에 널리 활용되어 왔다. 그러나 백철의 「신문학사조」 서술 방법은 논란의 소지가 있다.

문학사의 배경으로서 사상과 사조를 중시한 방법론과 아울러 문학 작품에 대한 깊은 이해 등이 오래 전부터 나에게 감명을 주어 왔던 것이다. 그 감명은 동시에 문학사적인 방법론에 대한 교시였다. 특히 우리 나라의 신문학과 같이 그 발달이 지연된데 있어서는 더 많이 선진한 외국문학의 영향을 입었는데 그 영향을 끌어들인 관계에 있어서도 관념이나 사조의 선도를 앞세우기 마련이었다. 내가 이 문학사에서 사조를 앞에 내세운 이유의 일단(一端)이기도 하다.[7]

사상과 사조를 중시한 것을 현대시의 내용과 형식을 통합적으로 체계화하려는 시도로 인정한다 하더라도, 그 근저에 깔린 관점이 문제가 된다. 작품과 시인을 유파로 분류하는 방법은 특정 사상과 사조를 구조화시키는 작업이므로 하나의 구조에 수렴된 시인과 작품을 동질화하는 작업이다. 개별 시인과 작품의 독립성을 배제하므로 다양한 시인의 창작의식과 작품을 배제할 위험이 높다.

다음으로는 임화가 「개설 신문학사」에서 한국의 신문학을 서구문학의 이식문학사로 규정한 관점이 지속되고 있다. 구체적인 유파 분류 항목이 낭만주의, 신경향파, 시문학파(순수서정시), 모더니즘, 토속적인 시, 모더니즘의 후예 등이라는 사실은 이식문학사의 시각으로부터 자유롭지 못한 것을 확인할 수 있다. 『신문학사조사』는 외국문학과 사상에 따라 한국현대시사의 체계를 기술하고 있는 것이다. 이식문학사관이 문제가 되는 것은 전 시대 시와 후대 시의 내적 연관을 설명할 길이 없어지기 때문이다. 각 시기마다 들어온 외래사조에 따라 한국현대시가 불연속적으로 탄생한다는 논리는 한국현대시사의 독자성과 역동성을 부정하는 논리가 되는 것이다.

특정한 시형태의 생성과 완성은 전 시대 시의 미적 성과에 영향을 받으면서도 전 시대의 시에 길항하는 실험과 시행착오를 거쳐 미적 성취를 이루는 것이다. 그리고 다시 새로 성취된 심미적 형태가 동시대의 시와 후대의 시에 자장을 미친다. 그러므로 한국현대시사의 역동성을 구조화하려면 구조의 체계를 변화시킨 작품이 집적되는 과정을 살

7) 백철, 「신문학사조사를 다시 내면서」, 『신문학사조사』(신구문화사, 1986), 6면.

펴야 한다. 다시 말해서 한국현대시사는 특정한 시가 발아해서 완성되는 과정을 사실적으로 기술할 필요가 있는 것이다.

　더 구체적으로 말하면 시가 특정한 감수성의 구조란 점에서 특정한 감수성을 탄생시킨 공시적·통시적 영향 관계를 살펴야 한다. 특정한 시를 지향하는 시의식은 전 시대의 시와 내적 연관뿐만 아니라 동시대의 사회적·정신적 활동과 연관을 갖기 때문이다. 여기서 주의할 것은 시의 감수성은 특정한 시대의 사회적·정신적 활동을 평균적으로 담는 것이 아니라는 점이다. 시는 개인의 개성적인 감수성으로 시대를 표상하는 것이지 논리적 담론으로 시대를 드러내지 않는다.

　　문학적 집적물이 정서적 반응을 요구하는 것이라는 진술은 동시에 그것이 개인적인 산물이라는 전제를 갖고 있다. 문학작품에 개인의 서명이 붙게 된 이후의 문학과 그 이전의 문학의 차이는 그 개인성에 있다. 단순한 개인이 아니라 한 시대의 의미를 어떤 방식으로든지 드러내고 있는 대표자로서 개인이다.
　　문학사가가 역사와 다르게 예외적인 개인에 많은 관심을 쏟는 것도 이 이유에서이다.[8]

　예외적 개인이란 당대 사회현실에 대한 시인의 반응이 극단적이어도 좋다는 뜻이다. 시는 사회·역사적 가치에서 옳고 그른 것을 지향하는 것이 아니다. 시는 개인이 사회·역사적 현실에 대응하는 방식이 독특할수록 그 가치를 지닌다. 따라서 한국현대시사는 극단적인 논리와 작품을 살펴볼 필요가 있다. 이런 점에서 현대시사교육은 시의 감수성을 통해 당대 사회에 대응하는 여러 논리를 이해하거나 체득하는 학습이 가능하다. 동일한 사회·역사적 현실을 상이한 감수성을 통해

---

8) 김현·김윤식, 『한국문학사』(민음사, 1973), 9면.

인식하는 시의 학습은 삶을 다양한 각도에서 이해함으로써 반성적 사고를 이끌 수 있는 것이다.

## 2. 한국현대시사 기술방향과 현대시 교육

한국현대시사 교육은 크게 두 가지로 정리해 볼 수 있겠다. 첫째, 다양한 시의 형태와 감수성을 이해하고 감상함으로써 현대시의 미적 가치와 삶에 대한 이해의 지평을 넓히는 것이다. 둘째, 개별 작품의 이해를 넘어서 현대시 전체의 유기적 구조를 이해함으로써 전 시대 시와의 내적 연관성을 파악하는 것이다. 그러므로 시교육 방향에 맞게 한국현대시사를 기술할 필요가 있다.

시가 언어를 통한 체험의 직조라는 사실과 한국현대시사는 한국현대시의 내적 변화를 기술한다는 원칙은 조정될 수 있는 것이 아니다. 한국현대시사에 새로운 시가 첨가된다는 것은 그 시가 전 시대의 언어를 갱신했거나 새로운 각도의 심리적 진실을 펼쳤다는 것이다. 이것은 작품과 시인 선정의 제 일의 기준으로 삼을 만하다.

다음으로 한국현대시가 외래적 충격을 소화하면서 전통적인 것을 개선하는 데서 확립되었다는 것을 주목할 필요가 있다. 한국현대시는 전통적인 것과 외래의 것의 교차 속에 끊임없이 갱신되면서 외국시와 전 시대 시와 다른 독자성을 확보하여 왔기 때문이다. 그러므로 전통적인 것과 외래적인 것의 길항과 교섭을 좌표로 설정할 수가 있다. 좌표를 설정한 것은 한국현대시사에 새로운 시가 첨가될 때마다 시사의 구조가 변화하는 진행형이라는 것을 고려한 것이다. 수용(계승) 정도와 길항 정도에 따라 구조의 진폭이 달라질 수 있기 때문에 구조를 열어 놓기 위한 것이다.

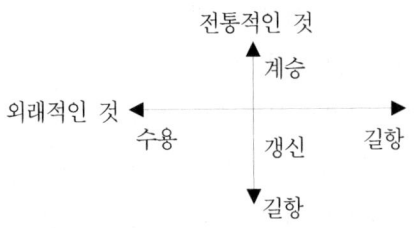

먼저 외래적인 것의 수용·교섭·길항의 축을 살펴보자. 1920년대는 서구의 여러 시가 한꺼번에 들어왔으나 당대 한국현대시의 확립에 기여한 것은 그 가운데 몇으로 압축할 수가 있다. 1920년대 들어온 외래적인 것이 이후 시대에 한국현대시의 확립과 관련을 맺는 경우도 있다. 그러나 후대에 외래적인 것의 토착화는 이전 시대의 외래적인 것과 내적 연관이 미약한 경우가 적지 않다. 전 시대에 외래적인 것을 이해하고 소화하지 못했던 것이 후대의 시대적 환경에 따라 새롭게 이해되고 소화된 경우가 많기 때문이다. 따라서 새로운 시가 확립되는 기점을 중심으로 여러 단위를 설정할 때 외래적인 것이 한국현대시의 독자성에 기여한 바를 확인할 수 있을 것이다.

다음으로 전통적인 것의 계승·개신·길항의 축을 살펴보자. 시는 전 시대 시의 압력을 받으므로 전 시대 시와 길항이 일어나기 마련이다. 전 시대 시를 개신하거나 파괴하면서 새로운 시를 모색하는 것이다. 한국현대시사 역시 전 시대 시의 개신과 길항이 현대시의 확장에 중요하게 작용하여 왔다. 이러한 개신과 길항은 오늘날까지도 진행되고 있다. 다만 그 시대적 상황에 따라 새로운 모습으로 진행된다. 따라서 전통적인 것을 개신하거나 길항하는 문제의식과 문제해결 과정에 따라 단위를 설정할 수 있을 것이다.

문제의식은 시대의 변화에 따라 전통이 불편해지거나 이질적인 외래의 자극이 신선하게 느껴질 때 발생한다. 이렇듯 전통적인 것과 외래적인 것이 교차하면서 형성되는 문제의식은 두 축의 단위를 같은 시기에 얽히게 한다. 하지만 문제해결 과정은 문제에 따라 해결의 속도가 달라 문제가 지속되는 시간이 각각 달라진다. 또, 한 시기에 여러 문제가 동시에 제기되고, 각 문제가 해결되는 시간의 차이가 발생하기도 한다. 따라서 한국현대시사는 연대기적 서술 방식만을 취하기가 어렵다. 연대기적인 서술이 가능한 것은 문제의식이 발생한 지점들과 각 단위 내에서 문제해결 과정에서이다. 따라서 한국현대시사는 문제의식 단위를 중심으로 서술하면서도, 그 문제의식이 발생한 지점에 따라 연대기적 서술을 할 수밖에 없다.

이러한 관점과 방법으로 해방 이전의 한국현대시사를 단위 중심으로 설정하면 다음과 같다.

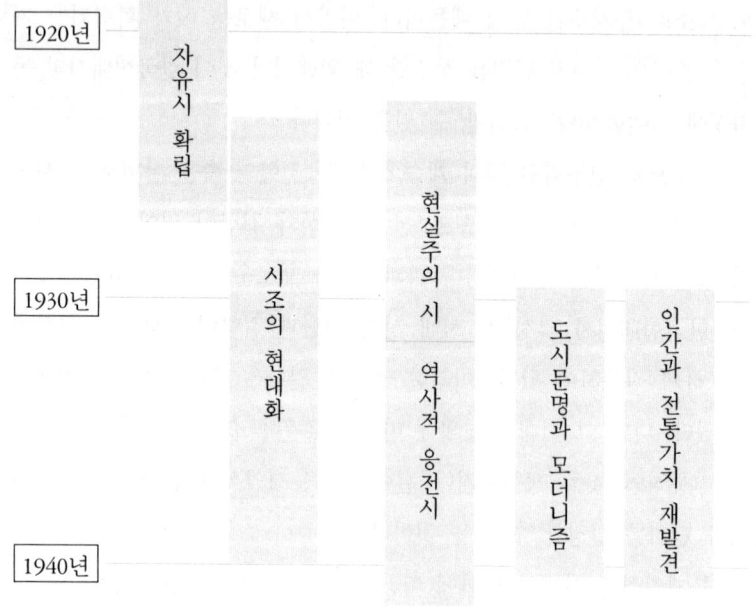

각 단위의 문제 의식이 발생한 시점과 문제해결 과정을 도표화시킨 것이다. 이제 각 단위를 설정한 근거와 각 단위의 교육적 의의를 차례 대로 살피고자 한다.

첫째, 1920년대 전통시와 외래적인 시와 교섭·길항에서 발아한 현대시와 시조의 현대화를 한 단위로 설정해 보았다. 전통시와 길항 속에서 현대시를 모색하던 이 시기는 전문적인 시인이 탄생하기 시작 한다. 이 때 비로소 관념과 이념의 담론을 설파하는 계몽성을 탈피하 고 시가 문학의 자율성을 확보하기 시작한다. 그러나 당시는 전 시대 시의 압력을 벗어나 시를 갱신하고 독자성을 확보하는 데 자체적인 전 범을 마련하지 못하고 있었다. 한시나 시조의 정형성을 당대적인 언어 와 가치로 갱신하는 문제를 수행하는 데 어려움을 겪고 있었던 것이다. 이때 유학생을 중심으로 수용된 외래적인 시와 가치는 전통적인 시를 갱신하는 데 거울이 되었다. 1920년대 초는 전통시의 정형성을 갱신하 는 자유시 지향이 중심이었고, 1920년대 중반은 오히려 전통적인 시조 형식이 부활하며, 이후 꾸준히 시조의 현대화가 진행된다. 따라서 자유 시의 확립과 시조의 현대화는 한국현대시 형성기에 중요한 문제의식이 라 할 수 있다.

따라서 이 단위의 시교육의 목표는 한국현대시의 확립 과정을 이해 시키는 데 있다. 한국현대시를 확립하기 위한 시도와 실패를 이해함으 로써 한국현대시의 기본적인 특성을 이해할 수 있기 때문이다. 현대시 가 확립되기 이전의 몽롱하고 모호한 감정과 무질서한 표현이나 기계 적인 운율에서 분명하고 뚜렷한 언어와 정서로 정착하는 과정을 교육 하는 것은 한국현대시의 기본적인 특성을 이해시킬 수가 있다. 또한, 실패한 언어는 시 창작의 초기에 범하는 오류를 고스란히 보여주므로 시창작 교육에서도 우회적인 효과를 기대할 수 있다.

다른 하나는 아직도 창작되고 있는 시조가 갖는 문학사적 의미를 살피는 데 있다. 시조가 우리 민족어의 특성을 잘 반영한 정형시지만 현대의 양식으로서 생명이 약화된 것을 확인시킬 수 있다. 한 시대의 훌륭한 양식이 오늘날에 와서 생명을 잃게 된 이유는 역으로 현대시의 특성을 이해하는 길이기도 하다. 특히 현대시조의 현대화 시도와 극점의 확인을 통해 현대시와 시조의 차이를 분명하게 이해하게 할 수 있을 것이다.

둘째, 1920년대 전통적인 시가 보여준 윤리적 가치를 당대적 현실에서 새롭게 정립하고 당대의 언어로 구조화하는 문제도 하나의 단위가 될 수 있다. 사대부의 이념이 현실적 설득력을 상실한 상황에서 당대 현실을 이해하고 변화하는 현실에 적합한 윤리적 가치를 미적 언어로 표현하는 일은 오늘날에도 진행되고 있는 과제다. 여러 외래의 가치를 통해 한국의 현실을 이해하고 그 가치를 미적 가치로 상승시키려는 현대시는 삶에 대한 총체적 이해를 기대할 수 있다. 우선 1920년대 프로시에서 관념적으로 선취한 이념의 당위성과 언어의 심리적 진실 사이의 합치가 얼마나 어려우며, 그것이 성취되었을 때 아름다움이 어떤가를 이해하고 느끼도록 교육할 수 있다. 또, 1930년대 민중의 시선으로 발견한 역사의식의 심미성과 지식인의 시선으로 발견한 역사의식의 심미성을 함께 살필 수 있어 독자는 자신의 역사의식을 반성적으로 살필 수 있을 것이다. 특히 개별 시인의 사회·역사적 고민이 심미적으로 형상화되는 면모에서 현실을 살아가는 다양한 인격을 체험할 수 있어 전인적 인격의 내면화를 교육할 수 있을 것이다.

셋째, 도시적 문명이 유입되면서 함께 유입된 서구적 가치와 질서는 전통적인 가치와 충돌을 일으키면서 다양한 감수성을 형성시킨다. 특히 새로운 문명에서 발생한 서구시의 언어는 한국현대시의 다양한 형태를 탄생시킨다. 그러나 이 단위 시기에는 서구적인 가치 못지 않게 전통적인 것의 가치도 부각된다. 서구적인 것과 전통적인 것의 교섭·길항에 따라 한국현대시의 독자성이 뚜렷이 확립되는 시기다. 1930년대는 서구 도시문명을 거울삼아 한국의 현실을 바꾸려는 세계 보편주의, 서구 도시문명에 대한 회의와 시적 실험, 토착화된 이미지즘의 심미성, 동양적 정신의 감각적 표현, 농촌 공동체의 감각적 심상화 등 한국현대시가 본격적으로 독자적인 모습을 갖춘다. 당시 현대시는 외래 가치를 소화하는 의식에 따른 감수성의 분화를 보여주고 있어 현대 한국의 지성 지형도와 일치하고 있었던 것이다.

따라서 이 시기의 시인과 작품은 현대시 교육의 전범이 되어 있다. 그 만큼 현대시의 질을 확보하고 있는 것이다. 그러나 오늘날까지 이 단위의 개별 작품이 수용자에게 반드시 매력적이라고 단정할 수는 없다. 1930년대 시는 오늘날까지 꾸준히 갱신되고 있기 때문에 향유보다는 지식으로 지겨움을 느끼게 할 수 있다. 그러나 이 단위의 한국현대시사 교육은 당대의 문제의식에 따라 다양하게 형성된 감수성의 체계가 오늘날 우리가 읽고 쓰는 시와 어떤 의미망을 형성하는가를 살필 수 있다. 특히 당시 도시문명의 충격에 비견되는 오늘날 디지털 미디어 문화의 충격과 관련시킨다면 독자는 오늘날의 문제를 객관적으로 인식하고 문제해결 방법을 탐구하는 거울을 얻을 수 있을 것이다. 또, 감수성의 이해는 곧 언어의 이해라 할 수 있다. 이 단위의 한국현대시는 한국어에 대한 깊은 인식과 실험이 진행되었던 시기로 한국현대시의 저수지와 같아 한국어에 대한 이해를 넓힐 수 있을 것이다. 결국 이 단위의 한국현대시사의 교육은 한국현대시의 전범의 특징과 의의를 현대시 전체의 체계 속에서 살핌으로써 현재 진행되고 있는 한국현대시를 체계적으로 조망할 수 있도록 할 것이다.

넷째, 이 단위는 한국현대시사에서 한국적인 정신과 정서를 깊게 탐구한 시인과 작품을 설정하였다. 이 단위의 시는 사회·역사적 현실과 단절된 내면에 집중하고 있어 사회적 관계보다는 원초적인 인간을 탐구하고 있다. 특히 한국인의 육체와 정서 속에 내밀하게 작동하는 에너지를 언어화시킨 것은 한국현대시사에서도 매우 드문 일이다. 전시대의 소월이 보여준 민족적 정조와 다르게 무의식적으로 발현되는 한국인의 정서를 한국어의 음상과 운율을 통해 직조한 시와 시조의 전통정신과 다르게 민족의 원초적인 신앙을 장인적 솜씨로 직조한 시는 그 동안 한국인에게 가장 널리 읽힌 시다. 한국인의 원초적 심성을 자극하는 매력이 있기 때문이다. 이 단위의 한국현대시사 교육은 민족적 언어와 정서의 정교한 조직화 방식을 이해하고 감상함으로써 언어생활을 도울 수 있으며, 한국적인 것에 너무 익숙해 인식하지 못하는 한국인의 모습을 새롭게 인식하도록 할 수 있을 것이다.

이처럼 한국현대시사를 문제의식 단위로 교육하는 것은 다음과 같은 학습효과가 기대된다. 첫째, 현대시사에서 제기된 여러 문제는 한국현대시의 여러 특질을 규정해 왔기 때문에 한국현대시의 이해와 감상의 깊이를 더해 줄 수 있다. 둘째, 단위마다 개성적인 시의 형태와 감수성은 학습자가 다양한 시를 경험함으로써 현대시의 진폭을 이해할 수 있게 할 수 있다. 셋째, 각 단위의 문제와 해결방법이 다양하다는 것을 인식함으로써 다양한 실험시에 대한 이해와 비판 능력을 키울 수 있다. 넷째, 현재 현대시의 문제를 스스로 파악하고 해결하는 창의적이고 진취적인 시도를 기대할 수 있다. 다시 말해서 한국현대시사 교육은 한국현대시가 형성되고 확산되는 전체 구조를 조망함으로써 오늘날 현대시의 문제를 이해하고 문제를 해결하는 동력이 될 수 있는 것이다.

# II. 한국현대시사 교육의 실제

## 1. 자유시의 확립과 시조의 현대화

1920년대 초 한국의 시인은 전통적인 시로 당대의 사상·감정을 표현하는 데 불편을 느끼고 있었다. 이러한 문제의식은 단순한 형식의 문제가 아니라 현대시에 대한 인식의 문제가 내포되어 있다. 당시는 전통적인 선비의 시 쓰기와 전문적인 시 쓰기의 미분화 시기에서 전문적인 시 쓰기가 독자성을 획득하는 시기였다. 특히 유학생을 중심으로 서구의 전문적 시 쓰기와 시가 중요한 자극이 되었다. 새로운 가치를 수용한 그들은 자신들의 사상·감정을 표현하고 싶은 욕망이 강렬하였다. 전통적인 시를 파괴하고 새로운 시를 만드는 것과 전통적인 시조를 현대적으로 갱신하는 문제가 제기되었던 것이다. 이러한 문제 해결과정을 간략히 도표화하면 다음과 같다.(도표는 다음 페이지에)

### 1-1. 한국자유시 모색

한국현대시의 본격적인 출발을 알리는 것은 순문예지라 할 수 있다. 종합지의 한 란(欄)에 불과하던 문예가 독립된 것은 '문학의 자율성'이 확립되기 시작한 것을 보여준다. 1918년 9월 창간된 ≪태서문예신보≫는 이러한 흐름의 출발이라 할 수 있다.

117

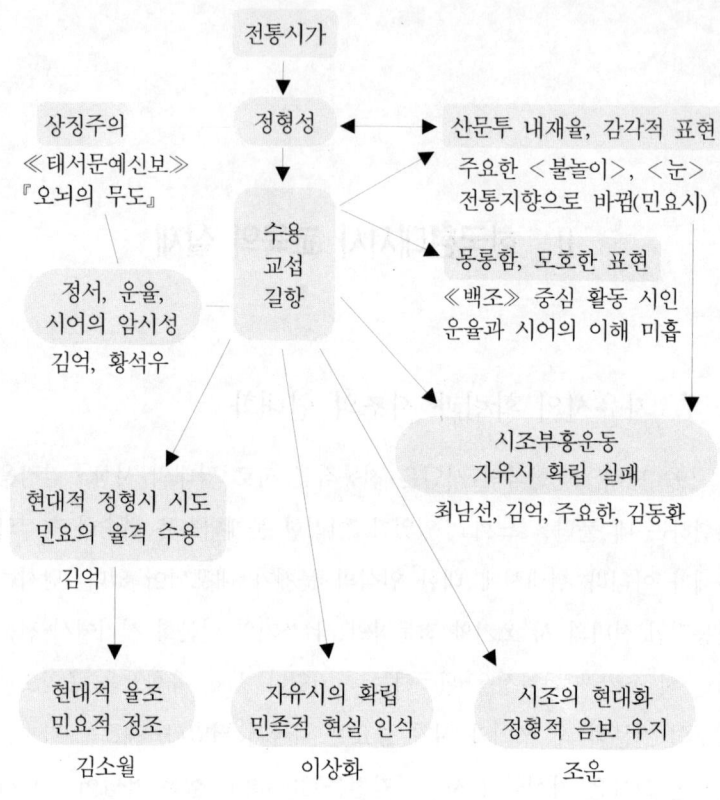

서양문예를 번역하여 소개한다는 취지의 ≪태서문예신보≫에서 가장 많은 양을 차지한 것은 시였다. 특히 김억은 상징주의 시론과 번역시를 소개하였다. 그 가운데 김억이 발표한 「프란스 시단」(1918. 12)은 상징주의에 대한 소개를 본격적으로 시도한 글이다.

① 상징주의란 무엇인가? 상징파시인들은 잡기 어려운, 이해를 뛰어넘는 신비적 해답을 우리에게 제공한다 만은 그 가장 옳은 해답은 아마 간단한 듯하다. 즉 '기술을 말아라, 다만 암시' 그것인 듯하다.

② 재래의 시험과 정규를 무시하고 자유자재로 사상의 미운(美韻)을 잡으려 하는 다시 말하면 평측(平仄)이라든가 압운(押韻)이라든가 를 중시치 아니하고 모든 제약 유형적 율격을 버리고 미묘한 '언 어의 음악'으로 직접 시인의 내부 생명을 표현하려는 산문시다.[9]

①과 ②의 글은 상징주의 시의 특징을 암시성과 음악성으로 규정하고 있다. 암시성과 음악성의 강조는 전 시대의 시에 대한 길항으로 보인다. 계몽적인 시가 의미의 기술이라면 상징주의 시는 암시성은 의미를 넘어서는 정서를 중시한다. 이것은 암시적 언어가 빚어낸 정서를 중시하는 현대시의 기본적인 특성을 보여준다. 다음으로 음악성은 유형적인 율격을 배제하고 감정의 진폭에 따른 운율을 강조한 시론이다. 이것은 시인의 심리적 움직임에 따라 운율과 어조를 형성하는 현대시의 특성을 보여준다. 한국현대시사에서 김억은 현대시의 특성을 인식한 최초의 시인이었던 셈이다.

시론을 발표하기 전에 김억은 이미 상징주의를 자신의 창작 방법으로 활용한 것으로 판단된다. ≪학지광≫ 5호(1915. 5)에 실린 그의 작품은 시론의 단초를 보여주고 있다.

> 침묵의 지배를 따라
>  고요히 나는 혼자 있노라.
> 야반의 울림 종소리에
>  내 가슴은 울리며 반향(反響)나도다.
>
> 나의 영이여!
>  너는 무엇을 바래느냐?
> 나의 육이여!
>  너는 무엇을 바래느냐?

---

9) 김억, 「프랑스 시단」, ≪태서문예신보≫ 제11호(1918. 12. 10).

평화여라!
　부란데 한 잔에.
즐거움이여라
　곱게 웃는 한 소리에.

무겁고 좁은 조각 너울에
환영의생각은 잠잠하다
　내 영이여! 내 육이여!
얻으려는 너의 바램이 영원한 잠안에.

김억, &lt;야반(夜半)&gt; 전문

　1915년에 시가 시대의 변론이 아니라 개인의 정감이란 인식을 보여주고 있다. 홀로 고독을 즐기며 꿈을 꾸는 자의 쓸쓸하면서도 담담하고, 담담하면서도 뜨거운 심정이 평서문과 영탄문의 교체 속에서 호흡율을 이루고 있다. 미묘한 정서와 호흡의 완급이 암시성과 음악성의 단초를 보여주고 있다. 이러한 시의식의 구체적인 모습은 김억이 번역한 상징주의 시에서 확인할 수 있다.

도시에 나리는비인 듯
내가슴엔 눈물의 비가 오아라,
엇지하면 이러한설음이
내가슴속에 숨어잇으랴.

아아 쌍우에도 집웅우에도
내려퍼붓는 고흔비소리!
이는 애닯은맘의괴로움이라고
오오 내려붓는 비의노래여!

베를레느, &lt;도시에 나리는 비&gt; 부분[10]

이 시의 앞 연은 비가 내리자 자신도 모르게 밀려오는 설움에 더욱 서러워지는 심정이 드러난다. 물음과 영탄 어법은 놀랍고도 서러운 호흡에 따라 율격을 이룬다. 뒤 연은 서러움이 고양되면서 애달프고 괴로운 심정이 강렬한 어조를 이룬다. 유형적인 율격의 제한을 받지 않고 감정의 흐름이 어조를 통해 자유롭게 표현되어 있는 것이다. 하지만 정서의 질감이 지나치게 애상적이다. 이러한 애상은 한국현대시 초창기에 중요한 흐름이 된다. 아마도 이념의 변론을 벗어난 시의 자율성을 정조로 인식하면서 발생한 것이 아닌가 싶다.

당시에 상징주의 시론을 자유시의 시론으로 인식한 사람은 김억과 황석우가 대표적이었다. 김억의 「시형의 음률과 호흡」(≪태서문예신보≫, 1919. 1. 13)와 황석우의 「조선시단의 발족점과 자유시」(≪매일신보≫, 1919. 11. 10)는 재래의 시형에서 벗어나 자유시를 쓸 것을 주창하며 음수율에서 벗어나 자유롭게 감정을 담아내는 시형으로 상징주의 시를 제시한다. 그런데 당시 창작된 김억의 작품은 시론과는 반대 방향으로 나가고 있다.

> 빔이도다
> 봄이다
>
> 밤만해도 애닯은데
> 봄만도 생각인데
>
> 날은 빠르다
> 봄은 간다
>
> 깊은 생각은 아득이는데

---

10) 김억, 번역시집 『오뇌와 무도』, 7면.

저 바람에 새가 슬피 운다

검은 내 떠돈다
종소리 빗긴다

말도 업는 밤의 설음
소리 업는 봄의 가슴

꽃은 떨어진다
님은 탄식한다

김억, &lt;봄은 간다&gt; 전문11)

맨 먼저 눈에 띄는 것은 각 행의 마지막 음이 '다', '데'와 '음', '슴'으로 이루어진 것이다. 의도적으로 압운을 맞추기 위한 시도다. 이 시를 낭송해 보면 고운 음을 만들어 음악적 효과를 높이려 한 것을 느낄 수 있다. 그러나 번역시나 &lt;야반(夜半)&gt;에서 보여주던 운율보다 훨씬 정형적인 율격을 유지하고 있다. 애상적 감상의 흐름에 따라 호흡이 가빠지거나 여려지는 심리적 드라마가 없다. 김억이 자유시에서 후퇴한 것은 번역하는 과정에서 서구시의 운 중심 운율을 우리 시에도 적용하려는 시도에서 연유한 것으로 보인다. 하지만 서구시의 형식적인 운율을 기계적으로 우리 언어에 적용하려는 김억의 시도는 애초부터 무리였다. 우리 언어는 서구적인 운율과 다른 언어적 자질을 가지고 있기 때문이다.

김억의 후퇴는 한국현대시사에서 자유시 시도와 실패의 한 전형이다. 이 시도는 한국의 자유시에 서구시의 운율을 적용하려던 실험의 실패라 할 수 있다. 민족어에 대한 인식이 미흡한 채 타언어의 특성을

---

11) ≪태서문예신보≫ 제9호(1918. 11. 30), 6~7면.

우리말에 기계적으로 적용하려 한 시도는 애초부터 성공하기 힘들었던 것이다.

또, 번역시에서 느끼던 애상적 정서를 현대시의 자율성을 강조하는 전범으로 강조한 것은 결과적으로 한국현대시의 모색 시기에 모호하고 애상적인 시를 양산하는 데 기여했다. 시를 시대의 변론으로 인식하던 전 시대에 대한 반작용이 부지불식간에 강하게 작용한 것은 이해되지만 한국현대시의 좌표를 감상적인 것으로 설정한 것은 비판받아 마땅할 것이다.

한국현대시의 자유시 시도와 실패를 보여주는 또 하나의 전범이 주요한이다. 한국 자유시의 선구자로 알려진 주요한은 상해시절 ≪독립신문≫(1920. 6. 1)에 송아지라는 필명으로 조국독립에 대한 강렬한 열망을 표출하였다.

> 위대할사 나의 조국아 나의 어린 시절의 추억이 지금 나의 단 꿈을 네게로 이끌어 간다. 마음을 녹이는 온대의 봄바람에 안기어 복숭아나무 그늘에서, 그 위대한 역사를 읽고 눈물지던 그때― 그 눈물의 즐거운 …… 그 같은 낙(樂)이 지금은 다시 맛볼 수 없게 되었다. 너는 나와 너머 가까이 있어서 심상(尋常)하여졌다.
> 그러나 위대할사 나의 조국아, 환란과 상심의 날에 네 이름이 나의 위로가 되며 용기가 된다.
>
> (중략)
>
> 위대할사, 나의 조국아. 나의 자랑이요, 평안한 품이 되는 너는, 또 나의 유일의 희망이오, 기쁨이 된다. 들으라, 그의 처량한 부르짖음이 밝아오는 새벽 하늘에 기운차게 울리어감을…….
>
> 주요한, <조국> 부분

이 시는 우선 줄글 형태를 취하고 있는 것이 눈에 띈다. 정형 율격의 제한을 받지 않고 감정의 흐름에 따라 운율과 어조가 변화하고 있다. 물론 아직은 개인의 섬세한 감정의 흐름보다는 애국심을 호소하는 연설같은 느낌을 지우기 힘들지만 이후 <눈>, <불노리>의 단초를 보여주고 있다. 그런데 귀국 후 주요한은 계몽적인 시를 반대하면서 조선적인 정서에 대한 지향을 보여준다.

> 과거 우리 사회에 노래하는 시 형식으로 된 문학이 있었다 하면 대개 세 가지가 있었다 하겠습니다. 첫째, 중국을 순전히 모방한 하나요 둘째는 형식은 다르나 내용으로는 역시 중국을 모방한 시도요 셋째는 그래도 국민적 정조를 여간 나타낸 민요와 동요입니다. 그 세 가지 중에 필자의 의견으로는 셋째 것이 가장 예술적 가치가 있다고 봅니다.[12]

민요와 동요를 강조한 주요한의 논리는 이미 1923년『아름다운 새벽』의 '책끝에'에서 밝힌 건강한 정서와 맥을 같이한다. 실제로 동요조의 <샘물이 혼자서>, 민요조의 <할미꽃> 등이 주조를 이루고 있다. 1919년 1월 ≪학우≫에 발표된 <눈>과 2월 ≪창조≫에 발표된 <불노리>도 이미 조선적인 것에 대한 지향을 담고 있다. 다만 그 형식이 산문형태로 정형적 운율을 벗어나고 있어 자유시의 선구적 작품으로 평가되어 온 것이다.

> 아아 인경이 운다, 은은히 일어나는 인경소리에 눈이 쌓인다. 장안에 넓고 좁은길이 눈에 메운다. 님을 못보고 죽은 계집의 설움에 겨운 눈물이 눈이 되어서 흘러내린다. 먼젓해 봄바람에 지고 남은 흰 복숭아꽃이 죄 품은 선녀의 뜨거운 가슴에서 흘러내린다. 안개에 쌓인 아침은 저 높은 흰구름 위에서 남모르게 밝아오지마는, 바람조차

 12) 주요한, 「노래를 지으려는 이에게」, ≪조선문단≫ 창간호(1924. 10), 61면.

퍼붓는 눈은 장안거리를 가로막고 외로 메운다. 아아 눈이 쌓인다. 눈물이 쌓인다. 그침없이, 끝없이, 쌓인다. 쌓인다 …… 쌓인다 …….

주요한, &lt;눈&gt; 부분

아아 날이 저문다, 서편 하늘에, 외로운 강물 우에, 스러져 가는 분홍빛 놀 …… 아아 해가 저물면 해가 저물면, 날마다 살구나무 그늘에 혼자 우는 밤이 또 오건마는, 오늘은 사월이라 파일날 큰 길을 물밀어가는 사람 소리는 듣기만 하여도 흥성시러운 것을 왜 나만 혼자 가슴에 눈물을 참을 수 없는고?

주요한, &lt;불놀이&gt; 부분

&lt;눈&gt;은 눈이 오는 장안 거리의 풍경의 묘사를 통해 애상을 표현하고 있고, &lt;불놀이&gt;는 사월 초파일날 불놀이에 모여드는 군중 속에서 느끼는 외로움을 표출하고 있다. '흰복숭아꽃이 죄 품은 선녀의 뜨거운 가슴에서 흘러내린다'는 이미지와 사월 초파일날 '불놀이'라는 소재가 조선적인 것을 활용하고 있다. 시 전체의 호흡이 심리적 흐름에 따라 운율을 형성하고 있어 김억의 기계적인 운율보다 효과적인 것을 알 수 있다. 이러한 호흡율은 김억보다 자유시의 운율에 근접했다고 할 수 있겠다. 줄글 형식으로 쓴 형식이 중요한 것이 아니라 시에 내재된 정조와 운율의 일치가 심리적 드라마를 이루고 있다는 것이 중요하다. 그러나 두 작품은 아직 시인의 감정이 뚜렷하지 못하고 시인의 의식과 정서에 따라 시행과 호흡 단위가 자유롭게 변화하는 자유시의 면모를 확립했다 하기는 미흡하다.

김억과 주요한 이후에 수많은 순문예지가 발간되면서 많은 시인이 시의 자율성을 더욱 증대시킨다. 그 가운데 최초로 발간된 ≪백조≫를 중심으로 활약한 박영희, 박종화, 노자영, 이상화 등이 초기 한국현대시의 경향을 잘 보여주고 있다. 특히 박영희는 ≪백조≫의 중심 활동가로서 그의 시가 주목된다.

> 근심스럽게도 한발한발 걸어오르는 달님의
> 정맥혈로 짠, 면사 속으로 나오는
> 병든 얼굴의 말 못하는, 근심의 빛이 흐를 때
> 갈 바를 모르는, 나의 헤매는 마음은
> 부질없이도 그를 사모하도다

박영희, &lt;월광으로 짠 병실&gt; 부분

달빛으로 짠 병실은 몽롱하면서도 탐미적이지만 딱딱한 운율과 시어의 모호함에서 실패한 현대시의 한 예를 보여준다. 운율은 심리적인 호흡과 동떨어진 채 의미 전달에 치우치고 있다. 이러한 설명조는 시어의 암시성을 활용하려는 의도에 따라 비유적인 이미지를 활용하는 데서 발생한다. '정맥혈, 면사, 병든 얼굴'이 시사하는 것은 몽롱하고 병약한 느낌을 자아내는 것 이상이 없다. 그 몽롱한 사태를 즐기는 모습이 환각에 빠진 것이 아닌가 의심스럽다. 문단 회고록에서 언뜻 언급되던 당시 시인들의 퇴폐적인 분위기를 짐작하게 한다. 또, 김억, 주요한의 시에 비해서 운율이나 비유가 활달해졌다고 하기가 어렵다. 앞의 두 시인의 모방 수준을 벗어난 개성적인 특성을 보여주지 못한 것이다.

## 1-2. 한국 자유시의 확립

≪백조≫에서 활동하였던 또 다른 시인이 이상화다. 이상화가 주목되는 이유는 처음에는 몽롱하고 모호한 애상과 표현에 그쳤으나 점점 주요한의 <불놀이>에서 보여준 현대시의 면모를 진척시키기 때문이다. 그는 김억이 보여준 근거없는 애상적인 감상에서 점점 민족적 현실과 교섭하는 개인의 뚜렷한 정서를 보여주며, 주요한이 보여준 호

## 흡율을 감각적 시어와 결합시키면서 현대시의 면모를 확립한다

지금은 남의 땅 ─ 빼앗긴 들에도 봄은 오는가?

나는 온몸에 햇살을 받고,
푸른 하늘 푸른 들이 맞붙은 곳으로,
가르마 같은 논길을 따라 꿈속을 가듯 걸어만 간다.

입술을 다문 하늘아, 들아,
내 맘에는 나 혼자 온 것 같지를 않구나!
네가 끌었느냐, 누가 부르더냐, 답답워라, 말을 해 다오.

바람은 내 귀에 속삭이며,
한 자국도 섰지 마라, 옷자락을 흔들고
종다리는 울타리 너머 아씨같이 구름 뒤에서 반갑다 웃네.

고맙게 잘 자란 보리밭아,
간밤 자정이 넘어 내리던 고운 비로
너는 삼단 같은 머리를 감았구나. 내 머리조차 가뿐하다.

혼자라도 가쁘게나 가자.
마른 논을 안고 도는 착한 도랑이
젖먹이 달래는 노래를 하고, 제 혼자 어깨춤만 추고 가네.
나비, 제비야, 깝치지 마라.
맨드라미, 들마꽃에도 인사를 해야지.
아주까리 기름을 바른 이가 지심 매던 그 들이라 다 보고 싶다.

내 손에 호미를 쥐어 다오.
살진 젖가슴과 같은 부드러운 이 흙을
발목이 시도록 밟아도 보고, 좋은 땀조차 흘리고 싶다.

강가에 나온 아이와 같이,
짬도 모르고 끝도 없이 닫는 내 혼아
무엇을 찾느냐, 어디로 가느냐, 웃어웁다, 답을 하려무나.

나는 온 몸에 풋내를 띠고
푸른 웃음, 푸른 설움이 어우러진 사이로
다리를 절며 하루를 걷는다. 아마도 봄 신령이 지폈나 보다.

그러나 지금은 ― 들을 빼앗겨 봄조차 빼앗기겠네.
　　　　이상화, <빼앗긴 들에도 봄은 오는가>

이 시의 정서는 약동하는 봄을 맞는 기쁨과 삶의 터전을 빼앗긴 식민지 백성의 설움이 충돌되면서 발생한다. 시 전체가 끝까지 긴장을 늦추지 않고 전개되면서 마지막에 '웃음과 설움'의 모순된 정서가 "지금은 들을 빼앗겨 봄조차 빼앗기겠네"라는 독백과 어우러져 절절한 슬픔이 확산되고 있다. 김억과 박영희가 보여준 막연한 애상과는 달리 민족적 현실에서 느끼는 아픔이 뚜렷하게 제시되어 있는 것이다.

운율적인 측면에서도 이 시는 각 연마다 어조와 호흡이 운율과 일치하면서 감정의 변화에 따라 심리적 드라마를 이루고 있다. 첫 연에서 '지금은 남의 땅 ― 빼앗긴 들에도 봄은 오는가?'라는 질문과 차분한 운율은 삶의 터전을 빼앗긴 허탈한 느낌을 자아낸다. 2연에서는 영탄의 어법과 강렬한 호흡이 답답한 심정을 자아내며, 3연의 차분한 운율은 조용히 들판을 서성이는 처연한 심정을 자아낸다. 4, 5연은 아름답고 기쁜 이미지와 차분한 운율의 대비를 통해 봄이 약동하는 들판에서 느끼는 기쁨을 그대로 즐기지 못하는 심정이 드러나며, 6연은 명령형과 소망을 나타내는 어법을 통해 서러움을 단속하면서 흙에서 노동하는 기쁨을 그리워한다. 7연은 강렬한 요구와 소망을 나타내는 어조를 통해 강렬한 열망을, 8연은 가쁜 호흡율로 자신의 혼을 부르고, 혼에게 묻고 하소연하는 심정을 드러내고 있다. 이것은 열망과 현실 사이의 모순에서 오는 몸부림으로 이어지는 9연을 예비한다. 9연은 다시 차분한 리듬과 어조를 통해 무기력한 자신에 대한 슬픔 심정을 드러내고, 곧 이어지는 '그러나 지금은 — 들을 빼앗겨 봄조차 빼앗기겠네'라는 내면의 외침을 통해 절절한 슬픔을 느끼게 한다. 운율과 어조의 일치, 운율과 이미지의 대조, 어조의 생생함 등을 통해 일상적인 회화 언어의 운율을 자유롭게 활용하고 있다. 주요한이 성취한 정서와 호흡의 일치를 넘어서 비로소 자유시의 면모를 확립하고 있는 것이다.

시어의 활용 측면에서 보자면 민족적 이미지와 비유가 빚어낸 뚜렷한 형상은 박영희의 몽롱하고 모호한 표현을 넘어서 현대시의 형상으로 손색이 없다. '입술을 다문 하늘'에서 물어도 대답없는 세계와 자신의 답답한 심정을 담아내고 있으며, 다리를 절며 걷는 모습에서 자연에서 느끼는 기쁨과 현실에서 오는 슬픔이 빚어낸 갈등을 그리고 있다. 또, 도랑의 물소리를 '젖먹이 달래는 노래'와 '어깨춤'으로 비유한 것과 흙을 '살찐 젖가슴'으로 비유한 것은 자연을 인간의 육체와 영혼으로 바라보는 농경문화의 상상력이 돋보인다. 나아가 종다리를 '울타리 너머 아씨'로 비유한 아름다움과 보리밭을 물에 감은 '삼단 같은 머리'로 비유한 청명한 보리밭의 아름다움은 민족적 심미성을 드높이고 있다.

이상에서 살폈듯이 이상화의 ＜빼앗긴 들에도 봄은 오는가＞는 운율과 어조를 통한 일상회화 구현, 이미지와 비유를 통한 정서의 형상화, 민족적 현실의 인식 측면에서 한국현대시를 확립한 작품으로 평가할 수 있는 것이다.

## 1-3. 현대적 율조의 확립

1920년대 중반기 한국현대시는 자유시의 확립을 통해 그것이 발전되기보다는 오히려 정형시가 주류를 이룬다. 이러한 근저에는 조선주의를 표방한 당대의 정신적 경향과 관련이 깊다. 조선주의는 외국과 차별되는 조선의 고유한 것에 대한 집착으로 계몽주의의 변모된 모습이라 할 수 있다. 뒤떨어진 조선의 개화를 주창하던 계몽주의는 외세의 침탈에 맞서 조선적인 것을 강조한다. 이러한 조선주의는 시에서 조선말의 결을 맞추어 조선적인 정서를 표현하려는 지향을 낳는다. 여기에 서구의 휘트먼 등의 민중시론이 수용되면서 민중적인 정서를 지향하는 담론이 첨가된다. 조선주의와 민중시론의 결합이 가능했던 것은 휘트먼의 민중시론이 미국 개척기 이민자의 삶과 정서를 다루고 있어 계급적 개념이 없었기 때문이다. 그러나 당시 조선주의는 휘트먼의 민중시론과 달리 당대 현실과 유리된 관념으로 복고주의적 경향을 띠고 있었다. 시조부흥운동이나 민요부흥운동은 이러한 맥락에서 일어났다고 할 수 있다. 신체시로 개화를 주장했던 최남선, 상징주의를 수용하고 실험했던 김억과 자유시를 실험했던 주요한마저 이러한 경향에 동참하고 있는 것은 당시의 흐름을 분명히 보여준다.

김소월이 이러한 흐름에 영향을 받지 않았다고는 단정할 수는 없으나 그의 시는 관념적인 조선주의와 다른 독자성을 갖고 있다. 시대 현실 속에 살아가는 민중적 감성이 바탕을 이루며, 이 감성이 의미, 운율과 조화를 통해 현대적 율조를 확립한다.

그립다
말을 할까
하니 그리워

그냥 갈까
그래도
다시 더 한번….

저 山에도 까마귀, 들에 까마귀
西山에는 해진다고
지저귑니다
앞 江물, 뒷江물,
흐르는 물은
어서 따라오라고 따라가자고
흘러도 연달아 흐릅디다려.

김소월, &lt;가는길&gt; 전문

이 시는 민요의 율격하고는 판이하게 다르다. 민요는 3음보나 4음
보 단위의 정형적인 율격을 가지고 있다. 당시에 민요조를 4·4조,
7·5조와 같은 제한적인 음수에 따라 이해한 것은 일본시의 관점에서
민요를 이해한 결과라 할 수 있다. 낭송을 하면 김소월의 &lt;가는 길&gt;
을 당시 민요조의 이해 방식으로는 7·5조 단위로 율격 단위를 느낄
수가 있지만 &lt;가는 길&gt;의 시행 배치는 민요와 같은 정형적인 율격
구조와는 판이하게 다르다.

김소월 시의 시행의 배치는 심리적 흐름과 호흡에 따라 배치되고
있다. "그립다/ 말을 할까/ 하니 그리워"는 통사적 구조에 따라 율격
단위가 형성되지 않고 있다. '그립다/ 말을 할까'하는 망설이는 심리적
주저가 휴지로 나타나면서 음보의 단위가 끊어지고 있다. 이러한 엇붙
임은 시인이 의도적으로 설정한 행의 배치로 서정성을 드높이고 있다.
이렇듯 심리적 흐름과 운율의 일치가 서정성을 증대하는 특성은 오늘
날까지 한국현대시의 한 특성으로 인정되고 있다.

시어의 사용에서도 음상이나 문장 부호가 율조를 형성하면서도 심리적 흐름을 표상하고 있다. '다시 더 한번…'에서 말 줄임표는 자꾸 자꾸 되돌아보는 행위와 심정을 암시하고 있으며, 2연의 후반부에서 'ㅇ'음과 'ㄹ'음을 연달아 사용한 것은 강물의 흐름과 정처없이 떠도는 심정을 표상하고 있다. 시어의 암시성도 율조의 형성에 기여를 하고 있는 것이다. 시 전체의 율조가 터전을 떠나 사람의 심정을 느끼게 하며, 마지막 행의 '흘러도 연달아 흐릅디다려'는 유랑하는 사람의 비애를 느끼게 한다.

이 비애는 인간사에서 일어나는 보편적인 떠남을 다루고 있는 것처럼 보인다. 현실을 암시하는 시어가 두드러지지 않기 때문이다. 그러나 해가 지면서 까마귀도 잠자리를 찾아드는 데 머물 곳이 없는 자의 비애를 그리고 있는 것을 알 수 있으며, 떠나는 곳이 자꾸 그리워지는 것을 통해 삶의 터전을 어쩔 수 없이 떠난 것을 알 수 있다. 이 시의 비애는 어쩔 수 없이 삶의 터전을 떠나 유랑하는 자의 심정이 아닐 수 없다. 이런 점에서 <가는 길>의 정서적 기반은 식민지 현실에서 뿌리 뽑힌 민중이라고 할 수 있다. 역사적 사건을 직접 다루고 있지 않을지라도 시인의 감수성이 유랑하는 민중의 시선에서 세계를 읽고 있는 것이다. 김소월 시의 이러한 민중적 성격은 때로는 <초혼>과 같은 절절한 외침으로, 때로는 <산유화(山有花)> 같은 보편적 정한으로 나아간다.

山에는 꽃피네
꽃이 피네
갈 봄 여름 없이
꽃이 피네

山에

山에
피는 꽃은
저만치 혼자서 피어있네

山에서 우는 작은 새요
꽃이 좋아
山에서
사노라네

山에는 꽃 지네
꽃이 지네
갈 봄 여름 없이
꽃이 지네

김소월, &lt;산유화&gt; 전문

이 시는 3음보의 율격이 동요나 민요 같은 느낌을 준다. 이러한 율
조가 없다면 심리적 흐름을 느끼기가 쉽지 않을 정도다. 감정을 최대
한 드러내지 않으면서 자연의 변화를 묘사하고 있다. 다만 3연에서 '산
에서 우는 작은 새요'라는 발언이 숨은 화자의 심정을 잠시 드러낸다.
물음에 답하는 어조에서 새가 주체적 화자라는 것을 엿볼 수 있게 한
다.13) 새의 시각에서 끝없이 꽃이 피고 지는 세계, 세월이 아무리 흘러
도 변함없는 세계, 그 세계 속에서 저만치 혼자서 피어 있는 꽃을 바라
보고 있다. 이러한 새의 시각은 민중적인 정서마저 수세에 몰리고 몰
려 이른 지점이라 할 수 있다. "사람 사이에서의 모든 감정을 그 어려
운 수세의 면에서 지켜오기에 힘을 다했던 소월"14)이 세계에 소극적으

---

13) 오탁번, 『한국현대시사의 대위적 구조』(고려대학교 민족문화연구소, 1988),
   79면.
14) 서정주, 『한국의 현대시』(일지사, 1969), 116면.

로 저항하는 마지막 지점이다. 인간사로부터 후퇴하여 자연 속에 외로운 새가 되어 저만치 혼자 피는 꽃을 바라보는 고독한 인간의 심정이 율조로 나타나고 있다. 역으로 말하면 화자는 새로 치환되어 율조 속에 녹아버린 것이다. 결국 <산유화>는 주체적 화자마저 율조화하고, 율조와 화자의 미세한 틈을 통해 인간사로부터 후퇴한 자의 고독하고 쓰라린 심정을 역설적으로 보여준다고 할 수 있겠다.

이러한 소극적 태도가 옳으냐 그르냐는 질문은 무의미하다. 시는 세계에 대한 독특한 감수성의 진실이 문제될 뿐이다. 민중적 정한에서 출발하였지만 인간사로부터 후퇴하면서 고독한 인간의 정한을 보여준 것을 시적 진실이 아니라 할 수 없는 것이다. 이러한 진실은 김소월 이전의 한국현대시사에서 찾아볼 수 없었던 삶의 깊이를 보여준다. 뿐만 아니라 김소월의 시는 정형적인 민요의 운율과 달리 심리적 흐름에 따라 율조를 형성하여 현대시의 면모를 진척시키며, 나아가 시적 화자마저 율조화하여 율조로서 심리적 울림을 만들어내는 고도의 언어를 보여준다. 김소월의 <산유화>는 한국현대시사에서 인간 탐구와 더불어 현대적 율조를 확립한 전범이라 할 만한 것이다.

## 1-4. 시조의 현대화

1920년대 중반 시조부흥운동은 당시 민족주의인 조선주의에 힘입은 바가 크다. 조선주의의 이론가였던 최남선의 시조론은 이를 뒷받침하고 있다. 그는 「조선 국민문학으로서의 시조」에서 "민족마다 독특한 형식으로 민족의 독특한 정의를 담기에 적합한 형식이 있는데 시조는 조선인의 성정이 음조를 빌어 성정의 움직임을 형상으로 구현하므로 조선아(朝鮮我)의 그림자가 된다."[15]는 요지를 펼친다. 조선 민족의 정의가 무엇이냐 했을 때 관념적인 조선아로 귀결되는 논리다. 1926년 출간된 최남선의 시조집 『백팔번뇌』의 한 작품을 보면 그 실체를 알 수 있을 것이다.

> 허술한 꿈자취야
> 석양아래 보잣구나
>
> 동방 십만리를
> 뜰앞만든 님의덕택,
>
> 불끈한 아침햇빛에
> 환히보아 두옵세
>
> 최남선, <석굴암에서 1> 전문[16]

이 시조는 아침에 경주 토함산에 올라 석굴암이 아득한 동해를 뜰로 삼고 있는 덕택에 아침 햇빛을 보게 되었으니 석양이 되면 꿈 자취를 보자는 말이다. 석굴암이란 소재, 조선말, 시조 형식이라는 것을 빼고 나면 조선적인 것이 아무 것도 없다. 고시조를 흉내 낸 복고주의라 할 수밖에 없다. 나반 각 장을 두 행으로 배치한 것이 다를 뿐이다. 결국 최남선이 말하는 '조선아'의 실체는 옛것에 대한 정취에 머무르고 있다.

다음에는 최남선 이후로 시조부흥운동에 앞장을 섰으며 가장 많은 작품을 쓴 이은상의 시조를 살펴볼 필요가 있다. 이은상의 시조에 대한 독특한 인식은 시조를 '읽는 문학'으로 보지 않는다.

---

15) 최남선, 「조선국민문학으로서의 시조」, ≪조선문단≫ 60호(1926. 5), 2~5면 참조.
16) 최남선, 『백팔번뇌』(동광사, 1926).

시형에 대한 문제(이는 모론(母論) 『시조창작문제』를 가르친다는 말이다)를 말하기 위하야 그 본질적인 곳으로부터 출발코저한다.

이 시형이란 것은 본시로 「읇는다」(詠吟)는 말에서부터 생기는 것이다. 다시 말하면 시형의 본질적 의의는 「읇는다」는 것에 있다는 말이오.[17]

시조를 읇는 것으로 파악하고 있는 것은 본래 시조창을 염두에 둔 것이다. 고시조의 특성을 현대시조에도 그대로 적용해 시조는 민족적 정감을 담은 노래로 인식하고 있다. 실제로 이은상의 시조 <봄처녀>, <가고파>, <성불사의 밤>, <옛 동산에 올라> 등이 가곡으로 널리 불려지고 있다. 이렇듯 노래를 의식해 자수율을 맞추는 것은 고시조의 율격이 통사적 단위와 일치하는 형식에서 부분적으로 이탈한다.

> 어제온 고깃배가 고향으로 간다하기
> 소식을 전차하고 갯가으로 나갓드니
> 그배는 멀리떠나고 물만출렁 거리오
>
> 고개를 숙으리니 모래씻는 물결이오
> 배뜬곧 바라보니 구름만 뭉기뭉기
> 때묻은 소매를보니 고향더욱 그립소
>
> 이은상, <고향생각> 전문

'갯가으로'에서 '으'의 첨가, '물만출렁/ 거리오'의 낱말 분리, '모래씻는'과 '고향더욱'에서 조사의 생략 등은 모두 자수율을 맞추기 위한 의도라 할 수 있다. 노래의 지향은 시조의 사상·감정의 측면에도 영향을 미치게 된다. 이은상의 시조는 섬세하고 깊은 통찰력을 제시하

---

17) 이은상, 「시조문제소론 (오)」, ≪동아일보≫(1928. 2. 15).

기보다는 누구나 알기 쉬운 상식적인 이야기와 정감의 표현에 집중된다. 이 시조도 누구나 알 수 있는 일화와 고향에 대한 그리움을 보여주고 있다.

그러나 쉬운 일상적 언어의 사용은 시조의 언어를 현대시에 접근시키고 있다. 또, 이은상은 노래를 만들기 위해 자수율을 지키는 불편을 개선하기 위해 시조 시형의 개혁을 주장하고 실험한다. 양장시조, 구절배행시조의 창작을 실험했으며, 노래를 위해 종장 첫 구를 3음절에 고정하지 않고 가감할 것을 주장하였다. 이러한 그의 실험은 고시조의 형식을 일부 개선할 가능성을 보여 주었지만 근본적으로 시조를 고정된 음수율 단위로 보는 인식에서 벗어나지 못해 그 이상의 변화를 추구하기에는 무리가 따른다. 이후 이은상의 시조는 조국애나 민족의식을 고취하기 위해 명령문, 감탄문 등을 사용해 감정을 과도하게 나타내면서 시로서의 진실성이 떨어지게 된다.

최남선의 조선적 정조의 시조와 이은상의 노래로서 시조는 사실 고시조의 한 특성을 재현하는 측면이 강하였다. 시조를 보다 본격적으로 현대화하려는 시도는 가람 이병기에서 시작된다. 이병기는 시조에 대한 탐구를 본격적으로 수행하면서 시조창작을 하였다. 「시조란 무엇인가」, 「시조의 발생과 가곡과의 구분」 등은 시조에 대한 탐구이고, 「시조의 현재와 장래」, 「시조는 혁신하자」 등은 시조의 현대화를 주장하는 글이다. 그 가운데서도 「시조는 혁신하자」가 종합적인 면모를 보여준다. 핵심만 요약하면 다음과 같다.

> 첫째, 작가 자신의 실생활 경험을 쓰자. 둘째, 개성적인 각도에서 세계를 바라보자. 셋째, 옛 시조의 언어를 어쩔 수 없는 경우를 제외하고는 쓰지 말자. 개인의 가락에 맞는 개인의 언어를 쓰자. 넷째,

부르는 시조가 아니라 읽는 시조로 개인 감정에서 나오는 리듬을 쓰자. 다섯째, 복잡해진 현대 생활에 맞게 연작을 쓰자. 이 때 연작은 각 연이 독립적이지만 전체적으로 감정의 통일을 이루도록 하자. 여섯째, 창작 후에 낭송을 통해 가락에 맞추자.[18]

이 글은 여러 작품을 통해 자신의 주장을 증명하는 글로서 이병기 시조론의 결정판이라 할 수 있다. 이병기는 최남선이 보여준 의고적 시조나 이은상의 노래로서 시조를 비판하고 실생활에서 느끼는 개성적인 느낌을 표현하여 시조를 현대화하려고 시도한다. 또한, 연시조를 주창한 것은 단형시조의 양적 한계를 넘어서 현대시와 같이 자유롭게 감정을 표현하려 시도라 할 수 있다.

> 담머리 넘어 드는 달빛은 은은하고
> 한두개 소리 없이 나려지는 오동꽃을
> 가랴다 발을 멈추고 다시 돌아 보노라
>
> 이병기, <오동꽃> 전문

대상을 섬세하게 묘사하는 언어의 결에서 이병기의 시조는 최남선이나 이은상의 시조와 차이를 보인다. 오동꽃이 지는 모습을 보고 느낀 아쉬움을 율격과 조화롭게 표현하고 있다. 중장의 3·4·4·4의 음수는 시조의 4음보를 유지하면서도 정형적 음수율을 벗어나고 있다. 이은상이 통사적 단위를 파괴하면서 억지로 음수를 맞추는 것과 달리 자연스럽다. 특히 '나려지는'이 4음절로 되면서 "소리 없이/ 나려지는"이 오동꽃이 지는 모습을 연상하게 한다. 또 종장의 '다시'라는 부사는 "다시 돌아/ 보노라"라는 호흡을 만들어 돌아보는 시간보다 바라보는

---

18) 이병기, 「시조는 혁신하자」, ≪동아일보≫(1932. 1. 22∼2. 4), 학예면 참조.

시간이 지속적인 것을 형상화하여 아쉬운 심정을 드러낸다. 개성적인 체험과 감정에 따라 시조의 율격이 조화를 이루고 있는 것이다. 이병기의 시조는 이후에 감정을 직접 드러내지 않으면서도 사물의 묘사 속에서 감정을 암시하는 회화성이 증대된다.

> 청기와 두어장을 법당에 이어 두고
> 앞뒤 비인 뜰엔 새도 날아 아니 오고
> 홈으로 나리는 물이 저나 저를 울린다
>
> 헝기고 또 헝기어 알알이 닦인 모래
> 고운 옥(玉)과 같이 갈리고 갈린 바위
> 그려도 더러일까봐 물이 씻어 흐른다
>
> 이병기, <계곡> 부분

이 시조에서 처음에 물이 떨어지는 소리를 "저나 저를 울린다"고 묘사하고 있다. 이어서 계곡의 모래 위로 흐르는 물을 '더러워질까 봐 물이 모래를 씻어 흐른다'고 묘사하고 있다. 시인의 감수성이 물을 혼령을 가진 존재로 바라본 것이다. 이러한 물의 심성이 관류하면서 두 연은 각각 완성된 시조이면서도 통일성을 획득하고 있다. 이병기의 연시조가 보여준 통일성은 현대시가 연과 연이 정서적으로 통일된 흐름을 이루는 것에 비견할 만하다. 연시조는 현대시의 연 구조를 시조에 도입해 자유로운 감정을 담아내려는 시도였던 것이다.

이러한 노력은 현대시의 속성을 이해한 이병기가 시조를 현대화하려는 노력이었다고 할 수 있다. 실제 창작 작품에서 이전 시조와 달리 의미와 운율을 일치시킨 감각적 언어를 획득하였으며, 시조에 현대시의 연 방식을 도입하여 시조에 감정을 담아내는 양을 증대시켰다. 그러나 이병기의 시조는 의고적인 경향에서 벗어나지 못하였다. 현실적인 갈등을 자신의 주관으로 강하게 피력하려 할 때는 미적 조화가 무너졌다. 이병기에게는 강렬한 심적 호흡을 정형적 운율에 담는 것이 무리였던 것이다. 이병기 시조의 현대화의 한계는 시조 양식을 무리하게 현대시와 동일화하려는 데서 연유한 것으로 보인다. 시조는 짧은 길이 속에 사상·감정을 직관적으로 담아냄으로써 감동을 주는 서정시 양식이라는 것을 철저하게 인식하지 못했던 것이다.

이런 점에서 조운의 시조 현대화가 주목되지만 그 동안 조운의 시조는 한국현대시사에서 정당한 평가를 받지 못해왔다. 그의 시조를 『조운 시조집』(1947)에서 확인할 수밖에 없는 탓도 있지만 월북한 경력 때문에 잘 알려지지 못했던 것으로 보인다. 조운은 1925년 ≪조선문단≫에 자유시인 <한줄기 소리나마> 등으로 등단하였으나 곧 시조 창작에 집중하였다. 해방 후 문학가동맹에서 활동하다 1948년 가족을 이끌고 월북한 것으로 알려져 있다. 경력에서 보듯이 조운은 자유시 창작에서 시조 창작으로 전환하였다. 자유시의 시각에서 시조를 연과 행으로 배치해 현대시의 형태로 만들고 있다. 이러한 형식은 이은상의 시조가 보여준 기계적인 배치가 아니라 개인적 정감과 시행 배치에서 조화를 이루고 있다.

우두머니 등잔불을 보랐고 앉었다가

문득 일어선김에 밖으로 나아왔다

옥잠화(玉簪花)
너는 또 왜 입때
자지 않고 있느니.

조운, <옥잠화> 전문

첫 번째 행과 두 번째 행을 각각 한 연으로 배치한 것은 잠을 못 이루고 우두커니 앉아있는 시간이 꽤나 오래 되었다는 것을 암시하고 있다. 3연에서 옥잠화를 독립적인 행으로 배치한 것은 옥잠화와 마주치는 순간의 놀라움을 감탄사처럼 사용하고 있으며, 2행과 3행을 통해 직관적으로 느낀 옥잠화의 숨결을 시인의 주관적 감정을 통해 표출하고 있다. 그러나 변함없이 시조의 음보는 지키고 있으며 연의 확장을 기하지도 않는다. 음보를 지키며 짧은 형식을 유지한 것은 짧은 형식에 직관적 감정을 담아내는 시조의 특성을 이해하고 있었던 것으로 보인다. 옥잠화와 마주치는 순간 직관적으로 옥잠화에 자신의 감정을 실어보내 시조의 매력을 살리고 있다.

조운의 시조는 시조가 갖는 특성을 손상하지 않고 현대적 언어 감각을 구현한다. 짧은 형식에 직관적 정서 표현을 하면서도 이미지, 운율, 감정에 따라 자유롭게 언어를 배치하는 언어 감각을 보여주고 있다. 조운에 와서 시조의 현대화가 방향을 제대로 잡아간 것이라 판단된다. 해방 이후 현대시조나 현재 창작되는 현대시조는 조운의 시조 현대화 방향 속에 있다. 다만 세부적인 여러 방법을 개선해 나가고 있는 것이다.

## 2. 리얼리즘 시의 형성과 역사적 응전의 민족시

1920년대 자유시의 확립 시도와 또 다른 축은 당대 현실에 대한 응전이었다. 전통적인 가치가 현실적 설득력을 상실한 상황에서 당대 현실을 이해하고 변화하는 현실에 적합한 가치를 미적 언어로 표현하는 것이 과제였던 것이다. 이러한 인식은 필연적으로 새로운 사회의 지향을 낳았으며, 민족의 현실을 새로운 사회로 이행시키려는 열망을

고양시켰다. 열망에 찬 소명의식은 특히 사회 운동과 밀착되면서 운동
의 당위성과 문학의 자율성을 조화시켜야 하는 과제를 안게 되었다.
심지어 시가 사회적 운동의 실천 행위로 인식되면서 문학외적 논쟁에
휘말리기도 하지만 시의 자율성을 확보하려는 노력은 계속되었다. 이
때문에 한국현대시사에 다양한 시가 첨가되어 한국현대시사의 여러 전
범이 탄생한다.

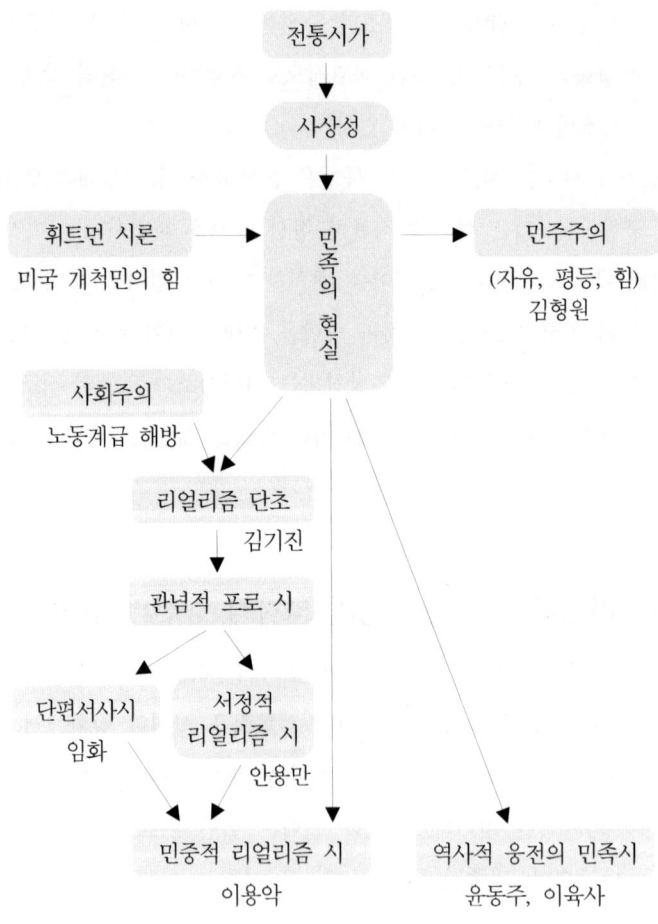

## 2-1. 리얼리즘 시의 단초

1920년대 초 지식인은 3·1운동 실패 후 민족의 현실에 대한 자각이 싹트기 시작했다. 일본의 현실과 비교해 냉혹한 식민지의 현실이 자기 존재의 기반이라는 사실을 깨달으면서 궁핍한 민중의 삶을 자신의 아픔으로 느끼기 시작한 것이다. 한국현대시에서도 식민지 현실에서 몰락하는 지식인의 자기 인식은 애상적 감상을 벗어나 현실에 대한 분노로 전환되기 시작한다. ≪백조≫의 동인인 김기진, 박영희 등과 김석송, 이익상 등이 '파스큘라'를 조직하고 송영, 박세영 등이 '염군사'를 조직한 것도 이러한 인식의 소산이었다.

이 가운데 애상적 시에 대한 비판과 대응 방법의 모색에서 석송 김형원은 당대 지식인의 인식을 보여준다. 그는 미국 휘트먼의 시를 새로운 대안으로 인식하여 휘트먼의 시를 번역하고 본받을 것을 주장한다. ≪개벽≫ 25호(1922. 7)에 번역한 휘트먼 시는 김석송 시론의 근거를 보여준다.

> 오너라 햇빛에 얼굴이 검은 나의 아이들아
> 명령에 순종하여 너의 무기를 준비해라
> '피스톨'을 가졌느냐, 날카로운 도끼를 가졌느냐
> 선구자여 오 선구자여.

> 우리들은 이 자리에 머뭇거릴 수는 없다,
> 우리는 나아가지 아니하면 안된다, 나의 용맹한 아이야,
> 우리는 위험을 만날지라도 참아야 한다,
> 우리 젊고 굳세인 종족아, 우리에게 모든 것이 의지한다,
> 선구자여 오 선구자여.
>
> 휘트먼, < 선구자여 오 선구자여 > 부분

본래 휘트먼의 시는 미국 개척민의 삶과 대자연에 대한 애정을 주로 다루고 있다. 사실 이 시는 백인이 아메리카 토착 인디언의 영토에 백인의 터전을 마련하는 싸움을 찬양하는 시다. 머뭇거리지 않고 총과 도끼로 전쟁하는 백인 종족을 선구자로 추겨 세우고 있는 것이다. 그러나 김석송은 휘트먼의 시를 민중의 힘을 적극적으로 구현한 시로 읽고 있다. 그는 「민주문예소론」(≪생장≫ 5호, 1925. 5)에서 자유와 평등의 민주주의 실천을 위해 인습을 타파하고 민중의 힘을 담아내는 향토문학의 필요를 강조한다. 이 때 향토문학이란 민중을 다루는 문학은 필연적으로 민족의 삶을 다루게 되므로 향토적인 것이 될 수밖에 없다는 논리다. 이러한 문예론은 비록 관념적인 도식을 벗어나지 못하지만 ≪백조≫ 중심 시의 무기력한 애상이나 김소월의 소극적인 응전과 달리, 현실에 적극적으로 응전하는 주체를 내세운다는 점에서 의의를 찾을 수 있다.

새벽별을 머리 위에 이고
저녁달 그림자를 밟으며, 저마다
바쁜 듯이 돌아다니는 새하얀 친구들의 얼굴이여.
오 햇빛 못보는 얼굴들이여.

나는 의심이 벌컥 난다
그대들이 수인(囚人)이나 아닌가.
저 철장 속에서 손발까지 묶인
법의 반역자가 아닌가
아! 나의 의심은 더욱 깊어간다.

그대들은 차서대로 기록하면
관리, 부자, 유한계급,
상인, 소작인, 노동자―.
나의 마음대로 기록하면

깨인 놈, 자는 놈, 일하는 놈, 자는 놈ㅡ.

모든 계급의 친구들이여
그대들은 어찌하여
절대로 허락하는 햇빛ㅡ
숨김없는 남성적 사랑을ㅡ
그렇게 모질게 싫어하는가.

김석송, <햇빛 못보는 사람들> 부분

이 시는 조선의 백성이 자신의 현실을 개선하려는 의지가 없음을 한탄하고 있다. '햇빛을 보지 못하는 하얀 얼굴'인 조선의 백성 모두가 용맹스럽지 못한 것을 지적하고 있으며, 모두가 '철창 속에 손발이 묶인 법의 반역자'의 처지이면서도 현실을 숙명으로 받아들이는 순응적인 자세를 안타까워하고 있다. 역설적으로 민족 구성원 모두가 싸움의 주체가 될 것을 강렬하게 요구하고 있는 것이다. 이런 점에서 김석송의 시는 1920년대 현실을 숙명적으로 받아들이던 시를 비판하고 현실을 개혁하는 주체를 인식함으로써 식민지 현실에 대한 응전의 단초를 보여준다고 할 수 있다.

반면 김기진은 1923년 프롤레타리아 계급적 미의식에 기반한 프롤레타리아 문학의 필요성을 주창한다. 그의 프롤레타리아 문학론은 처음에 지식인이 민중을 깨우치자는 소박한 입장이었으나 유학에서 돌아온 1924년 마르크스주의 사상을 강도 높게 접하면서 본격적으로 정립된다. 「지배계급 교화와 피지배계급교화」(≪개벽≫ 43호, 1924. 1)와 「금일의 문학 명일의 문학」(≪개벽≫ 44호, 1924. 2)에서 김기진의 프롤레타리아 문학론은 구체화된다.

조선의 지배계급은 일본 제국주의이므로 모든 조선 민중의 협동전

선이 필요하다. 비록 지금의 지식인이 민중보다 가진 것이 많아 보여
도 식민지 현실에서는 결국 무산대중으로 전락하게 될 것이다. 이러한
조선을 해방하려면 조선의 문학은 말초적, 소극적, 회피적, 절망적인
비애를 버리고 건설적이고 적극적인 감각을 추구해야 한다. 그런데 감
각은 생활로부터 나오므로 소극적, 회피적, 절망적 생활을 버리고 건설
적이고 적극적인 생활로 나아가야 한다. 이 때 건설적이고 적극적인
감각은 프롤레타리아 미의식으로 프롤레타리아의 생활을 기반으로 한
다. 그러므로 프롤레타리아 미의식을 구현하는 문학을 위해 생활의 변
혁을 이룩하자는 것이다. 이렇듯 기존의 소부르조아 지식인의 감상을
버리고 민중 속으로 들어가 프롤레타리아 감각을 획득하자는 주장은
그의 시에서 구체적으로 드러낸다.

> 카페 의자에 걸터 앉아서
> 희고 흰 팔을 뽐내여가며
> 우─나로─드라고 떠들고 있는
> 60년 전 로서아(露西亞) 청년이 눈 앞에 있다……
>
> Cafe Chair Revolutionist,
> 너희들의 손이 너무 희구나!
>
> 희고 흰 팔을 뽐내여가며
> 입으로 말하기는 우─나로─드!
> 60년 전의 로서아 청년의
> 헛되인 탄식이 우리에게 있다……
>
> Cafe Chair Revolutionist,
> 너희들의 손이 너무 희구나!

너희들은 백수(白手)
가고자 하는 농민들에게는
되지도 못한 미각이라고는
조금도, 조금도 없다는 말이다
Cafe Chair Revolutionist,
너희들의 손이 너무 희구나!

이어 60년 전 옛날
로서아 청년의 『백수의 탄식』은
미각을 죽이고 내려가 서고자 하던
전력을 다하던 전력을 다하던 탄식이었다.

Ah!
Cafe Chair Revolutionist,
너희들의 손이 너무 희여!

김기진, &lt; 백수의 탄식&gt; 전문

이 시는 생활의 변혁없이 감각의 혁명이 있을 수 없다는 시인의 프롤레타리아 문학론을 대변하고 있다. 여기서 '백수'는 무기력한 지식인의 행동을 환유로 표현한 것이다. '우나로드'를 떠드는 모습은 러시아 지식인이 농민의 생활로 들어가 변혁을 실천하던 운동을 현실적인 방법이라 인식하면서도 실천하지 못하는 조선의 지식인을 묘사하고 있으며, 'Cafe Chair Revolutionist'는 카페에 앉아 민중의 변혁을 이야기하며 현실을 탄식하는 지식인의 무기력함을 질타하고 있다. 이러한 시적 형상은 민중의 생활과 동떨어진 카페의 안락의자에 주저앉은 지식인의 존재를 핍진(逼眞)하게 그리고 있는 것이다. 또, 지식인을 비판하는 화자는 객관적 현실을 인식하고 역사의 주체로 바로 선 역사의식의 단초를 보여준다. 김기진의 시는 인식과 행동의 모순 속에서 망설이는 지식민을 과장하거나 축소하지 않고 그려내는 것이나 역사에 주체적으로 응전하려는 의지를 보여줌으로써 리얼리즘 시의 단초를 마련하고 있는 것이다.

## 2-2. 프롤레타리아 리얼리즘 시의 형성

1920년대 중반 카프가 조직적인 운동을 전개하면서 시는 공소한 구호로 전락하기 시작한다. 카프의 초기 시는 정치의식을 기계적인 공식에 맞춘 경우가 많았다. 마르크스주의 세계관과 프롤레타리아 계급의식을 토대로 정치적 투쟁을 수행하려는 목적의식론이 시를 정치투쟁과 관련시켰기 때문이다. 그럼에도 의식적인 리얼리즘 미학의 지향은 리얼리즘을 완벽하게 구현했다고는 할 수 없으나 리얼리즘 시의 여러 가능성을 획득하는 성과를 거두고 있다. 카프 시는 식민지 현실에서 고통받는 민중의 분노, 정치투쟁의 현장 등을 소재로 삼아 정치의식을 고양시키면서 리얼리즘 시의 지향을 보여준다.

봄은 되었다면서도 아직도 겨울과 작별을 짓지 못한 채
― 낡은 민족의 잠들어 있는 저자 위에
새벽을 알리는 공장의 첫고동 소리가
그래도 세차게 검푸른 하늘을 치받으며
삼십만 백성의 귀결에 울리기 시작할 때

목도 메다 치어죽은 남편의 상식장을
미처 치지도 못하고 그대로 달려온
애젊은 아낙네의 가쁜 숨소리야말로……

악마의 굴 속 같은 작업물 안에서
무릎을 굽힌 채 고개 한번 돌리지 못하고

　　열 두 시간이란 그 동안을 보내는 것만 하여도 …… 오히려 진저리
가 나거든
　　징글징글한 감독놈의 음침한 눈짓이라니……
　　그래도 그 놈의 뜻을 받아야 한다는 이 놈의 세상

　　오오 조상이여! 나의 남편이여!
　　왜 당신은 이 놈의 세상을 그대로 두고가셨습니까?
　　…… 아내를 달리고 자식을 태우는……

유완희, ＜여직공＞ 전문

　　이 시는 소재와 화자의 성격을 주목할 필요가 있다. 농민에서 노동
자로 이전하기 시작한 가족과 노동자의 목소리가 등장했다는 것은 객
관적 현실의 반영 가능성을 높여주고 있기 때문이다. '목도 메다 치여
죽은' 남편의 장례도 치르지 못한 채 공장에 가서 노동해야 하는 아내
의 원망과 분노가 민중의 현실을 잘 보여준다. 장례도 치르지 못한 채
공장에 나가야 하는 노동조건과 꼼짝없이 열 두 시간을 노동해야 하는
노동환경은 착취와 수탈의 현장을 느끼게 하며, 감독의 성적 착취에도
거부할 수 없는 처지는 절박한 심정을 느끼게 한다. 특히 마지막 부분
에서 자식과 아내를 두고 죽은 남편에 대한 원망과 세상에 대한 분노
는 전망이 없는 민중의 고통을 사실적으로 보여준다. 이러한 노동자의
형상에 대해 1920년대 당시 노동운동이 급격히 고양되고 있던 현실에
비추어보면 전형성이 미진하다는 지적을 하기도 한다.[19] 그러나 조선
노동자의 정황과 정서의 사실적 표현은 오히려 투쟁의 주체로서 전망
이 없는 노동자의 모습을 핍진(逼眞)하게 그리고 있다고 할 수 있다.
　　당대를 변혁의 투쟁이 고양된 시기라고 판단하여 투쟁하는 노동자

---

를 다룰 때 전형성을 획득할 가능성이 높다는 것은 당대 역사에 대한 판단의 타당성 여부가 논란이 될 수 있다. 한국 리얼리즘 시사에서 보면 이처럼 민중의 원한과 분노의 정서가 구체적 질감을 획득한 한국 리얼리즘 시를 이전에 발견할 수가 없었다. 뿐만 아니라 이후 투쟁하는 주체의 등장을 예측하게 하는 점에서 이후 리얼리즘 시의 새로운 면모를 기대할 수 있게 한다.

동무여!
북을 내 던지자
바디를 찢어 버리자
한 올이나마
한 자이나마
그리고 공장바닥을 뒤집어 놓자
배가 주리어 죽는 한이 있더라도
한 사람이 남는 순간까지

전선으로……

한 사람이 부르짖었다
으악… 으와… 군중은 흥분되어
사장실을 에워쌀 때
문고리에 쇠나리는 그의 마음
해쓱한 그의 얼굴… 눈…

창을 깨트리고
죽이자! 저 비겁한 녀석을
군중은 더욱 흥분되었다

(중략)

그대들이여! 이 공장을 쉬어도
한 번 나린 삯은 올릴 수 없다
가거라! 가거라! 하기 싫거든

떨리는 전무 선언

한 시간이 지내인 뒤
부서진 의자의 유해의
비린내 떠도는 방 속에
두 생명의 민절(悶絶)이여
가난한 무리의 내친 설움!

전선으로

파괴 …… 광(光) ……

김창술, &lt;전선으로&gt; 부분

이 시는 분노한 노동자의 투쟁을 묘사하여 투쟁의 열기를 고조시키고 있다. 그러나 파업 현장의 노동자는 즉자적인 분노를 드러내고 있을 뿐이다. 전망을 가진 투쟁의 의지라기보다는 막연한 감정과 심리적 충동의 수준을 넘지 못하고 있다. 이 시는 프롤레타리아 투쟁이 노동자와 자본가의 대립이라는 시인의 관념적 공식에 맞추어 쓰여졌다는 혐의로부터 자유로울 수가 없다. 파업투쟁의 묘사는 노동자 계급으로서 구조적 모순을 인식하고 그 모순과 투쟁하는 의식을 찾아볼 수가 없다. 카프가 주장했던 현실적인 모순 구조의 객관적 묘사, 노동자 계급의 관점인 당파성과도 거리가 멀다. 이러한 김창술의 시는 카프 시의 보편적 수준으로서 카프 시의 주관적인 관념을 잘 보여준다.

카프는 이러한 관념적이고 기계적인 시를 스스로 비판하면서 새로운 프로시를 제창한다. 그것이 프로시의 대중화였다. 이에 카프 시인들은 막연한 감정과 심리적 충동이 아니라 현실을 구체적으로 묘사하면서도 정치의식을 고양할 수 있는 시를 모색한다. 김기진은 프로시도 시이므로 정서적 호소를 위해 시도 구체적이어야 한다는 사실을 지적하면서 대중이 섭취가 가능하도록 언어의 연마를 자제하고 사건의 인상을 선명하고 간결하게 압축할 것을 제시[20]하지만 임화의 정치투쟁을 위한 조직투쟁론에 밀려난다. 임화는 프롤레타리아 생활 속으로 들어가 노동자·농민의 감정으로 생활하면서 조직하고 투쟁할 것을 강조한다. 임화의 <우리 오빠와 화로>와 <양말 속의 편지>는 임화의 입장과 시적 성취를 잘 보여준다.

사랑하는 우리 오빠 어저께 그만 그렇게 위하시던 오빠의 거북무늬 질화로가 깨어졌어요
언제나 오빠가 우리들의 '피오닐' 조그만 기수라 부르는 영남이가
지구에 해가 비친 하루의 모—든 시간을 담배의 독기 속에다
어린 몸을 잠그고 사 온 그 거북무늬 화로가 깨어졌어요

그리하여 지금은 화젓가락만이 불쌍한 영남이하고 저하고처럼
똑 우리 사랑하는 오빠를 잃은 남매와 같이 외롭게 벽에가 나란히
걸렸어요

오빠……
저는요 저는요 잘 알았어요
왜— 그날 오빠가 우리 두 동생을 떠나 그리로 들어가실 그날 밤에
연거푸 말은 궐련을 세 개씩이나 피우시고 계셨는지
저는요 잘 알았어요 오빠

20) 김기진, 「프로시가의 대중화」, ≪문예공론≫(1926. 6).

언제나 철없는 제가 오빠가 공장에서 돌아와서 고단한 저녁을 잡
수실 때 오빠 몸에서 신문지 냄새가 난다고 하면
오빠는 파란 얼굴에 피곤한 웃음을 웃으시며
…… 네 몸에선 누에 똥내가 나지 않니 — 하시던 세상에 위대하
고 용감한
우리 오빠가 왜 그 날만
말 한 마디 없이 담배 연기로 방 속을 메워 버리시는 우리 우리
용감한 오빠의 마음을 저는 잘 알았어요
천정을 향하야 기어올라가든 외줄기 담배 연기 속에서 — 오빠의
강철 가슴속에 박힌 위대한 결정과 성스러운 각오를 저는 분명히 보
았어요
그리하여 제가 영남이의 버선 하나도 채 못 기었을 동안에
문지방을 때리는 쇳소리 마루를 밟는 거치른 구두 소리와 함께 —
가 버리지 않으셨어요

그러면서도 사랑하는 우리 위대한 오빠는 불쌍한 저의 남매의 근
심을 담배 연기에 싸 두고 가지 않으셨어요
오빠 — 그래서 저도 영남이도
오빠와 또 가장 위대한 용감한 오빠 친구들의 이야기가 세상을 뒤
집을 때
저는 제사기(製絲機)를 떠나서 백 장의 일전짜리 봉통(封筒)에 손
톱을 뚫어트리고
영남이도 담배 냄새 구렁을 내쫓겨 봉통 꽁무니를 뭅니다
지금 — 만국지도 같은 누더기 밑에서 코를 골고 있습니다

오빠 — 그러나 염려는 마세요
저는 용감한 이 나라 청년인 우리 오빠와 핏줄을 같이 한 계집애
이고
남이도 오빠도 늘 칭찬하든 쇠 같은 거북무늬 화로를 사온 오빠의
동생이 아니에요
그리고 참 오빠 아까 그 젊은 나머지 오빠의 친구들이 왔다 갔습
니다

눈물나는 우리 오빠 동무의 소식을 전해주고 갔어요
사랑스런 용감한 청년들이었습니다
세상에 가장 위대한 청년들이었습니다
화로는 깨어져도 화젓같은 깃대처럼 남지 않았어요
우리 오빠는 가셨어도 귀여운 '피오닐' 영남이가 있고
그리고 모-든 어린 '피오닐'의 따듯한 누이 품 제 가슴이 아직도
더웁습니다

그리고 오빠……
저뿐이 사랑하는 오빠를 잃고 영남이뿐이 굳세인 형님을 보낸 것
이겠습니까
슬프지도 않고 외롭지도 않습니다
세상에 고마운 청년 오빠의 무수한 위대한 친구가 있고 오빠와 형
님을 잃은 수 없는 계집아이와 동생
저의들의 귀한 동무가 있습니다

그리하여 이 다음 일은 지금 섭섭한 분한 사건을 안고 있는 우리
동무 손에서 싸워질 것입니다

오빠 오늘 밤을 새워 이만 장을 붙이면 사흘 뒤엔 새 솜옷이 오빠
의 떨리는 몸에 입혀질 것입니다

이렇게 세상의 누이동생과 아우는 건강히 오는 날마다를 싸움에서
보냅니다
영남이는 여태 잡니다 밤이 늦었어요

　　　　　　　　　　　임화, <우리 오빠와 화로> 전문

　　이 작품은 김기진이 '단편서사시'라 규정하고 대중화론의 발판을
마련했던 시이다. 단편서사시는 카프 시가 주관적인 관념을 벗어나 객
관적 현실을 반영하는 방법으로써 중요한 의의를 가진다. 서정시에 사
건을 도입하는 방식이 사회의 구조적 모순을 총체적으로 담아내는 리

얼리즘 시의 특성을 높이고 있기 때문이다. 하지만 사건만으로 이 시가 성립된 것은 아니다. 화자인 누이의 정서가 중요하다. 오빠와 대화를 전제로 한 서간체 형식은 사건 못지 않게 중요한 요소다. 독자와 대화 방식은 대중에게 쉽게 다가갈 수 있는 요소다. 실제로 이 시는 낭송을 통해 대중의 공감을 얻어내기도 하였다. 투쟁의 현장에서 대중을 노동자 계급의식으로 묶어 세우고자 했던 임화의 정치의식의 실천이었던 것이다. 단편서사시는 대중에게 현실의 구조적 모순을 인식시키고 투쟁의식을 고취시키기 위해 독자를 노동대중으로 설정하고, 현장에서 노동대중의 관심과 공감을 얻기 위한 낭송을 고려하였던 것이다.

실제로 이 시의 낭송은 누이동생의 정서적 변화를 효과적으로 전달할 수 있는 특징을 가지고 있다. 편지 형식은 오빠가 노동운동을 하다가 감옥에 끌려가자 상실감에 차 있던 누이동생이 점차 오빠의 투쟁을 영웅적인 투쟁으로 인식하고 스스로 투쟁에 대해 낙관적인 전망을 획득하는 과정을 무리없이 보여주고 있다.

그렇다고 사건이 무의미한 것은 아니다. 부모 없는 세 남매가 신문지 공장, 제사공장, 담배 공장에서 일하며 가난하게 살아가는 노동자 가족의 설정과 변혁을 꿈꾸는 전위적 운동가인 오빠의 설정은 시인의 리얼리즘 지향을 보여 준다. 시적 주인공으로 당대 노동자 가족의 평균적인 인물이 아니라 사회의 모순을 인식하고 실천하는 운동가와 노동운동의 전망을 인식해 가는 누이동생을 설정한 것은 전형성을 획득하기 위한 방법이라 할 수 있다. 노동자가 구체적인 생활에서 사회적 모순을 인식하고 투쟁의 전망을 획득하고 실천하는 리얼리즘의 미학을 지향하고 있는 것이다.

그럼에도 임화가 김기진의 '단편서사시론'을 비판한 것은 형식의 문제가 아니라 리얼리즘의 지향이 미약한 것을 지적한 것이다. 임화는 스스로 <우리 오빠와 화로>의 감상성을 비판하면서 당면 투쟁 과제의 형상화를 요구하는 조직의 입장을 따른다. 누이동생의 상실감과 혈육의 정은 투쟁 현장에서 감상적인 면을 드러낼 수 있다는 논리다. 그러므로 당면 투쟁에서 투쟁의식을 고취하고 영웅적으로 투쟁하는 정서를 형상화하는 것이 시급하다는 것이다.

눈보라는 하루 종일 북쪽 철창을 때리고 갔다
우리들이 그날 회사 뒷문에서 '피케'를 보던 그 밤 같이……

몇 번 몇 번 그것은 왔다 팔 다리 코구녕 손가락에
그러나 나는 그것이 아프고 쓰린 것보다도 그 뒤의 일이 알고 싶어 정말 견딜 수가 없었다

늙은 어머니들 굵은 아내들이
우리들의 마음을 풀리게 하지나 않았는가 하고

그러나 모두들 다— 사나이 자식들이다
언제나 우리는 말하지 않았나
너만이 늙은 어매나 아배를 가진 게 아니라고
나만이 사랑하는 계집을 가진 게 아니라고

어매 아배가 다 무어냐 계집 자식이 다 무어냐
세상의 사나이 자식이 어떻게 ××이 보기 좋게 패배하는 것을 눈깔로 보느냐

올해같이 몹시 오는 눈도 없었고 올해같이 추운 겨울도 없었다
그래도 우리들은— 계집애 어린애까지가
다— 기계틀을 내던지고 일어나지 않았니

동해바다를 거쳐오는 모진 바람, 회사의 펌프, 장박은 구둣발, 휘

몰아치는 눈보라—
　그속에서도 우리는 이십일이나 꿋꿋이 뻗대오지를 않았니

　해고가 다 무어냐 그냥 그대로 황소 같이 뻗대이고 나가자
　보아라! 이 추운날 이 바람 부는 날— 비누궤짝 짚신짝을 신고
　우리들의 이것을 이기기 위하여
　구르마를 끌고 나아가는 저—어린 행상대의 소년을……
　그리고 기숙사란 문 잠근 방에서 밥도 안먹고 이불도 못덮고
　이것을 이것을 이기려고 울고 부르짖는 저— 귀여운 너희들의 계
집애들을……

　감방은 차다 바람과 함께 눈이 들이친다
　그러나 감방이 찬 것이 지금 새삼스럽게 시작된 것이 아니다
　그래도 우리들의 선수들은 몇 번째냐 몇 번째냐 이 추운 이 어두
운 속에서
　다— 그들의 쇠의 뜻을 달구었다

　참자! 눈보라야 마음대로 비쳐라 나는 나대로 뻗대리라
　기쁘다 ××도 ×××군도 아직 다 무사하다고?
　그렇다 깊이깊이 다— 땅속에 들어들 박혀라

　으—○ 아무런 때 이무런 놈의 것이 와도 뻗대자
　나도 이냥 이대로 돌멩이 부처같이 뻗대리라

　　　　　　　　　　임화, <양말 속의 편지> 전문

　　이 시는 1930년 부산의 조선방직주식회사의 2천 2백 명의 파업 사
건을 소재로 쓰여졌다. 투쟁 현장의 시급한 당면 과제를 형상화한 것
이다. 파업 주동자로 감옥에 갇혀서 가혹한 고문을 받으면서도 남아
있는 동료들에게 투쟁의 용기를 북돋고 있다. 자본가와 결탁한 일본
경찰의 무자비한 탄압에도 굴하지 않는 노동자와 그 가족의 눈물겨운

투쟁을 통해 자신의 신념과 투쟁 의지를 다지는 전위 노동가의 강건한 목소리가 구체적이다. <우리 오빠와 화로>가 현장에서 비껴선 누이동생의 사적인 감정이 드러나는 데 반해, <양말 속의 편지>는 전위 운동가의 계급의식이 노동자와 그 가족들의 연대를 통해 집단적인 감정과 의식으로 확산되고 있다. 이것은 프롤레타리아 생활 속으로 들어가 노동자·농민의 감정으로 생활하면서 조직하고 투쟁하자는 그의 문예론을 실천한 것이라 할 수 있다. 실제로 이 시는 당대, 시인이 자신의 심리를 노동자 계급에 두고 계급적 실천을 형상화한 프로시로 높이 평가[21]되었다. 이러한 당파성에 기반해 현실의 모순을 인식하고 실천하는 프롤레타리아의 계급의식을 투쟁 현장의 전위를 통해 전형적으로 형상화한 방식은 리얼리즘 시의 진전이라 할 수 있다. 따라서 구체적인 현실의 구조적 모순을 드러내면서도 노동계급의식의 정서를 형상화한 임화의 '단편서사시'는 한국현대시사에서 리얼리즘 시의 면모를 구현한 것이라 할 만하다.

이후 1930년대에 카프는 조직적 활동이 어려워지면서 사회주의 리얼리즘의 창작방법론을 논의하기 시작한다. 이 때 임화는 사회주의 리얼리즘의 혁명적 낭만주의를 시에 도입한다. 그는 혁명적 낭만주의를 현실과 이상의 모순에서 미래에 대한 동경을 추구하는 것이 문학이지만 소부르조아의 허구적인 회상, 공허한 환상과 달리 역사적 전망을 통해 미래를 지향하는 것으로 이해한다. 특히 시는 정서적, 감정적 요소를 가진 장르라는 점을 고려해 시에서 혁명적 낭만을 추구하는 서정시의 중요성을 피력하고, 안용만의 <강동의 품>을 혁명적 낭만주의의 대표적인 작품으로 평가한다. <강동의 품>은 생활 속의 감정을

---

21) 김남천, 「임화에 관하여 (2) : 그에 대한 유감의 이토막 저토막」, ≪조선일보≫ (1933. 7. 23).

통해 미래를 위한 사업의 명령을 형상화하면서도 진실한 민족의 감성
인 향토에 대한 깊은 애정을 보여주고 있다는 것이다.


　가장 매력 있는 지구였다. 강동은 …
　남갈(南葛)의 낮은 하늘을 옆에 끼고 '아라가와(荒川)'의 흐릿한 검
푸른 물살을 안은 지대다
　수천 각색 살림의 노래와 감정이
　'먼지'와 연기에 싸여 바람에 스며드는 거리 …… 이 곳이 내 첫
어머니였다.

　내가 사랑턴 지구― 강동 …… '아라가와'의 물이여!
　세 살 먹은 간난애적 …… 살 곳을 찾아 북국의 고향을 등지고 현
해탄에 눈물 흘리며 가족 따라 곳곳을 거쳐 대인 곳이 너의 품이었
다.
　누더기 '무명' 옷 입고 끊임없이 '싸이렌'이 하늘을 찢는 소란한
거리 바닥에서
　맨발 벗고 놀 때 '석양의 노래'를 너의 노을의 빛으로 고요히 다
듬어 주었다.

　아빠, 엄마가 그 '콩구리' 담 속에서 나옴을 기다리며
　나는 '아라가와'의 깊은 물살을 바라보았다.
　너는 내, 어린 그때부터 황혼의 구슬픈 살림의 복잡한 물결의 노
래를 들리어 주었다.

　내가 컸을 때 강가에 시들은 풀잎이 싹트고 낮게 배회하는
　검은 연기 틈에 따뜻한 볕이 쪼이는 봄……
　나는 '아라가와'의 봄노래가 스며드는 '금속'의 젊은 직공으로 '오
야지' …… 그에게 키워 당임(當任)에까지 올랐다. 곤란한 몇해를 겪
어서

　강동 …… '아라가와'의 흐름이여!

네, 봄의 따뜻한 양광(陽光)에 포만된 노래를 가득 싣고 흐르는 푸른 얼굴을 바라볼 때

몇번…… 보지 못한 반도 강산 그리고 북쪽하늘이 멀리…… '얄루(鴨綠)'강의 흐름을, 그리었는지

너는 안다 너는 잔디 위에 누워 약조마칠 때 설움의 마음으로 속삭이던 고향의 이야기를 깨어지는 물거품에 담아 실어갔다.

가장 매력있는 지구였다. 강동은…… 그리하여 지구를 전전키도 몇번, 중부, 성남, 성서로 — 성서의 사절(四節)을 아름답게 물들이는 '무사시노' 벌판도

네 살림의 물결! 어머님 품인 '아라가와'에는 비할 수 없었다.

'아라가와'여 네 상류 — 물살에 단풍이 낙엽지고 우리들의 지난날의 일을 추억의 품속에 되풀이하던 가을날!

나의 갈 곳은 고향 — 얄루 강반(江畔)으로 결정되었다. 내 일생의 기록의 '페이지'에서 사라지지 않을 그날! 나는 너를 버리었다.

그리하여 수평선 아득한 현해의 해협을 건너

고향의 산천도 바라볼 틈 없이 '베르트'의 반주 속에 너의 그리움의 노래 기쁨과 설움의 '멜로디'를

내 '아라가와'여! 오늘은 어떤 동무가 가쁜 숨을 쉬이며 고요히 네 노래에 귀를 기울일지

너는 언제나 노동자의 가슴에서 버림받지 않으리라 네 어깨 위를 제비가 날겠지……

광막한 대륙의 한 모퉁이에 낀 반도에도 봄이 찾아왔다

'얄루(鴨綠)'강도 녹아 뗏목이 흘러내린다.

강산에 뻗친 젖가슴 속에 꾸물거리며 자라나는

처녀지의 기억을 따뜻한 품속에 안아주려고

오! 강동이여! 나는 회상 속에 불길을 이루어 간다.

160　　　　안용만, <강동의 품 — 생활의 강 '아라가와'여> 전문

이 시에서는 노동자로서 삶에 대한 애정과 조국에 대한 그리움이 어우러져 조선 노동자 청년의 굳센 의지가 서정적으로 펼쳐지고 있다. 압록강이 흐르는 강변을 떠나 눈물을 흘리며 현해탄을 건너, 싸이렌 소리가 찢어지는 공장지대 강동, 콩쿠리 담 안에서 노동하는 어머니를 기다리는 맨발의 소년은 아라가와 천 물결과 함께 민족의 슬픔을 느낀다. 슬픔의 물결도 흘러 가난한 노동자의 자식에서 청년 노동자로 성장하고, 이제는 아라가와 천의 물결에 조선 노동자로서 자기 존재를 비춰보는 시선이 굳세다. 방황과 주저를 넘어 조국 강산과 노동자의 삶을 사랑하는 마음이 뜨겁게 타올라 서정을 자아낸다. 서정적 주체의 정서와 인식이 노동계급에 대한 깊은 사랑을 그려낸 것이다. 투쟁 현장에서 대중의 조직화라는 정치투쟁의 정서와 다르게 노동계급의 삶에 대한 사랑이 얼마나 깊고 넓은가를 보여줌으로써 한국 프롤레타리아 시의 새로운 지평을 열고 있다. 카프의 프롤레타리아 시가 외부적 관념의 현실적 실천이라는 한계 때문에 늘 지적되는 진정성의 부족도 이 시에는 해당되지 않는다. 현실을 총체적으로 반영하면서 노동계급 의식에 기반한 서정성이 두드러진 안용만의 시는 리얼리즘 시가 객관적 현실을 반영하면서 전형성을 획득하는 방법이 사건의 도입에만 있는 것이 아니라는 것을 보여준 것이다. 이후 한국현대시사에서 안용만의 시는 프롤레타리아 시가 아니더라도 식민지 민중의 현실적 체험을 서정적으로 묘사하는 시의 방향을 엿볼 수 있게 한다.

## 2-3. 리얼리즘의 시적 확산

1930년대 후반에 이르면 새로운 신진 세대 시인들이 등장한다. 이 가운데 이용악, 오장환, 백석 등은 1930년대 서구 시론인 모더니즘의 영향을 받아 언어의 감각화를 이룬다. 그러나 이 시인들은 모더니즘을

161

지향하는 시인들과 변별되는 점이 있다. 이들은 민족의 현실을 감각적 언어로 표현하고자 하였다. 백석의 <여승>과 <팔원> 등은 가족이 해체된 식민지 백성을 묘사하며, 오장환의 <성씨보>, <황혼>, <온천지> 등은 봉건적 억압과 유한계급에 대한 비판을 보여준다. 하지만 백석은 훼손되기 이전의 농촌공동체의 생활을 감각적 언어로 형상화하는 것이 본령이었으며, 오장환은 지식인의 감상을 넘어서지 못했다. 두 시인과 달리 이용악은 지속적으로 식민지 민중의 비애와 울분을 형상화하고 있어 리얼리즘 시의 면모를 개선한다. 세 시인의 시는 편차에도 불구하고 한국현대시사에서 중요한 위치를 차지한다. 1960년대 산업화에 따른 농촌해체 시기에 한국 리얼리즘 시의 확산에 영향을 미쳤기 때문이다.

여승은 합장하고 절을 했다
가지취 내음새가 났다
쓸쓸한 낯이 옛날같이 늙었다
나는 불경처럼 서러웠다

평안도 어느 산 깊은 금덕판
나는 파리한 여인에게서 옥수수를 샀다
여인은 나 어린 딸아이를 때리며 가을밤같이 차게 울었다

섶벌같이 나아간 지아비 기다려 십년이 갔다
지아비는 돌아오지 않고
어린 딸은 도라지꽃이 좋아 돌무덤으로 갔다

산꿩도 섧게 울은 슬픈 날이 있었다
산절의 마당귀에 여인의 머리오리가 눈물방울과 같이 떨어진 날이
있었다

백석, <여승> 전문

이 시는 여승이 된 여인의 사연을 통해 궁핍한 식민지의 현실과 가족이 해체되는 민중의 비애를 보여준다. 아이를 때리며 우는 여인의 모습에서 어린 딸과 생계를 위해 홀로 금광 판에서 옥수수를 파는 여인의 고단한 숙명을 읽을 수 있다. 더구나 어린 딸을 잃고 삶의 의미를 읽어버린 여인이 속세와 결별하는 모습은 삶의 비애를 더욱 확산시킨다. <여승>은 가족이 해체되는 식민지 백성의 전형적인 비애를 포착하고 있는 것이다. 그러나 이 시는 황폐한 현실이 발생하는 동인에 대한 탐색이 없다. 리얼리즘 시의 지향과 달리 하나의 현상을 포착하는 시적 기교가 돋보인다. 가지취 냄새를 풍기며 합장하는 여승과 과거 슬픈 사연의 대비는 아이러니 효과를 생성시킨다. 이것은 개인의 운명적 아이러니일 뿐 사회적 모순으로 확산되지 못하고 있다. 이런 점에서 백석의 인도주의 차원의 현실 포착은 해방 이후 많은 한국현대시의 면모와 닿아 있다는 데 시사적 의의를 둘 수 있을지 모르겠다.

오장환의 시도 백석과 같은 선상에 있다. 가난한 민중에 대한 애정과 유한계층에 대한 비판은 인도주의적 차원을 벗어나지 못한다. 인도주의는 현실의 모순에 대한 비판이나 개혁을 추구하는 지향이 아니라 조화롭지 못한 현상을 지적하고 부조화를 누그러뜨리는 정도에 그친다.

온천지에는 하루에도 몇 차례 은빛 자동차가 드나들었다. 늙은이나 어린애나 점잖은 신사는, 꽃같은 계집을 음식처럼 싣고 물탕을 들어온다. 젊은 계집이 물탕에서 개구리처럼 떠 보이는 것이 가장 좋다고 늙은 상인들은 저녁 상머리에서 떠들어댄다. 옴쟁이 땀쟁이 가진 각색 더러운 피부병환자가 모여든다고 신사들은 투덜거리며 가족탕을 선약하였다.

오장환, <온천지> 전문

이 시는 유한계층의 쾌락적인 생활을 비판하고 있다. 점잖은 신사의 포즈지만 은빛 자동차를 타고 온천에 꽃같은 계집을 데리고 노는 부르조아의 부도덕을 제시한다. 나아가 옴쟁이, 땀쟁이를 모두 피부병 환자로 부르는 대화를 통해 보통 사람을 환자 취급하는 부르조아의 시선을 포착하고 있다. 그러나 오장환의 시선은 부르조아에 대한 풍자보다는 냉소에 가깝다. 냉소는 자극을 주지만 현실에 대한 수세적인 응전 방식으로 시인의 정신적 지향을 보여주기가 힘들다. <온천지> 역시 유한계층에 대한 냉소로써 오장환의 정신적 지향을 찾아보기 힘들다.

반면에 이용악은 가족과 농촌이 해제되는 과정을 천착하여 민중의 비극적 삶을 민족의 보편적 현실로 형상화하고 있다. 특히 서사 요소를 도입하면서도 서정성이 두드러진 면모는 임화의 '단편서사시'와 안용만의 '서정시'를 계승하면서도 발전시키고 있어 시적 형상화 방법에서도 새로운 면모를 확립하고 있다.

> 날로 밤으로
> 왕거미 줄치기에 분주한 집
> 마을서 흉집이라고 꺼리는 낡은 집
> 이 집에 살았다는 백성들은
> 대대손손에 물려줄
> 은동곳도 산호관자도 갖지 못했니라
>
> 재를 넘어 무곡을 다니던 당나귀
> 항구로 가는 콩실이에 늙은 둥글소
> 모두 없어진 지 오래
> 외양간엔 아직 초라한 내음새 그윽하다만
> 털보네 간 곳은 아무도 모른다

**164** 찻길이 놓이기 전

노루 멧돼지 쪽제비 이런 것들이
앞뒤 산을 마음놓고 뛰어다니던 시절
털보의 셋째 아들은
나의 싸리말 동무는
이 집 안방 짓두광주리 옆에서
첫울음을 울었다고 한다

"털보네는 또 아들을 봤다우
송아지래두 붙었으면 팔아나 먹지"
마을 아낙네들은 무심코
차가운 이야기를 가을 냇물에 실어보냈다는
그날 밤
저릎등이 시름시름 타들어가고
소주에 취한 털보의 눈도 일층 붉더란다

갓주지 이야기와
무서운 전설 가운데서 가난 속에서
나의 동무는 늘 마음 졸이며 자랐다
당나귀 몰고 간 애비 돌아오지 않는 밤
노랑 고양이 울어 울어
종시 잠 이루지 못하는 밤이면
어미 분주히 일하는 방앗간 한구석에서
나의 동무는
도토리의 꿈을 키웠다

그가 아홉 살 되던 해
사냥개 꿩을 쫓아다니는 겨울
이 집에 살던 일곱 식솔이
어데론지 사라지고 이튿날 아침
북쪽을 향한 발자욱만 눈 위에 떨고 있었다

더러는 오랑캐령 쪽으로 갔으리라고

더러는 아라사로 갔으리라고
이웃 늙은이들은
모두 무서운 곳을 짚었다

지금은 아무도 살지 않는 집
마을서 흉집이라고 꺼리는 낡은 집
제철마다 먹음직한 열매
탐스럽게 열던 살구
살구나무도 글거리만 남았길래
꽃 피는 철이 와도 가도 뒤울안에
꿀벌 하나 날아들지 않는다

이용악, &lt;낡은집&gt; 전문

이 시는 '털보네' 가족사를 통해 당대 농촌의 비극적 현실을 압축적으로 제시하고 있다. 죽음을 무릅쓴 아버지의 국경 무역도, 어머니의 분주한 밤샘 노동에도 굶주림을 벗어날 수 없는 처절한 현실을 제시한다. 특히 '아낙네의 이야기'는 아기의 탄생을 축복할 수 없는 궁핍이 인간의 존엄성마저 무너뜨리는 비극을 보여준다. 털보네 가족은 이 비극적 공간을 탈출하지만 늙은이의 말에서 전망은 암울해 보인다. 하지만 이용악은 현상의 지적에 머무르지 않고 백석이나 오장환과 달리 비극에 대한 천착을 보여준다. '찻길이 나는'은 봉건적 소작제와 일제의 미곡 수탈 정책이 작은 마을까지 뻗쳐 있다는 것을 암시한다. 현실의 구조적 모순과 민중의 비극적 운명을 객관적으로 제시하고 있는 것이다.

&lt;낡은집&gt;은 이야기 구조만이 중요한 것이 아니다. 이야기를 말하는 화자의 정서와 시선도 비극적 정서를 증폭시킨다. 낡은 집을 포착하는 시선은 전망 없는 암울한 상황을 말해준다. 살구나무가 글거리만 남아 꿀벌 하나 날아들지 않는다는 마무리는 식민지의 절망적인 상

황과 정서를 내포한다. 절망적인 현실에서 살아가는 민중의 삶과 정서를 핍진하게 묘사하고 있는 것이다. 카프의 프롤레타리아 시와 비교하면 노동계급의 이념과 무관하지만 민중의 보편적인 현실과 정서를 이시처럼 총체적으로 포착한 시는 이전에 없었다. 이러한 시적 성과는 1960년대 이후 이야기를 도입하여 현실의 모순과 민중의 아픔을 묘사하는 한국현대시와 맥이 닿아 있다고 할 수 있다.

　이용악은 이야기뿐만 아니라 상징적 비유를 통해서도 민족의 보편적 현실을 반영하고 있다. 상징과 비유가 개인적인 서정이 넘치면서도 민족적 현실로 확산되고 있는 것이다.


　　　　아낙도 우두머리도 돌볼 새 없이 갔단다
　　　　도래샘도 떳집도 버리고 강 건너로 쫓겨갔단다
　　　　고려 장군님 무지무지 쳐들어와
　　　　오랑캐는 가랑잎처럼 굴러갔단다

　　　　구름이 모여 골짝골짝을 구름이 흘러
　　　　백년이 몇 백년이 뒤를 이어 흘러갔나
　　　　너는 오랑캐의 피 한 방울 받지 않았건만
　　　　오랑캐꽃
　　　　너는 돌가마도 털메투리도 모르는 오랑캐꽃
　　　　두 팔로 햇빛을 막아줄게
　　　　울어보렴 목놓아 울어나 보렴 오랑캐꽃

　　　　　　　　　　　　　　이용악, <오랑캐꽃> 전문


　시의 서두에 꽃의 뒷모양이 오랑캐의 뒷머리를 닮아서 붙여진 이름이라는 내력을 달고 있지만, 서두조차 시의 비유 구조 속에 수렴된다. '오랑캐꽃'은 아낙도 우두머리도 돌보지 못하고 강 건너로 쫓겨

167

간 남정네를 떠올리게 한다. 샘도 집도 버리고 간 오랑캐의 처지는 이민족에 쫓겨간 민족의 처지를 보여준다. 이민족의 침탈에 가족과 국가를 버리고 이국 땅을 떠도는 '가랑잎'같은 비극적 존재는 다시 '구름'으로 이어진다. 먼 타향에서 조국 산천을 그리는 마음이 구름처럼 조국을 떠돌지만, 돌아가지 못한 세월은 자꾸 흘러가고 있는 것이다. 돌가마를 얹고 털메투리를 신는 오랑캐족의 피 한 방울 섞이지 않았지만 오랑캐의 땅을 떠도는 조선인의 처지는 오랑캐족보다 못해 햇빛조차 함부로 바라볼 수 없어 보인다. 이민족의 땅에서 한 번 마음 놓고 통곡도 못하는 조선인들이 목놓아 울기만 해도 한결 슬픔을 덜어낼지 모를 일이다.

<오랑캐꽃>은 이처럼 오랑캐꽃에 대한 주관적 감정의 노래에 그치지 않고 오랑캐꽃을 시적 상관물로 하여 민족의 객관적 현실에서 느끼는 비애를 노래하고 있다. 상징과 비유를 통해서 객관적 현실을 담아내는 것이 절창이라 할 만하다. 비록 현실의 구체적인 면모가 없더라도 정서적 질감이 비통한 민족의 정서를 사실적으로 담아내고 있는 것이다. 이렇듯 시적 상관물을 통해 민족의 현실을 노래한 시는 1960~80년대 리얼리즘 시에 이어지고 있어 한국현대시사적 의의를 갖는다 할 수 있다.

## 2-4. 역사적 응전의 민족시

일본 제국주의의 중국 침략전쟁을 고비로 강화된 파시즘 체제는 조선민족말살 정책을 실시한다. 조선인의 일본인화를 추진하면서 조선어교육을 폐지하고 일본어 상용을 강요하였으며, 문학을 조선인의 전쟁동원 수단으로 활용하였다. 파시즘 체제는 어용 문학단체를 조직하여 파시즘을 선전·선동할 것을 강요하였다. 많은 시인들이 민족의 현실을 포착하기보다는 파시즘에 동조하는 친일시를 썼던 암흑의 시기였다. 파시즘 찬양이나 조선 민중을 전쟁에 동원하는 경우가 아니면 민족어로 시를 쓰는 것조차 쉬운 일이 아니었다. 이러한 일본 제국주의에 민족적 신념으로 응전하면서 민족시를 지킨 시인이 이육사와 윤동주라 할 수 있다. ≪문장≫을 통해 등단한 박목월, 박두진, 조지훈 등이 민족어로 시를 쓰기는 하였으나 당시 활동은 미미하였다.

이육사는 중국과 조선을 오가면서 항일독립운동에 관여해 여러 차례 옥고를 치렀다. 그의 민족의식은 만주 조선군관학교에서 각종 군사교육을 받고 독립운동을 한 것뿐만 아니라 잡지에 발표한 「자연과학과 유물변증법」(≪대중≫ 창간호, 1934. 4)을 비롯, 국제정세에 관한 다수의 글에서도 엿볼 수 있다. 민족해방을 위한 인식과 활동을 한시도 놓은 적이 없다. 이육사가 시를 발표하기 시작한 것은 1935년부터였으나 1940년 전후에 발표한 <청포도>(≪문장≫, 1939. 8), <절정>(≪문장≫, 1940. 1), <교목>(≪인문평론≫, 1940. 7) 등의 작품이 시적 성취가 돋보인다. 이 시들은 시적 상관물이나 비유를 통해 민족해방을 향한 정신적 지향을 보여준다. 하지만 리얼리즘 시가 구체적으로 민족의 현실을 반영하거나 시적 상관물을 통해 보편적 현실을 담아내는 것과 다르다. 이육사의 시는 보편적 현실을 담아내기보다는 민족 해방을 염원하는 주관적 정서가 중심을 이루고 있다.

매운 계절의 채찍에 갈겨
마침내 북방으로 휩쓸려오다.

하늘도 그만 지쳐 끝난 고원
서릿발 칼날진 그 위에 서다.

169

어데다 무릎을 꿇어야 하나
한 발 재겨 디딜 곳조차 없다.
이러매 눈감아 생각해 볼밖에
겨울은 강철로 된 무지갠가 보다.

이육사, <절정>

이 시는 파시즘의 억압을 겨울에 비유하고 있다. 파시즘의 폭력인 '채찍'에 쫓겨 북방으로 쫓겨왔지만 이곳마저 '서릿발 칼날' 같이 가혹하다. 무릎을 꿇고 의지할 곳도 한발 내디딜 곳도 없어 칼날 위에 선 것이나 다름없다. 그렇다고 현실적으로 굴복할 수도 없어 내면의 세계로 맞설 수밖에 없다. 겨울에 맞서기 위해 스스로 '강철로 된 무지개'라는 낙관적 전망을 만든 것이다. 물론 '무지개'는 멀리 떠오르는 꿈일 뿐 현실적인 힘이 없다. 아무리 강철로 만들어도 현실적인 힘은 아니다. 그러나 민족해방운동에 관여했던 시인은 현실적 활동의 좌절 앞에서 굴복하지 않고 미래를 위해 정신적 무기를 획득하는 침착함을 잃지 않고 있다.

반면에 윤동주의 시는 개인의 순결한 양심을 지키려는 노력이 돋보인다. 파시즘 억압에 순결한 양심을 지키려는 응전은 소중한 자산임에 틀림없다. 이런 점에서 윤동주의 시는 당시 발표된 시가 아니더라도 당대 현실에 대한 응전을 보여주는 시로서 한국현대시사적 의의를 갖는다.[22] 아직 등단하지 않은 시인이 체제에 영합하지 않고서 시를 발표할 장이 없는 것은 당연하다. 야수적 폭력에 맞서 현실적 대항의 힘이 없는 시인의 반성과 성찰은 커다란 의의가 있는 것이다. 그러나 윤

---

[22] 윤동주는 당시에 몇 편의 동시를 발표하였지만 시는 연희전문 문과에서 1941년에 발간한 ≪문우(文友)≫에 실린 <자화상> 밖에 없었다. 나머지 시는 해방 후 1948년에 발간된 시집 『하늘과 바람과 별과 시』를 통해서 알려졌다.

동주의 반성과 성찰은 한국현대시사에서 독특한 측면이 있다는 것을 간과해서는 곤란하다. 기독교 정신이 한국현대시에서 최초로 민족적 의의를 획득하고 있는 점을 주목해야 한다. 윤동주는 절대적 세계를 추구하는 기독교의 양심과 민족의 현실 사이에서 갈등하며 반성하고 있다.

>     죽는 날까지 하늘을 우러러
>     한 점 부끄럼이 없기를
>     잎새에 이는 바람에도
>     나는 괴로워했다.
>
>     별을 노래하는 마음으로
>     모든 죽어가는 것을 사랑해야지
>     그리고 나한테 주어진 길을
>     걸어가야겠다.
>
>     오늘밤에도 별이 바람에 스치운다
>
> 윤동주, <서시> 전문

이 시는 자신의 길을 가지 못하는 부끄러움으로 괴로워하면서 주어진 길을 가겠다는 다짐이다. '하늘을 우러러 한 점 부끄럼 없이' 살겠다는 깃은 절대적 가치에 대한 믿음과 그 믿음을 실천하려는 양심의 표현이라 할 수 있다. 절대적 가치는 '모든 죽어 가는 것을 사랑하는 것'으로 나타난다. 절대자가 준 생명에 대한 외경을 품고 있는 것이다. 부끄러움은 이러한 생명이 훼손된 현실에서 생명을 보살피지 못했다는 가책이다. 시인은 죽음의 위협이 오더라도 별을 노래하는 순결한 마음으로 생명을 사랑하겠다는 소명감으로 가득 차 있다. 이러한 소명감은 절대적 가치에 따라 조화를 이루지 못하는 세계를 바로 잡아야 한다는 기독교적 양심과 관련되어 있지만, 민족적 현실로 확산될 가능성을 보여주고 있다.

파란 녹이 낀 구리거울 속에
내 얼굴이 남아 있는 것은
어느 왕조(王朝)의 유물이기에
이다지도 욕될까

나는 나의 참회(懺悔)의 글을 한 줄에 줄이자
— 만 24년 1개월을
무슨 기쁨을 바라 살아왔는가

내일이나 모레나 그 어느 즐거운 날에
나는 또 한 줄의 참회록을 써야한다
— 그때 그 젊은 나이에
왜 그런 부끄런 고백을 했던가

밤이면 밤마다 나의 거울을
손바닥으로 발바닥으로 닦아 보자.

그러면 어느 운석(隕石) 밑으로 홀로 걸어가는
슬픈 사람의 뒷모양이
거울 속에 나타나온다.

윤동주, <참회록> 전문

이 시는 윤동주의 기독교적 신앙과 민족의 현실 사이에서 고민하는 모습이 나타나 있다. 현재 파란 녹이 낀 거울 속의 얼굴을 왕조의 유물로 욕되고 부끄러운 것으로 인식하고 있다. 민족의 현실과 그 현실 속에서 갈등하는 자신에 대한 부끄러움이다. 그런데 지금의 참회를 한 줄에 줄여버린다. 민족의 현실에 관련된 참회는 시인이 진정으로 바라는 기쁨을 줄 수 없기 때문이다. 그는 미래의 즐거운 날 지금의 부끄러운 고백을 다시 참회할 수밖에 없는 것을 알고 있다. 밤마다 지금의 녹이 낀 거울을 닦는 것은 미래의 거울을 얻기 위한 행위다. 그리고 마침내 왕조의 녹을 닦아낸 맑은 거울에서 부끄러운 자신의 뒷모습을 발견하고 있다. 민족의 현실 때문에 갈등하고 반성하는 현재의 자신을 기독교적 신앙으로 반성하고 있는 것이다. 윤동주의 <참회록>이 돋보이는 것은 이러한 이중적 참회 때문이다. 기독교적인 순결한 영혼에 비추어 볼 때 민족의 현실 때문에 미워하고 싸우는 것이 부끄럽지만 민족의 고통을 외면할 수 없기에 기독교적 신앙을 잠시 유보하고 있는 것이다. 윤동주의 시가 기독교적 양심을 지키면서도 민족의 현실을 저버리지 못하는 모습은 역사적 울림과 순결한 영혼의 울림을 동시에 던져준다. 한국현대시사에서 기독교적 신념과 역사를 동시에 껴안은, 거의 유일한 윤동주 시는 역사의식이 무엇인가를 뚜렷하게 보여주고 있는 것이다.

## 3. 도시문명의 수용과 길항으로서 모더니즘 시

한국현대시사에서 서구의 도시문명에서 발생한 모더니즘과 아방가르드는 1920년대 중반 임화, 김화산, 고한승, 박팔양 등에 의해 수용되었다. 그러나 이 당시 모더니즘과 아방가르드는 조선의 현실이 도시문명과 거리가 있었던 만큼 본격적으로 시에 반영되지 못했다. 이후 1930년대 경성을 중심으로 서구적 도시문명이 본격화되었다. 명동을 중심으로 미스꼬시 백화점, 에스컬레이터, 마네킹, 진열장, 화려한 전등불 등의 문물이 현대 도시의 모습을 형성하기 시작하였다. 서구의 과학 기술이 경성의 모습을 서구적인 문명으로 바꾸기 시작한 것이다. 뿐만 아니라 사진술, 인쇄술, 영상기술 등의 복제기술과 교통·통신 기술은 서구 음악, 회화, 영화 등을 본격적으로 접할 수 있는 기회를 제공했다. 이러한 변화는 도시문명에서 발생한 서구의 예술과 예술정신에 대한 관심을 증폭시켰다. 문명 체험은 조선의 시인들에게 서구문명의 위력을 실감하게 하였던 것이다.

또 다른 중요한 것은 식민지 지식인의 존재 기반이 무너지고 있던 흐름이다. 파시즘의 억압에 지식인은 시대를 읽어내고 대응하는 정신적 중심을 상실하면서 새로운 중심을 모색하고 있었다. 이러한 정신적 환경은 서구 예술과 예술정신을 조선의 문학이 나아갈 길로 받아들이게 하였다. 그러나 당시 조선의 현실은 소작제와 같은 봉건성과 농경문화를 벗어나지 못한 전근대적 사회였다. 전통적인 농경문화에서 발생했던 유교적 가치와 공동체 의식이 사회적 중심을 이루고 있었다. 조선의 현실적 토대와 서구적 토대의 차이는 매우 컸던 것이다. 조선의 시인은 현실과 정신적 지향 사이에서 중심을 세워야 하는 과제를 안고 있었던 것이다.

김기림은 이러한 과제를 인식하고 새로운 중심을 세우고자 한 가장 정통적인 모더니스트라고 할 수 있다. 한편 이상(李箱)은 서구적 예술에 대한 감수성으로 미래의 도시문명을 선취해 경험한 모더니스트라 할 수 있다. 조선의 현실은 아직 전근대적이었지만 이상(李箱)은 문명을 내면화함으로써 문명의 불안과 공포를 형상화하였으며, 문명으로부터 탈출하기 위한 회의와 반항을 시도하였다. 또, 김기림과 이상이 문명에 대한 인식을 토대로 새로운 정신적 지향을 모색하는 모더니스트였다면 김광균, 정지용, 백석 등은 창작기법으로서 모더니즘을 받아들였다. 모

더니즘의 정신적 지향보다는 창작기법으로서 언어의 혁신을 시도했던
것이다.

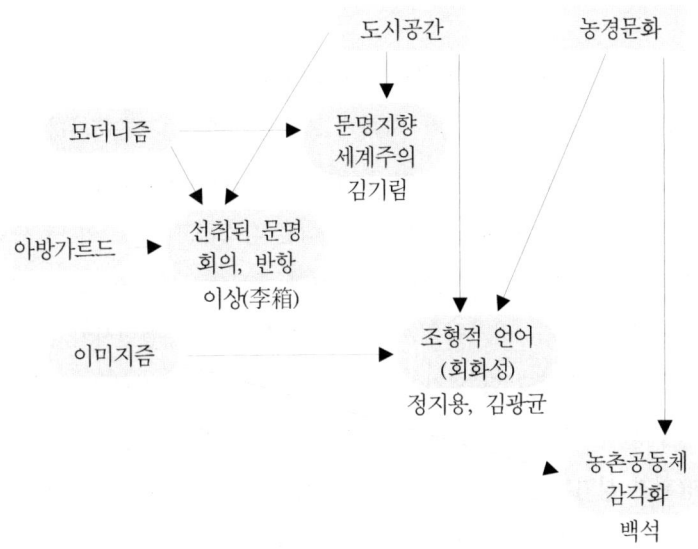

## 3-1. 맹목적인 모더니즘의 파산

김기림은 현실과 정신적 지향 사이에서 중심을 세워야 하는 과세를
적극적으로 모색한 시인이었다. 그는 서구의 모더니즘 정신을 우리의
현실 속에 실천하고자 노력하였다. 모더니즘을 세계사적 변화로 인식
하고 낙후된 조선의 현실은 모더니즘을 지향해야 한다고 믿었다. 이러
한 신념은 문학에도 확장되어, 모더니즘은 역사의 필연적 과정이므로
전대의 낡은 문학과 단절이 필연적이라고 믿었다.

　　「모더니즘」은 두 개의 부정을 준비했다. 하나는 「로맨티시즘」과
　세기말 문학의 말류(末流)인 「센티멘탈·로맨티시즘」을 위해서고

175

다른 경향파시의 내용편중을 위해서였다. 「모더니즘」은 시가 우선
언어의 예술이라는 자각과 시는 문명에 대한 일정한 감수를 기초로
한 다음 일정한 가치를 의식하고 쓰여져야 된다는 주장 위에 섰
다.23)

모더니즘은 전대 센티멘탈·로맨티시즘과 내용편중을 부정한다.
여기에는 감상적인 시는 낡은 사회에 기반하고 있고 프롤레타리아 시
는 예술성이 떨어진다는 인식이 깔려 있다. 이러한 두 문학의 부정은
상대적으로 새로운 시대와 언어의 예술성을 강조하고 있다. 이 때 새로
운 시대가 문명인 것은 분명하다. 또 하나 중요한 것은 문명을 가치로
인식한다는 점이다. 김기림은 새로운 정신적 가치를 실현시키기 위해
모더니즘을 주장하고 있는 것이다. 그러므로 모더니즘 시는 '문명에 대
한 감수성'을 바탕으로 '문명에 대한 가치의 인식'을 지향하여야 한다
는 당위가 성립된다. 문명의 성격은 문명을 건설한 계급을 통해서 밝히
고 있다. 낡은 부르조아는 지둔하고 프롤레타리아는 둔중하지만 소부
르조아는 문명의 힘과 스피드를 인식하는 계급이라는 것이다.24) 따라
서 조선의 지식계층 시인은 문명의 역동성을 추구하기 위해 문명에서
소재를 구하고 명랑한 언어를 사용할 것을 제시하고, 그 구체적인 창작
방법으로 기차, 비행기, 공장의 시끄러운 소리와 군중의 부르짖음을 일
상회화 언어의 리듬으로 창조할 것을 주장한다.

> 비늘
> 돋인
> 해협은
> 배암의 잔등

---

23) 김기림, 「모더니즘의 역사적 위치」, ≪인문평론≫(1939. 10), 83면.
24) 김기림, 「시의 "모더니티"」, ≪신동아≫(1933. 7) 참조.

처럼 살아났고
아롱진 '아라비아'의 의상을 두른 젊은, 산맥들

바람은 바닷가에 '사라센'의 비단폭처럼 미끄러웁고
오만한 풍경은 바로 오전 칠시(七時)의 절정에 가로 누었다

헐떡이는 들 우에
늙은 향수를 뿌리는
교당(敎堂)의 녹쓰는 종소리
송아지들은 들로 돌아가려무나
아가씨는 바다에 밀려가는 윤선(輪船)을 오늘도 바래 보냈다

국경 가까운 정차장
차장의 신호를 재촉하며
발을 구르는 국제열차
'잘있거라'를 삼키고 느껴서 우는
마님들의 이지러진 얼굴들
여객기들은 대륙의 공중에서 티끌처럼 흩어졌다

본국에서 오는 장거리 라디오의 효과를 실험하기 위하여
'쥬네브'로 여행하는 신사의 가족들
샴판 갑판 '안녕히 가세요' '나너오리다'
선부(船夫)들은 그들의 탄식을 기적에게 맡기고 자리로 돌아간다
부두에 달려 펄럭이는 오색 '테잎'
그 여자의 머리의 오색 '리본'

전서구(傳書鳩)들은
선실 지붕에서
수도를 향하여 떠났다
…… '스마트라'의 동쪽 …… 5킬로의 해상 …… 일행 감기도 없다
적도 가까웁다 …… 20일 오전 열시 ……

       김기림, ＜세계(世界)의 아침＞(『기상도(氣象圖)』) 전문

이 시는 시인의 감정이나 세계관이 직접 드러나지 않는다. 이것은 '센티멘탈·로맨티시즘'과 '내용 편중'을 부정하기 위한 의도라 할 수 있다. 첫 연의 신선하고 감각적 표현과 짧은 행의 배열은 명랑한 느낌을 주기 위한 시도로 보인다. 다음 연에서는 교회의 종소리를 '헐떡이는 들에 늙은 향수를 뿌리는 것'으로 비유하여 교회와 농촌을 낡은 것으로 묘사하고 있으며, 아가씨가 윤선(輪船)을 배웅하는 것을 통해 새로운 문명의 시대가 도래한 것을 묘사하고 있다. 셋째 연부터는 문명을 즐기는 군중의 소리를 일상적인 회화로 표현하려 시도하고 있다. 국제 열차, 비행기, 라디오 등을 통해 문명의 시대가 도래한 것을 보여주고자 하며, 여행을 떠나는 가족의 인사를 인용해 군중의 소음을 일상회화로 보여주고자 한다. 그러나 기적소리, 비행기 소리, 군중의 부산하고 수선스러운 소리를 피상적으로 그리고 있어 부산하고 시끄러운 느낌을 시적 형상으로 이끌지 못하고 있다. 마지막 연에서 스마트라 동쪽 해상을 여행하고 있는 날짜와 시간은 세계가 과학문명으로 하나가 되고 있는 것을 나타내고 있다. 이후 『기상도』는 계속해서 이곳 저곳을 여행하면서 20세기의 국제 정세를 묘사하며, 문명의 그늘을 묘사하면서 문명을 비판하려는 의도를 드러낸다. 하지만 이 시가 김기림의 의도를 묘사했다하더라도 시적 감동을 주기에는 역부족이다.

세계가 문명의 시대라 할지라도 조선의 현실은 김기림이 인식한 문명과는 너무도 동떨어져 있었으며, 시적인 언어라기보다는 산문을 시적 형태를 가지고 늘어놓은 것이라는 느낌이 들 정도로 형상화에 실패했다. 조선의 군중이 체험한 현실이 빠져있었던 것이다. 문명의 역사성은 개인이 역사와 부딪치는 체험 속에서 형성되는데 김기림은 문명이 형성되는 과정을 건너뛰어 결과만을 좇아가고 있다. 문명이 형성되는 과정의 체험을 간과한 채 피상적으로 서구 문명을 동경한 낭만주의자의 면모를 벗어나지 못한 것이다.

김기림의 이러한 실패는 한국 모더니즘의 관념성을 보여주는 표본이라고 할 수 있다. 하지만 도시문명을 묘사한 김기림의 문제의식까지 폐기할 수는 없다. 조선의 지식인은 도시문명을 건설한 과학정신을 체득하여 조선의 미래를 건설할 힘을 갖추어야 한다는 근대화 지향은 우리 문학에도 시사하는 바가 크다.

시도 과학정신을 바탕으로 세계를 인식하고 변화를 추구하기 위해서 언어를 과학적으로 인식해야 한다는 시론은 한국현대시의 현대화에 기여하고 있다. 김기림은 시가 감상에 치우치거나 내용에 치중하여 언어의 형식을 희생하는 것을 경계하면서 의미와 음과 이미지의 전체적인 조화를 강조한다. 현대시는 세 요소가 상호작용하는 건축학적 설계가 되어야 한다는 것이다.

건축학적 설계는 시에서 이미지의 조소성, 회화성과 운동성을 강조하기 위한 시론이다. 현대는 시각적 문명의 시대로 자연 발생적으로 감정이 흐르는 단조(單調)와 달리 감정을 조직화하는 방법으로 회화성과 조소성을 강조한다. 그가 정지용의 시에 대해 공간성을 확보한 시이고 김평균의 시를 소리까지 조소로 만든 시라 극찬한 것도 이러한 맥락에서였다. 조소적 회화성은 동떨어져 보이는 여러 이미지가 상호 관계 속에서 의미를 형성할 때 여러 층위의 이미지가 중첩되는 비유의 속성을 말하는 것이며, 운동성은 이미지와 이미지 사이의 유사성보다는 동떨어진 결합을 말한다. 하나의 이미지 층위에서 다른 이미지 층위로 비약하는 이미지의 전개 방식을 통해 속도감을 자아낼 수 있다는 것이다. 이러한 김기림의 시론과 시론에 입각한 시평은 오늘날까지 한국현대시의 평가와 창작에 지대한 영향을 미치고 있다.

## 3-2. 관념적으로 선취한 미래의 모더니즘

이상(李箱)은 도시문명을 선취하여 내면화한 시인으로서 도시문명의 억압적 질서를 회의하고 그 억압에 대항하였다. 이상(李箱)은 김기림이 도시문명을 지향하던 것과 달리 도시문명은 인위적으로 만들어진 세계며, 인위적 세계가 공고히 되면서 인간을 소외시키는 것으로 받아들이고 있다. 도시문명의 자동화된 세계 속에 자신의 존재가 무의미해지고 의지대로 살아갈 수 없는 무기력에서 오는 불안, 공포를 묘사하고 있다.

1

나는거울없는실내에있다. 거울속의나는역시외출중이다. 나는지금거울속의나를무서워하며떨고있다. 거울속의나는어디가서나를어떻게하려는음모를하는중일까.

2

죄를품고식은침상에서잤다. 확실한내꿈에나는결석하였고의족을담은군용장화가내꿈의백지를더럽혀놓았다.

3

나는거울있는실내로몰래들어간다. 나는거울에서해방하려고. 그러나거울속의나는침울한얼굴로동시에꼭들어온다. 거울속의나는내게미안한뜻을전한다. 내가그때문에영어(囹圄)되었듯이그도나때문에영어되어떨고있다.

4

내가결석한나의꿈. 내위조가등장하지않는내거울. 무능이라도좋은나의고독의갈망자다. 나는드디어거울속의나에게자살을권유하기로결심하였다. 나는그에게시야도없는들창을가리키었다. 그들창은자살만을위한들창을가리키었더. 그들창은자살만을위한들창이다. 그러나내가자살하

지아니하면그가자살할수없음을그는내게가르친다.거울속의나는불사조
에가깝다.


5

　내왼편가슴심장의위치를방탄금속으로엄폐하고나는거울속의내왼편
가슴을겨누어권총을발사하였다.탄환은그의왼편가슴을관통하였으나그
의심장은바른편에있다.


6

　모형심장에서붉은잉크가엎질러졌다.내가지각한내꿈속에서나는극형
을받았다.내꿈을지배하는자는내가아니다.악수할수조차없는두사람을
봉쇄한거대한죄가있다.

이상(李箱), &lt;오감도 시제 15호&gt; 전문


　이 시에서 화자는 거울 때문에 두려워하고 죄의식에 시달린다. 인
공적 자아인 '거울 속의 나'가 현실의 나를 어떻게 할지 모른다는 두려
움에 떨고 있다. 꿈속에서도 '나'는 존재하지 않는다. '의족을 담은 군
용장화'가 순수한 백지의 꿈을 오염시키고 있다. 가짜 발이 군화를 신
고 순수한 '나'의 의식마저 지배하고 있다. 거울은 '나'의 주체성을 훼
손하는 인공적 '나'를 생신하는 문명인 것이다.

　인공적 문명 세계에 갇힌 자아의 해방을 위해 문명에 진입해 보지
만 진짜나 가짜나 모두 문명의 감옥에 갇혀 있다. 문명 밖으로의 탈출
인 해방은 '원초적 자아'에 대한 갈망이다. 문명의 기준에서 보면 무기
력할지 모르지만 회복하고 싶은 자아다. 가짜의 자아를 지워버리고 싶
지만 현실의 '나'가 죽기 전에는 지워지지 않는다. 그렇다고 가짜와 진
짜가 하나로 합일될 수도 없다. 원초적 자아와 인위적 자아의 분열 상
태로 살아야만 하는 거대한 숙명에 갇혀 있는 것이다. 결국 이 시는 인

위적 문명의 질서 속에 자연적 자아를 찾으려 하지만 찾을 수도 없고, 문명의 질서에 오염된 인위적 자아로 존재를 완전히 이전하고 싶지만 이전할 수도 없는 불구(不具)의 현대인이 느끼는 불안과 공포를 묘사하고 있다고 할 수 있다.

이상(李箱)은 이렇듯 탈출할 수 없는 사태를 반복적인 수사로 표현하고 있다. 일반적인 시에서 반복은 의미를 강조하지만 이상의 시에서 반복은 무의미를 나타내는 것으로 의미를 추구할 수 없는 주체의 권태를 보여준다.

> 싸움하는사람은즉싸움하지아니하던사람이고또싸움하는사람은싸움
> 하지아니하는사람이었기도하니까싸움하는사람이싸움하는구경을하고
> 싶거든싸움하지아니하던사람이싸움하는것을구경하든지싸움하지아니
> 하는사람이싸움하는구경을하든지싸움하지아니하던사람이나싸움하지
> 아니하는사람이싸움하지아니하는것을구경하든지하였으면그만이다
>
> 이상(李箱), <오감도 시제 3호> 전문

이 시에서는 ① 싸움하는 사람, ② 싸움하던 사람, ③ 싸움하지 아니하는 사람, ④ 싸움하지 아니하던 네 사람이 등장한다. 이 시의 서술을 따라가면 현재 싸움하는 사람은 과거는 싸움하지 아니하던 사람이 되고, 현재 싸움하지 아니하는 사람은 과거 싸움하던 사람이 된다. 주체의 정체성이 무너진 채 끊임없이 분열되고 결합하며 운동하는 주체만이 존재한다. 또 구경하는 주체와 대상화된 주체가 끊임없이 뒤바뀌고 있다. 주체를 고정할 대칭적인 것이 존재하지 않는다. 무엇인가 고정되려면 대립하는 것이 있어야 끌어당기고 미는 작용으로 존재하는데, 이 시에서는 대립하는 것이 없다. 끝없이 떠도는 주체와 주체의 권태만 있을 뿐이다. 이 시는 인간을 끝없이 생산되는 인공 문명의 확장

을 따라 떠도는 존재로 묘사하고 있는 것이다.

　문명에 대한 불안과 공포, 무의미하게 떠도는 주체와 그 권태는 오늘날 사이버 문화의 확장으로 본격화된 체험인데, 이상(李箱)은 선취하여 경험하고 있었던 것이다. 이상(李箱)의 시에 등장하는 수(數), 고전(古典) 차용 등도 문명에 대한 체험과 회의의 소산이었다. 그가 숫자를 합리적인 질서의 언어로 보고 숫자로 세계를 표상(表象)하거나 숫자를 뒤틀어 거부하는 시를 쓰기도 하고, 고전을 차용하여 현대적 세계와 접목시켜 인공적 세계를 만들기도 하는 것이 그 예라 할 수 있다.

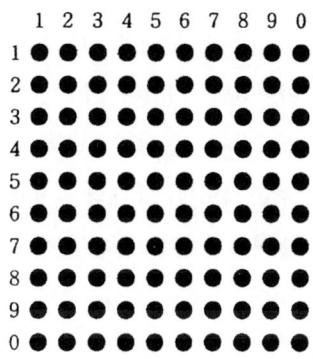

(우주는멱(冪)에의하는 멱에의한다)
(사람은숫자를버리라)
(고요하게나를전자의양자로하라)

이상(李箱), ＜선에 관한 각서 1＞ 부분

　이 작품은 숫자를 합리적 세계의 질서로서 실존을 침범하는 것으로 바라보고 있다. '멱(冪)'은 이러한 숫자의 무한한 제곱으로 우주를 구성하는 수학적 세계이다. 수학은 서양 철학의 근간이자 도시문명을 건설하는 근간이다. 이어서 숫자를 버리라는 것은 인위적으로 구획을 짓는 세계로부터 벗어나라는 것이다. '고요하게 전자의 양자'가 되겠다는 것은 <오감도 시 제15호>에서 실제의 '나'와 '거울 속의 나'를 일치시키려는 시도 혹은 '순수한 나'(실존)를 찾기 위해 자살을 시도하는 것과 같은 의미라 할 수 있다. 자의식을 없애고 무로 돌아가려는 자기 망각[25]의 시도라 할 수 있는 것이다. 이상(李箱)의 이러한 숫자 사용은 건축 설계사로서 개인 경험과 서구의 입체파의 영향이지만 중요한 것은 문명에 대해 회의하고 반항하는 한국 모더니즘 시의 양식을 무한히 넓혀 놓은 것이다.

그러나 이상(李箱)이 선취한 관념은 현실이 생성되는 과정을 생략한 도시문명의 도식화 혐의를 지우기가 어렵다. 당대 도시문명은 시에 담을 만큼 인공정원을 이룬 시대가 아니었다. 시인의 서구 모더니즘 예술에 대한 감수성이 모더니즘의 작은 징후를 현실로 인식하게 한 것으로 보인다. 따라서 그의 관념적 선취는 현실적 토대와 동떨어진 세계와 양식을 생산함으로써 난해성을 벗어나지 못하게 된 것이다. 이상(李箱)이 수용한 서구의 아방가르드 운동인 입체파, 초현실주의 등의 정신과 실험은 해방 후에 이르러 몇몇 시인에 의해서 현실적인 토대를 확보하면서 관념적 난해성을 극복하고 토착화됨으로써 소통 가능한 시로 자리잡게 된다.

## 3-3. 창작기법으로서 모더니즘

김기림, 이상(李箱)과 달리 모더니즘을 기법의 차원으로 수용한 시인으로 김광균, 정지용, 백석 등을 들 수 있다. 그 가운데 김광균이 모

---

25) 김용운, 「이상 문학에 있어서의 수학」, 이태동편, 『이상』(서강대학교 출판부, 1997), 192~218면 참조.

더니즘을 선택한 과정은 기법으로서 모더니즘의 면모를 잘 보여준다. 김용직이 지적했듯이, 1930년 ≪음악과 시≫(1930. 8)에 발표한 시 <소식>은 노동운동을 상징하는 메이데이 투쟁을 그리고 있다. 그러나 발표지인 ≪음악과 시≫는 같은 해 12월 카프의 기관지 ≪군기(群旗)≫로 바꾸어 발간되고 카프의 1차 검거 선풍이 일자, 김광균은 작품 활동을 일시 중단하였다가 1933년 7월 ≪조선중앙일보≫에 「창백한 구도」라는 모더니즘 계열의 순수시를 발표한다. 이러한 행적은 김광균이 동시대 반응에 민감한 시인이었음을 보여준다.[26]

> 오늘 문명이 추상적인 것보다 구체적인 것. 청각보다 시각, 관념보다 과학으로 조직된 것으로 보아 우리가 탐구할 형태가 보다 음악적인 것에서 보다 조형적인 것으로 될 것은 넉넉히 짐작할 수 있다. 대전(大戰) 이후로 미래파, 입체파, 초현실파, 이렇게 시가 회화운동과 행동을 같이 해 온 것이 결코 이유가 없는 것은 아닐 것이다.[27]

김광균은 모더니즘 정신을 통해 현실의 새로운 중심을 세우려는 것과는 거리가 멀었다. 그는 당대 새롭게 대두된 모더니즘을 시의 기법으로 받아들였을 뿐이다. 새로운 시는 도시생활과 관련된 언어라야 한다는 그의 주장도 모더니즘의 정신적 지향을 깊게 통찰한 흔적이 보이지 않는다. 김광균의 모더니즘 풍의 시는 한때 계급문학을 따랐듯이 또 다시 달라진 풍토를 따르는 수준에 그치고 있다. 1930년대 시단에서 서양의 인상파 그림과 시의 회화성에 상당한 관심이었던 정황을 반영하고 있다.

---

26) 김용직, 『한국현대시사 1』(한국문연, 1996), 348~351면.
27) 김광균, 「서정시의 문제」, ≪인문평론≫(1940. 5), 62면. 김용직, 『한국현대시사 1』(한국문연, 1996), 340면에서 재인용.

하이얀 모색(暮色) 속에 피어 있는
산협촌의 고독한 그림 속으로
파ー란 역등을 달은 마차가 한 대 잠기어 가고

바다를 향한 산마룻길에
우두커니 서 있는 전신주 위엔
지나가던 구름이 하나 새빨간 노을에 젖어 있었다

바람에 불리우는 작은집들이 창을 내리고
갈대밭에 묻히인 돌다리 아래선
작은 시내가 물방울을 굴리고

안개 자욱ー한 화원지의 벤치 위엔
한낮에 소녀들이 남기고 간
가벼운 웃음과 시들은 꽃들이 흩어져 있다.

외인묘지의 어두운 수풀 뒤엔
밤새도록 가느다란 별빛이 내리고

공백(空白)한 하늘에 걸려 있는 촌락의 시계가
여윈 손길을 저어 열시를 가리키면
날카로운 고탑같이 언덕 위에 솟아 있는
퇴색한 성교당의 지붕 위에선
분수처럼 흩어지는 푸른 종소리

김광균, &lt;외인촌&gt; 전문

1935년에 발표한 이 작품은 김광균의 고백처럼 앞서가는 회화를 좇아가기에 바빴다. 고흐의 '해바라기' 등 인상파 화가의 그림에 영향을 받아 회화적인 시를 쓰고자 하였던 것이다. 외국인 마을의 풍경은 실제 체험한 풍경이 아니라 여러 그림에서 받은 인상을 하나의 풍경으로 묶은 것이 아닌가 추측된다. 전신주, 창문 있는 집들, 벤치, 외인 묘지, 교회당의 탑 등은 조선의 풍경이 아니다.

이 시는 부산했던 한낮이 지나고 쓸쓸한 황혼, 묘지의 수풀에 별빛이 흐릿하게 내린 밤, 태양이 오전 열시를 가리킬 즈음 낡은 교회당의 생동감 넘치는 종소리를 차례대로 묘사하고 있다. 이 풍경은 감정이 겉으로 흐르지 않도록 주관이 제거되어 있다. 하지만 사물을 '고독한, 우두커니, 가느다란' 등으로 서술한 구절들은 쓸쓸하고 야윈 심정을 짐작할 수 있게 한다. '소녀들의 웃음', '꽃'과 같은 생기가 시들고 음울한 풍경에 내리는 가녀린 별빛은 생명을 겨우 유지하고 있는 느낌을 준다. 태양이 중천 가까이 뜨고서야 생명을 약동하는 종소리가 울려 퍼진다. 풍경 속에 감정을 응축하려고 시도하고 있는 것이다. 이 가운데 특히 '분수처럼 흩어지는 푸른 종소리'라는 구절은 종소리의 생명력을 감각적으로 묘사한 기법으로 김광균의 회화적 기법의 조형성을 뚜렷이 보여준다.

하지만 이 시는 기법의 구체성과 달리 정서는 매우 모호하다. 풍경의 변화에 따른 느낌의 변화를 느낄 수 있지만 그 느낌이 외적 인상에 머물러 있다. 풍경의 변화를 통해 죽음에서 생명으로 구원을 다루고 있다는 해석이 있기도 하지만 무리라는 생각이 든다. 풍경의 모자이크이지 일관된 주제의식이 흐르고 있지 않기 때문이다. <외인촌>은 인상과 그림을 조합해 시적 언어로 바꾼 회화적 언어의 실험 수준을 넘지 못한다. 이후 창작된 <추일서정> 역시 문명 비판의 성격을 보여주지만 피상적인 수준이고 기법의 측면에서 <외인촌>의 감각적 언어를 더욱 적극적으로 밀고 간 것이라 할 수 있다.

> 낙엽은 폴란드 망명 정부의 지폐
> 포화에 이지러진

도룬시(市)의 가을 하늘을 생각하게 한다.
길은 한 줄기 구겨진 넥타이처럼 풀어져
일광(日光)의 폭포 속으로 사라지고
조그만 담배 연기를 내뿜으며
새로 두 시의 급행 열차가 들을 달린다.

김광균, &lt;추일서정&gt; 부분

'낙엽'을 '폴란드 망명정부의 지폐'에 비유하고, 다시 '포화에 이지
러진 도룬시의 가을 하늘'에 연결하는 감각은 단순한 풍경 묘사를 넘
어 사물을 전혀 다른 차원의 사물과 연결시켜 회화성에 입체성을 부여
하고 있다. '길'과 '구겨진 넥타이'의 비유나 '담배연기'와 '기차의 연
기'의 비유도 &lt;와사등&gt;에서 '분수처럼 흩어지는 푸른 종소리'란 구
절을 제외한 단순한 감각적 묘사와 비교하면 훨씬 입체적인 질감이다.
회화성을 확보하기 위해 비유의 기법을 한층 발전시킨 것이다. 김광균
은 소재를 바꾸어 삶을 밀도 있게 다룰 때도 감상적인 차원을 넘어서
지 못한다.

칸나의 입술을 바람이 스친다
여윈 두 어깨에 햇빛이 곱다

칸나의 꽃잎 속엔
죽은 동생의 서러운 얼굴
머리를 곱게 빗고 연지를 찍고
두 눈에 눈물이 고이여 있다

아무도 없는 고요한 대낮
비인 마당 한 구석에서
우리 둘은 쓸쓸히 웃는다

김광균, &lt;대낮&gt; 전문

제2부 한국현대시사 교육의 방향과 실제

이 시는 도시문명과 관련된 어휘가 등장하지 않는다. 시어가 자연
물과 인간사와 관련되어 있다. 뿐만 아니라 감정을 시적 상관물을 통
해 바꾸던 기법에서 대상을 직접적으로 묘사하는 기법으로 달라져 있
다. 입체적인 회화성마저 후퇴하고 있다. 칸나를 바라보며 죽은 동생의
서러운 모습을 떠올리고 쓸쓸해 하는 심정을 직접적으로 묘사하고 있
는 것이다. 그러므로 김광균은 한국현대시사에서 창작기법으로서 모더
니즘을 수용해 비유를 통해 입체적 회화성을 증대한 시인으로서 의미
를 가질 수 있을 것이다.

또 다른 기법으로서 모더니즘을 수용한 시인으로 정지용을 들 수
있다. 정지용은 동경 유학 시절 영미문학을 공부하면서 1926년 ≪학
조≫에 <카페 프란스>, <파충류동물원> 등의 모더니즘 형태의
시와 1927년 ≪조선지광≫에 토속적 세계를 이미지화 한 <향수>
등을 발표하였다. 이후 카톨릭 신앙의 종교시를 쓰다가 1930년대 후반
에는 서구적 취향을 벗어나 동양적 정신을 담은 시를 썼다. 정지용은
모더니즘을 정신적인 것이 아니라 기법으로 인식하고 있었던 것이다.
당시 김기림이 정지용의 시를 모더니즘 시로 극찬한 것은 모더니즘 정
신이 이니라 언어의 혁신을 두고 한 말이었다.

고래가 이제 횡단 한 뒤
해협이 천막처럼 퍼덕이오.

…… 흰 물결 피어오르는 아래로 바둑돌 자꾸 자꾸 나려가고,

은방을 날리듯 떠오르는 바다종달새……

한나절 노려보오 움켜잡어 고 빨간살 뺏으려고.

미역잎새 향기한 바위 틈에
진달래꽃빛 조개가 햇살 쪼이고,
청제비 제 날개에 미끄러져 도―네
유리판 같은 하늘에.
바다는 ―― 속속 드리보이오.
청댓잎 처럼 푸른
바다
봄

정지용, <바다 6> 부분

이 시는 정지용 시의 감각적 표현을 엿볼 수 있게 한다. 고래가 지
나 간 뒤 물결을 '퍼덕이는 천막'으로 비유하고, 바다 종달새가 조갯살
을 노리며 떠오른 모습을 '은방울 날리듯'으로 비유한 것이 신선하면
서 경쾌한 느낌을 준다. 미역 잎새의 향기, 연분홍 조개 색깔, 청제비
날개의 움직임, 맑은 하늘이 비친 유리판같이 투명한 바닷물이 얼려
생동감 넘치는 모습을 생생하고 아름다운 감각으로 묘사하고, 이 명랑
한 풍경을 다시 청댓잎에 비유함으로써 봄 바다의 생명력을 유감없이
표현하고 있다. 김기림이 "정지용은 거진 천재적 민감으로 말의(주로)
음의 가치와 '이미지', 청신하고 원시적인 시각적 '이미지'를 발견하였
고, 문명의 새 아들의 명랑한 감성을 처음으로 우리 시에 이끌어 들였
다."28)고 평가한 근거를 확인할 수 있다. 이 시에서는 모더니즘의 정신
이 표현되었다기보다는 뛰어난 언어 감각이 한국현대시의 언어를 새롭
게 혁신한 점이 돋보이는 것이다. 그러나 서구적 문명을 확인할 만한
표현은 전혀 없다. 정지용의 시는 서구적 문명을 끌어들일 때도 감각
적 언어로 표현하지만 문명에 대한 뚜렷한 인식을 보여주지 않는다.

---

190     28) 김기림, 「모더니즘의 역사적 위치」, ≪인문평론≫(1939. 10), 84면.

내어다 보니
아조 캄캄한 밤,
어험스런 뜰 앞 잣나무가 자꾸 커올라간다.
돌아서서 자리로 갔다.
나는 목이 마르다.
또, 가까이 가
유리를 입으로 쫏다.
아아, 항안에 든 금붕어처럼 갑갑하다.
별도 없다, 물도 없다, 휘파람 부는 밤.
소중기선처럼 흔들리는 창.
투명한 보랏빛 누뤼알 아,
이 알몸을 끄집어내라, 때려라, 부릇내라.
나는 열이 오른다.
뺨은 차라리 연정(戀情)스레히
유리에 부빈다, 차디찬 입맞춤을 마신다.
쓰라리, 알연히, 그싯는 음향 ㅡㅡㅡ
머언 꽃!
도회에는 고운 화재가 오른다.

정지용, &lt;유리창 2&gt; 전문

이 시는 유리창 안에 유폐된 자아의 심정이 그려져 있다. 바깥 풍경은 캄캄하면서도 텅 비어 있고 우중충하다. 잣나무가 자꾸 커 올라가는 것처럼 느껴지는 것은 불안하고 두려운 심정을 드러낸다. 그렇지만 방 안에 있는 것도 갑갑하고 목이 마르다. 유리창 밖으로 나가고 싶어 한다. 이렇듯 불안하고 답답한 자신을 어항에 갇힌 금붕어로 비유하고 있다. 다음에는 별도 없는 밤, 물도 없고 바람이 휘파람 소리를 내며 창문을 흔들고, 여기에 우박이 유리창을 두드리는 상황을 묘사하고 있다. 그러나 이 상황은 풍경을 넘어 시인의 감정을 발산한다. 김광균이 보여주었던 사물의 인상과 달리 심리적 긴장을 유발시키고 있는 것이

다. 이어서 쏟아지는 우박에게 자신을 꺼내달라 애원하지만 우박은 유
리창을 깨뜨리지 못하므로 열이 더 오른다. 우박이 떨어지는 강렬한 음
향 속에서 도시의 불빛을 바라본다. 마지막에 도시를 향한 갈망은 도시
의 불빛을 꽃으로, 고운 불길로 나타나고 있다. 이 시는 도시 밖의 공
간에 유폐된 자아가 도시공간을 향한 열망을 표현하고 있는 것이다. 이
시에 나타난 불안과 답답함도 문명과 관련이 없는 존재의 불안이다. 이
상(李箱)이 보여준 문명의 내면화에서 비롯된 불안과 답답함과 다른 차
원의 것이다.

> 한 밤에 벽시계는 불길한 탁목조(啄木鳥)!
> 나의 뇌수를 미싱바늘처럼 쫏다.
>
> 일어나 쫑알거리는 <시간>을 비틀어 죽이다.
> 잔인한 손아귀에 감기는 가녀린 모가지여!
>
> 오늘은 열시간 일하였노라.
> 피로한 이지(理智)는 그대로 치차(齒車)를 돌리다.
>
> 나의 생활은 일절 분노를 잊었노라.
> 유리 안에 설레는 검은 곰 인양 하품하다.
>
> 꿈과 같은 이야기는 꿈에도 아니 하련다.
> 필요하다면 눈물도 제조할 뿐!
>
> 어쨌든 정각에 꼭 수면하는 것이
> 고상한 무표정이오 한 취미로 하노라!
>
> 명일(明日)!(日자가 아니어도 좋은 영원한 혼례!)
> 소리없이 옮겨가는 나의 백금 체펠린의 유유한 야간항로여!

정지용, &lt;시계를 죽임&gt; 전문

이 시는 문명의 질서가 강요하는 질서의 불편을 묘사하고 있다. 노동을 끝내고 수면을 취하려고 해도 째각거리는 시계 소리가 신경을 거슬린다. 그보다 더 불편한 것은 시계바늘을 멈추어도 톱니바퀴 돌아가듯 계속해서 멈추지 않는 이지(理智)의 노동이다. 정해진 시간을 따라가는 생활 때문에 분노조차 잊고 갇힌 짐승처럼 하품을 하는 존재가 되어 있다. 희망을 꿈꾸는 것조차 불가능하다. 마음대로 슬퍼하지도 못하고 생활에 따라 눈물조차 제조하고 있는 형국이다. 시간에 따라 무표정하게 잠드는 것이 고상한 취미가 되어 있다. 내일은 이미 정해진 시간에 저당 잡혀 있으므로 사는 것이 어둠 속을 비행하는 전투비행선이나 다름없다. 짜여진 시간표대로 움직이는 생활 이외의 것을 꿈꿀 수가 없다. 근대적 문명을 눈물조차 제조할 수밖에 없는 참담한 세계로 인식하고 그 어두운 문명 속을 영원히 비행할 수밖에 없는 처지를 안타까워하고 있는 것이다.

정지용의 이러한 문명의식은 이후 시를 자연과 신앙의 세계로 향하게 한다. 문명의 생활에서 느끼는 불편과 존재의 불안을 해소하고 정신적 안정을 찾기 위한 노력이었다. 1939년 이후 정지용이 동양적인 은일(隱逸)의 세계로 나아간 것도 같은 맥락이다. 이러한 정지용 시의 변화가 드리운 음영은 정지용 시의 모더니즘 수용 양상을 가늠하게 한다. 정지용은 초기에 서구모더니즘 시의 형태와 언어를 수용하였지만 모더니즘을 정신적 지향으로 삼지 않았으며, 오히려 문명에 대해 불편을 느끼고 있었던 것으로 보인다. 한국현대시사에서 정지용의 공과는 모더니즘을 기법적으로 수용하여 시의 언어를 예민한 감각으로 조소적으로 구축하여 현대시의 언어의 수준을 높인 데 있다고 할 수 있다.

모더니즘을 기법으로 수용한 시인들은 이외에도 많지만 이 가운데 토속적인 세계를 감각적 언어로 묘사한 백석은 독특한 면모를 보여준

193

다. 백석은 부친 백용삼이 사진사로 ≪조선일보≫ 사진 반장까지 지냈던 것으로 보아 사진의 영향을 많이 받은 것으로 보인다. 백석의 시는 주변의 일상을 사진으로 담아내듯이 감정을 절제하고 사실과 이야기를 감각적으로 묘사하는 방식을 취하는 경우가 많다.

> 옛날엔 통제사가 있었다는 낡은 항구의 처녀들에겐 옛날이 가지 않은 천희라는 이름이 많다
> 미역오리같이 말라서 굴껍지처럼 말없이 사랑하다 죽는다는
> 이 천희의 하나를 나는 어느 오랜 객주집의 생선가시가 있는 마루방에서 만났다
> 저문 유월의 바닷가에선 조개도 울을 겨녁 소라방등이 불그레한 마당에 김냄새 나는 비를 내렸다
>
> 백석, <통영> 전문

이 시는 도시적 문물은 전혀 나타나지 않는다. 통영의 풍물과 정취를 묘사하고 있을 뿐이다. '천희'의 전설과 통영의 정취가 감각적인 언어로 묘사되어 있다. 소라 껍질로 만들어서 방에 켠 등불, 생선을 먹고 남긴 가시, 김냄새 나는 비는 통영의 정취를 돋구는 것들이다. 그곳에 항구의 한 처녀가 앉아 있는 장면이다. 심지어 사랑의 전설조차 '미역오리같이 말라서 굴껍질처럼 말라죽는다'는 감각적 묘사를 통해 전달하고 있다. 백석의 시선은 카메라처럼 주관을 배제하고 객관적 대상을 포착하고 있을 뿐이다. 백석의 이러한 지향은 제임스 조이스를 소개하는 글에서도 잘 나타난다. "조이스는 외부의 세계를 사실(寫實)하는 데 놀라울 만치 '리얼'한 힘을 가진 것으로 유명하거니와 그 힘을 주는 것은 곧 이 정확성이다."[29] 백석은 조이스처럼 외부세계를 정확

---

194　　29) 백석, 「"죠이쓰"와 애란문학 — 띠·에스·미·르스키」, ≪조선일보≫(1934. 9. 12).

하게 사실적으로 재현하고자 한 것이다. 조이스의 심리주의보다는 정확한 표현에서 시의 회화성을 읽어낸 것이다. 뿐만 아니라 조이스의 방언을 민족적인 것으로 평가하면서 향토적인 것을 소중히 여긴다. 백석이 시에서 방언을 사용하고 향토적 소재를 취하는 것과 같은 맥락을 이루고 있다. 그러나 향토적인 것을 사실적으로 표현한 백석의 시는 정치적 변혁의 지향이나 민중의 생활에 대한 천착은 보이지 않는다. 가끔 <팔원(八院)> 같은 시에서 민중의 모습이 포착되기는 하지만 그 것은 향토적인 것을 취재하는 과정에 포착된 풍경에 지나지 않는다. 다만 토속적인 고향이나 사람들에 대한 끈끈한 애정을 엿볼 수는 있다.

> 거리에는 모밀내가 났다
> 부처를 위하는 정갈한 노친네의 내음새 같은 모밀내가 났다
>
> 어쩐지 향산(香山) 부처님이 가까웁다는 거린데
> 국수집에서는 농짝 같은 도야지를 잡어 걸고 국수에 치는 도야지
> 고기는 돗바늘 같은 털이 드문드문 백였다
> 나는 이 털도 안 뽑은 도야지 고기를 물끄러미 바라보며
> 또 털도 안 뽑은 고기를 시커먼 맨모밀국수에 얹어서 한입에 꿀꺽
> 삼키는 사람들을 바라보며
>
> 나는 문득 가슴에 뜨끈한 것을 느끼며
> 소수림왕을 생각한다 광개토대왕을 생각한다
>
> 백석, <북신(北新)> 전문

이 시는 '털도 안 뽑은 도야지 고기'와 '시꺼먼 맨모밀국수'를 먹는 사람에게서 건강한 야성을 느끼며 뜨거운 동족애를 느끼고 있다. 건강한 식욕에서 대륙을 호령하던 고구려인의 야성인 민족의 생명력을 발

견한 것이다. 백석의 토착적인 것에 대한 애착이 풍물을 넘어서 민족적인 정서를 획득하는 순간이다. 이러한 백석 시의 특징은 한계이기도 하다. 언제나 사진처럼 순간을 포착하는 토속적 세계는 정서를 환기시키지만 현실에 대한 천착으로 나가지는 못한다. 백석의 시는 한국현대시사에서 토속적 세계를 사진처럼 감각적으로 포착함으로써 한국적 정서를 묘사해낸 기법의 측면에서 의미를 갖는다고 할 수 있다. 모더니즘의 창작기법 수용은 이외에도 장만영 등 많은 시인들에 의해 이루어져 1930년대 한국현대시의 폭넓은 자장을 형성하였다.

> 순이(順伊) 벌레 우는 고풍한 뜰에
> 달빛이 밀물처럼 밀려왔구나!
>
> 달은 나의 뜰에 고요히 앉아 있다.
> 달은 과일보다 향그럽다.
>
> 동해바다 물처럼
> 푸른
> 가을
> 밤
>
> 포도는 달빛이 스며 고웁다.
> 포도는 달빛을 머금고 익는다.
>
> 순이 포도넝쿨 밑에 어린 잎새들이
> 달빛에 젖어 호젓하구나!
>
> 장만영, <달·포도·잎사귀> 전문

이 시에서 달이 뜨기 전 청각적 심상이 달이 뜨자 시각적 심상으로 바뀌는 것이나, 달이 뜬 순간 달빛을 '밀물'로 묘사하면서도 달은 '고요히 앉아 있는 것'으로 묘사한 것은 감각의 운동성을 예리하게 포착하고 있다. 인상파 화가가 빛의 운동성을 포착하고 표현하는 것과 견줄 만하다. 푸른 달빛과 대비되는 환한 달의 색채는 달을 향기로운 과일로 변환시키며, 푸른 달빛이 온 천지에 가득하도록 한 붓의 움직임은 달빛의 인상을 선명히 하고 있는 것 같다. 이 정원에 포도넝쿨과 포도, 어린 잎새가 달빛에 반짝이며 제 빛깔을 고요히 내 뿜으니 달밤의 호젓하면서도 에너지 넘치는 풍경이 완성된다. 최재서가 장만영의 시를 "이미지와 운동이 합쳐 세련된 위트를 보여준다."[30]고 지적한 것은 빛의 운동성을 세련된 감각으로 표현하면서도 자연스러워 생경함을 넘어서기 때문일 것이다. 이러한 장만영의 성과는 서구 이미지즘을 즉물적으로 수용한 한국 이미지즘 시의 면모를 벗어나지 못하지만 서구적인 이미지를 거의 사용하지 않고도 이미지즘의 면모를 보여준다는 점에서 시사하는 바가 크다. 서구적 이미지즘의 의식적 지향이 토착화할 가능성을 보여주고 있는 것이다.

에즈라 파운드와 같은 서구 이미지즘의 대가가 중국 한시의 영향을 받았다는 것을 상기해 볼 때, 한시적 전통이 살아 있는 한국 문단의 특수성은 서구 이미지즘을 쉽게 토착화할 토양을 갖고 있었던 것으로 보인다. 정지용이 이미지즘 기법으로 동양적 세계를 표현한 시를 위시해 많은 시인이 전원적인 것, 전통적인 것을 이미지즘 기법으로 형상화한 것이 그 예라고 할 수 있겠다.

## 4. 인간과 전통적 가치를 재발견한 서정시

1920년대 한국현대시에서 제시된 정서의 운율화 문제는 한 동안

---

30) 최재서, 『문학과 지성』(인문사, 1938), 251면.

더 이상 발전하지 못하고 유보된 것처럼 보였다. 서구의 사상을 토대로 하는 한국현대시가 계급성과 회화성을 추구하면서 감정을 배제하고 운율을 등한시했기 때문이다. 서구 사상과 시의 수용은 한편 변화하는 현실에 대한 관심을 집중함으로써 인간과 전통적인 가치에 대한 탐구를 상대적으로 약화시켰다. 이러한 시단의 흐름 속에서도 정서의 운율화, 전통적인 가치의 재발견, 인간에 대한 탐구 등의 문제가 제기된다. 김영랑으로 대표되는 운율, 정지용으로 대표되는 동양적 자연, 서정주로 대표되는 인간 탐구 등이 그 예라 할 수 있다. 세 시인은 모두 한국현대시의 독자성을 확립하는 계기를 만들었으며, 해방 후 한국현대시의 흐름에 지대한 영향을 미친 시인이라고 할 수 있다. 김영랑은 언어의 결에 따라 서정이 발생하는 서정시의 지평을 열었고, 정지용은 동양적 자연을 감각적 언어로 형상화하는 지평을 열었으며, 서정주는 인간에 대한 탐구를 통해 존재에 대한 탐구의 지평을 열었다. 또, 정지용의 추천으로 등단한 청록파 시인들은 각자 독자적인 시 세계를 열어간다. 조지훈은 고전적인 것의 미를, 박목월은 무갈등의 이상적 자연을, 박두진은 영성의 자연을 개척한다.

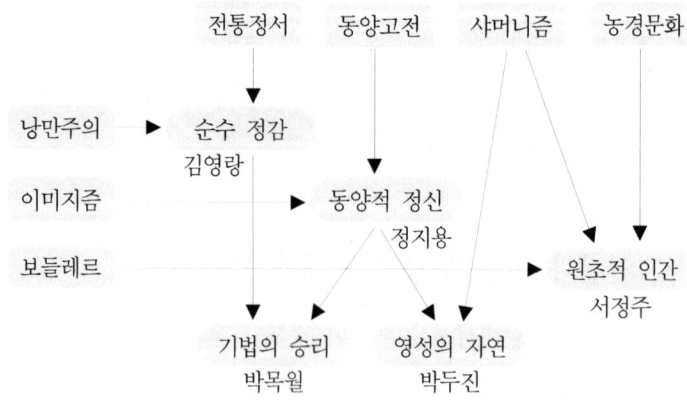

## 4-1. 순수 정감을 재발견한 서정시

김영랑은 1930년대 초 ≪시문학≫에 30여 편의 작품을 발표하면
서 순수서정시의 새로운 모습을 보여준다. 사상과 관념을 배제하고 정
감만을 언어의 결에 따라 직조한 시는 이전에 볼 수 없었던 현대시의
새로운 면모였다. 그것은 김소월 시의 생활 감정과 달리 생활도 배제
한 순수한 무의식적 정서이며, 일체의 정신적 지향을 보여주지 않는
감정이었다. 그의 시집은 이러한 특성을 음악성을 통해 구현한다.『영
랑시집』은 발표 당시 제목도 지우고 번호만을 붙여 짧은 단형의 시들
을 연속해서 수록해 음악 악보 형태를 의도적으로 취하고 있다.

> 내마음의 어딘듯 한편에 끗업는
>   강물이 흐르네
> 도처오르는 아츰날빗이 빤질한
>   은결을 도도네
> 가슴엔 듯 눈엔 듯 또 피ㅅ줄엔 듯
> 마음이 도른도른 숨어잇는곳
> 내마음의 어딘 듯 한편에 끗업는
>   강물이 흐르네
>
> 김영랑,『영랑시집』의 1, 전문

이 시는 운율이 정서를 이끌고 가기 때문에 하나의 시어가 독자적
인 이미지로서 부각되지 않고 있다. 모더니즘 시에서 하나의 이미지가
독자적으로 강렬한 의미를 구축해 조형성을 구축하는 것과 다르다. 시
전체가 하나의 감정 덩어리를 이루고 있어 음악의 선율을 따라가듯 감
상할 수밖에 없다. 서양음악과 판소리에 조예가 깊었던 시인이 회화적
인 시에 대응하여 시에서 음악성을 실천하려 한 것으로 보인다. 시집

199

에 제목을 없애고 숫자를 붙인 것이나 형태의 반복은 서양 음악을 닮아 있다. 뿐만 아니라 언어의 결을 맞추기 위해 음상이나 음을 반복해서 사용하는 것도 음의 조화를 추구하는 음악의 특성을 구현하고 있다.

음악성의 추구는 김영랑의 정신적 지향에서 촉발된다. 그의 시는 외적인 자극에 대한 반응이 아니라 내부에서 촉발되는 감정을 묘사한다. 그것은 시인 스스로도 알 수 없는 무의식적인 정서다. '내마음의 어딘 듯 한 편에 끝없는/ 강물이 흐르네'는 짐작할 수 없는 미묘한 감정으로 의미를 규정할 수가 없다. 전체적으로 밝고 따뜻하고 상쾌한 느낌을 주지만 그것의 정체를 알 길이 없다.

이 시는 발표 당시 제목인 '동백잎에 빛나는 마음'과 관련지을 때 해석의 가능성이 보인다. 매끄러운 동백잎에 부딪치며 반사되는 아침 빛의 수많은 반짝임을 볼 때 순간 자신도 모르게 마음이 환하게 열리는 느낌을 묘사하고 있다. 시인 스스로도 어디서 연유하는지 알 수 없는 감정으로, 사상이나 관념 이전에 '가슴엔 듯 눈엔 듯 또 핏줄엔 듯' 육감에 가깝다. 생활과 관념에 시달리는 의식의 틈새에 순간 밀려와 온 마음과 육체를 지배하는 감정인 것이다. 김영랑의 시는 이렇듯 무의식적인 감정의 흐름을 따라가는 언어다. 흐름에 따라 언어의 결을 만들고, 그 결을 살리기 위해 언어를 갈고 다듬어 내는 것이다. 심지어 슬픔조차 아름다운 언어로 갈고 다듬어 낸다.

8

쓸쓸한 뫼아페 후젓이 안즈면
마음은 갈안즌 앙금줄가치
무덤의 잔디에 얼골을 부비면
넉시는 향맑은 구슬손 가치
산골로 가노라 산골로 가노라

무덤이 그리워 산골로 가노라

김영랑, 『영랑시집』의 8, 전문

이 시는 죽은 사람을 그리는 마음이 아름다운 감각과 운율을 이루고 있다. 무덤 속의 사람을 대하는 태도가 저미는 슬픔이 아니다. 무덤에 앉으면 마음이 양금(洋琴)의 차분하고 맑은 음처럼 가라앉는다. 무덤의 잔디는 죽은 사람의 살결이 되고, 영혼은 향을 풍기는 구슬로 다가온다. 그 맑은 향과 부드러운 살결이 그리워 산골 무덤으로 간다. 슬픔조차 싱그럽고 아름다운 감각으로 묘사하는 '촉기(燭氣)의 미학'을 보여주고 있는 것이다. '촉기의 미학'은 김용직이 서정주의 증언에서 시인이 이화중선의 판소리를 '슬픔을 노래부르면서도 그 슬픔을 떨어뜨리지 않는 싱그러운 음색의 기름지고 생생한 기운'이라 말한 것을 김영랑 시의 특성으로 지적한 말이다.[31] 이러한 지적은 슬픔의 감정을 분출하지 않고 아름다운 언어와 생생한 운율로 묘사한 이 시의 특성을 정확하게 설명하고 있다. '촉기의 미학'은 생활의 감정을 철저히 배제하고 만물을 순수하고 아름다운 세계로 묘사하는 미의식인 것이다.

이러한 김영랑의 미의식과 시는 박용철에 의해서 옹호되면서 박용철의 시론은 김영랑 시를 이해하는 관점이 되었다. 박용철은 '시를 절대적 존재로 규정하고, 시는 일상적인 평균의 감정보다 더 고귀하고 예민한 정서'[32]임을 강조하였다. 김영랑의 시를 문학의 자율성을 추구한 순수서정시로 이해하게 된 것은 이러한 시론이 바탕이 되었으며, 또 한편으로 김영랑의 순수한 미의식을 유미주의로 규정하는 계기가 되기도 하였다.

---

31) 김용직, 앞의 책, 106면 참조.
32) 박용철, 「≪시문학≫ 창간에 대하여」, ≪조선일보≫(1930. 3. 2).

모란이 피기까지는
나는 아직 나의 봄을 기다리고 있을테요
모란이 뚝뚝 떨어져 버린 날
나는 비로소 봄을 여읜 설움에 잠길테요
오월 어느날 그 하루 무덥던 날
떨어져 누운 꽃잎마저 시들어 버리고는
천지에 모란은 자취도 없어지고
뻗쳐오르던 내 보람 서운케 무너졌느니
모란이 지고 말면 그뿐 내 한 해는 다 가고 말아
삼백예순날 하냥 섭섭해 우웁내다
모란이 피기까지는
나는 아직 기다리고 있을테요 찬란한 슬픔의 봄을

김영랑, 『영랑시집』 45, 전문

이 시는 모란꽃이 지는 순간 느끼는 무상감(無常憾)과 모란꽃을 기다리는 마음을 보여준다. 세월의 흐름에 따라 꽃이 지는 것이 허망하지만 또 다시 아름다운 꽃을 기다릴 수밖에 없는 숙명과 그 숙명을 거스르지 않는 마음이 있다. 자연의 거대한 흐름 속에서 운명을 거스를 수 없는 자의 비애와 자연의 아름다움을 기다리는 겸허하면서도 절절한 심정이 느껴진다. 자연 속에서 살아가는 찰나적인 기쁨을 즐기고 기다리는 모습에는 김영랑의 세계관과 미의식이 반영되어 있는 것이다. 하지만 아름다움을 추구하는 태도에는 역설적으로 삶에 대한 비애가 그만큼 함축되어 있는 것을 간과해서는 곤란하다. 삶의 비애에 맞서 적극적으로 싸우는 것만이 예술일 수는 없다. 삶의 비애에 빠져들지 않기 위해 스스로를 자연 속으로 퇴행시키며 자연의 질서에 내맡기는 것도 예술의 한 방향일 수 있다. 김영랑의 시는 우주 속에 가녀린 존재인 인간이 자신을 자연에 맡길 때 열리는 육감을 통해 자연의 아름다움을 묘사하고 있는 것이다.

이상에서 살폈듯이 김영랑이 당대 유행한 한국현대시의 회화성에 대응한 음악성은 한국현대시의 편향을 바로잡는 계기를 만들고 있으며, 스스로 자연 속으로 퇴행해 자연을 순수한 정감으로 노래한 것은 예술의 새로운 방향을 재인식하게 하였다. 뿐만 아니라 이러한 음악성과 순수함 정감은 이후 한국현대시에서 운율과 정서가 일치하는 서정시의 흐름을 형성하는 토대를 만들었다고 할 수 있다.

## 4-2. 동양적 정신을 재발견한 서정시

정지용은 ≪문장≫에 관계할 즈음 동양적인 것에 대한 관심이 증대된다. 초기 서구적 이미지즘 영향의 즉물적인 시를 쓰다가 관념시라 할 수 있는 종교시를 쓰던 정지용이 동양적인 것을 지향하는 변화는 한국현대시에서 문제적이다. 그가 줄곧 던졌던 '현대시란 무엇인가'라는 질문의 대답이 동양적 가치로 귀착됨으로써 한국현대시가 비로소 한국적인 독자성을 확보하는 토대가 되었기 때문이다.

골짝에는 흔히
유성(流星)이 묻힌다.

황혼에
누뤼가 소란히 쌓이기도 하고,

꽃도
귀양사는 곳,

절터ㅅ드랬는데
바람도 모이지 않고

산그림자 설핏하면

사슴이 일어나 등을 넘어간다.

정지용, <구성동> 전문

이 시는 시인의 정신적 지향을 담고 있는 산수다. 동양화의 자연이 정신적 지향의 상관물로 재구성되듯이 구성동의 풍경은 정신의 음영이 드리워져 있다. 구성동은 세속의 인간이 감히 범하기 힘든 공간이다. '유성이 묻힌 곳'은 인간의 발길이 미치지 않는 공간이며, '황혼에 소란스레 우박이 쌓이는 곳'은 함부로 범하기 어려운 공간이다. 꽃도 보기 드물 정도의 고도(高度)를 지닌 곳이다. 더구나 절터를 스쳐가는 바람만 떠도는 곳이니 인간이 머물만한 장치가 없다. 그곳에 사슴만이 노닐다가 등성이를 넘어간다. 그럼에도 이곳에 발을 들여놓은 시인은 누구인가. 인간사를 넘어서지 않고서야 이곳에 오지 못했을 것이다. 구성동의 고도에 오른 시인은 세속의 안위를 넘어선 것이라 할 수 있다. 사슴이 등성이를 넘듯이 고고한 정신의 소유자라는 것이다. 정지용의 이러한 정신은 동양적인 극기정신에 닿아 있다. 동양적 극기정신은 외적인 상황이 불리할 때 내적인 투쟁을 통해 현실을 극복하는 삶의 방식이다. 그의 시는 실제로 내적인 투쟁을 보여준다.

벌목정정(伐木丁丁)이랬거니 아람도리 큰솔이 베혀짐즉도 하이 골이 울어 멩아리 소리 쩌르릉 돌아옴즉도 하이 다람쥐도 좃지 않고 뫼ㅅ새도 울지 않어 깊은 산 고요가 차라리 뼈를 저리우는데 눈과 밤이 조히보담 희고녀! 달도 보름을 기달려 흰 뜻은 한밤 이골을 걸음이랸다? 웃절 중이 여섯판에 여섯번 지고 웃고 올라간 뒤 조찰히 늙은 사나히의 남긴 내음새를 줍는다? 시름은 바람도 일지 않는 고요에 심히 흔들리우노니 오오 견디련다 차고 범연(凡然)히 슬픔도 꿈도 없이 장수산 속 겨울 한밤내ㅡㅡ

정지용, <장수산 1> 전문

동양 고전이 『시경(詩經)』의 벌목정정(伐木丁丁)을 인용한 것부터가 시인의 정신적 지향이 동양적인 것에 쏠려 있음을 보여준다. 시인은 동양적인 정신을 통해 불리한 상황에 맞서고 있었던 것이다. 이 시에서 산은 생명의 활동이 전혀 없는 공간이다. 자연으로서 활동보다는 고적한 공간의 이미지다. 벌목 소리가 쩌르렁 울리는 메아리가 들여옴 직도 하다는 것은 산 속에 홀로 기거하는 인간의 심경을 강화하는 수사에 지나지 않는다. 다람쥐나 멧새마저 잠적할 정도의 고요한 곳이다. 그 고요 속에 눈과 달빛만이 가득하다. 그러나 이 산은 조찰히 늙은 중과 중의 내음새를 줍는 행위를 통해서 변환된다. 놀이에 여섯 번이나 지고도 웃고 가는 중의 탈속적인 행위가 형성되는 공간이다. 탈속을 통한 즐거움을 구가할 수 있는 해방의 공간이다. 아직 화자가 이러한 탈속의 세계에 진입하지 못해 '오오 견듸련다' 다짐하는 차원이지만, 슬픔도 꿈도 없이 견디는 시공이라는 것이 중요하다. 산은 일상사와 단절하여 스스로 고독해지고 모든 감정과 욕망을 비우는 공간인 것이다. 이것은 전통적으로 동양에 널리 퍼져있는 수양과 해탈의 이미지다. 세속적인 세계로부터 떨어져 스스로 정신적 평화를 찾으려는 구도적 공간인 것이다. 정지용의 이러한 지향은 감정의 절제를 통해 더욱 자연에 밀착되어 간다.

9

가재도 기지 않는 백록담 푸른 물에 하늘이 돈다. 불구에 가깝도록 고단한 나의 다리를 돌아 소가 갔다. 쫓겨온 실구름 일말(一抹)에도 백록담은 흐리운다. 나의 얼굴에 한나절 포긴 백록담은 쓸쓸하다. 나는 깨다 졸다 기도조차 잊었더니라.

정지용, <백록담> 부분

산정에 이르러 하늘과 산정이 일체화된 공간에 진입한다. 이 곳은 인간의 육체가 불구가 될 정도로 소진되면서 이른 고도(高度)로, 소와 사람이 구별될 수 없는 공간이다. 하늘과 땅, 사람과 동물이 일체화 된 공간으로 티끌 하나에도 흐려질 정도로 투명한 공간이다. 그 투명한 세계에 자신도 얼굴을 포개며 동참하고 있다. 마침내 모든 것을 초월하는 쓸쓸함마저 넘어서 자연 속에 자신을 놓음으로써 무념무상(無念無想)에 빠져들고 있다. 이러한 시인의 모습은 이후 현실 세계의 끈을 놓아버릴 우려를 보여준다.

> 노주인의 장벽(腸壁)에
> 무시로 인동 삼긴물이 나린다.
>
> 자작나무 덩그럭 불이
> 도로 피여 붉고,
>
> 구석에 그늘 지여
>
> 무가 순돋아 파릇하고,
>
> 흙냄새 훈훈히 김도 사리다가
> 바깥 풍설(風雪)소리에 잠착하다.
> 산중에 책력(冊曆)도 없이
> 삼동이 하이얗다.

정지용, &lt;인동차&gt; 전문

이 시는 노주인을 이상적인 은자의 모습으로 정지용의 노성한 정신 세계라는 평가를 받고 있다. 그러나 이 시를 현대시의 정신주의라 부르는 것이 타당한 것인지 의문이다. 또, 감각적인 언어를 들어 현대시라 부르는 것도 적절한 평가로 보이지 않는다. 노주인의 이미지나 정신은 한시나 시조에서 이미 수없이 확인되며, 단순한 감각적 묘사는 한시에서도 적지 않게 발견된다. 이 시는 현실 끈을 놓으면서 현대시로서 생명을 잃어버리고 고전적 취향으로 전락하고 만 것이다.

정지용의 시는 내적인 투쟁을 통해 동양적인 정신을 추구할 때는 근대적 삶의 현장성이 존재하지만 내적 투쟁을 멈출 때는 고전적 정신을 답보하는 참담한 실패를 보여준다. 그러나 그의 성공은 ≪문장≫을 통해 등단한 몇몇 시인들에 이어지면서 한국현대시의 한 계보를 이룬다. 그 대표적인 시인들이 청록파 시인이다.

## 4-3. 전통을 극복한 기법과 신자연

정지용의 추천으로 ≪문장≫을 통해 등단한 조지훈, 박목월, 박두진 등은 한국현대시의 한 계보를 이룬다. 세 시인은 해방 직후 공동시집인 『청록집』을 발간하면서 청록파로 불려지게 되었다. 이들 가운데 조지훈은 해방 직후 분단 문학가동맹에 맞서서 청년문학가협회를 주도하면서 분단 이후 남한 문단의 핵심적 지위를 확보하였다. 특히 수많은 시인이 월북 혹은 납북되면서 그들의 시가 불온한 것으로 취급되고 금지되었던 이데올로기 정국에서 청록파의 시는 상대적으로 고평가 된 감이 있다. 그러나 청록파 시인의 시는 해방 후 한국현대시의 흐름에 일정 정도 작용했다는 것은 부정할 수 없는 현실이다.

조지훈은 ≪문장≫에 <고풍의상>, <승무>, <봉황수> 등으로 추천 받아 문단에 등단했다. ≪문장≫ 3호에 추천된 <고풍의상>에 대한 정지용의 평은 조지훈 시의 특징을 잘 지적하고 있다. 그의 시를 '회고적 에스프리'라 평가한 것은 조지훈 시의 전통지향성을 엿보게 한다.

하늘로 날을 듯이 길게 뽑은 부연 끝 풍경이 운다.
처마끝 곱게 늘이운 주렴에 반월이 숨어
아른아른 봄밤이 두견이 소리처럼 깊어가는 밤
곱아라 고아라 진정 아름다운지고
파르란 구슬빛 바탕에
자짓빛 호장을 받친 호장저고리
호장저고리 하양 동정이 환하니 밝도소이다.
살살이 퍼져나린 곧은 선이
스르르 도라 곡선을 이루는 곳
열두 폭 기인 치마가 사르르 물결을 친다.
초마 끝에 곱게 감춘 운혜(雲鞋) 당혜(唐鞋)
발자취 소리도 없이 대청을 건너 살며시 문을 열고
그대는 어느 나라의 고전을 말하는 한 마리의 호접(胡蝶)
호접이냥 사푸시 춤을 추라 아미를 숙이고……
나는 이 밤에 옛날에 살아
눈 감고 거문고 줄 골라보리니
가는 버들이냥 가락에 맞추어
흰 손을 흔들어지이다.

조지훈, <고풍의상> 전문

이 시는 전통적인 여인의 옷차림과 매무새의 아름다움을 묘사하고 있다. 의고적(擬古的)인 말투와 가락을 통해 옛 정취를 자아내며, 곱게 다듬은 시어와 가락이 아름다운 느낌을 자아내고 있다. 나아가 사라져 가는 옛 아름다움에 대한 그리움을 나타내고 있다. 시는 처음에 한옥(韓屋)의 처마, 풍경, 주렴(珠簾)에 가린 달, 두견이 소리를 통해 한국적인 봄밤의 정취를 고양시킨다. 이어서 회장저고리의 아름다운 빛깔과 매무새, 사르르 휘돌아 물결치는 열두 폭 치마, 치마 밑 살짝 드러난 고운 신을 신고 살며시 나오는 여인의 아름다운 자태를 드러낸다. 그리고 아름다움에 빠져들다 마침내 시공을 초월해 이 아름다운 여인과 함께 옛 정취를 즐기고 싶은 간절한 심정을 읊고 있다. 한국적인 옛 것에 대한 그리움을 통해 전통적인 미를 환기시키고 있는 것이다. 하지만 이 시는 전통 문화의 정신으로 나아가지 못하고 민속에 대한 외적 묘사에 그치고 있다. <승무>의 불교적 민속춤의 묘사, <봉황수>의 퇴락 한 왕궁을 통한 유교적 왕조의 회상은 모두 '회고적 정신'을 넘어서지 못한다. 이후 조지훈의 시는 해방 후 민족문학론의 논객으로 활동하면 서부터 점차 시에 현실을 도입하기 시작한다. 이 때부터 조지훈의 시는 도덕적 관념이 우세해지면서 시적 긴장이 풀어져 버린다.

이렇듯 조지훈의 시는 한국현대시사에서 이룬 시적 성과를 높이 평 가할 만한 근거가 미약하다. 다만 조지훈의 활동은 긍정적이든 부정적 이든 간에 조지훈 식의 '민족적 정서'와 '시어의 조탁과 가락'을 널리 유포시키는 결과를 가져왔고, 그의 시와 주장이 학교 교육과정을 통해 현대시에 대한 이해를 규정해온 것이 사실이다. 또한, 그의 시는 김영 랑이 보여준 언어의 조탁과 가락, 정지용적인 동양적인 가치 지향을 결합한 시로서 한국현대시가 특정한 경향에 국한되지 않고 지양(止揚) 될 가능성을 보여준다는 의의를 찾을 수 있을지 모르겠다.

청록파의 또 한 시인인 박목월은 조지훈의 '회고적 정신'과 달리 조화로운 자연을 한국적 가락으로 구현한 시인으로 평가받고 있다. 이 때 조화로운 세계란 그의 시에 나타난 자연이 갈등이 없는 것을 가리 키는 말이다. 김영랑 시의 자연이 아름다움과 비애를 함유하고 정지용 시의 자연이 동양적인 인고의 정신을 함유한 것과 달리 그의 시는 인 간적인 흔적을 배제하고 있다.

머언 산 청운사(靑雲寺)
낡은 기와집

산은 자하산(紫霞山)
봄눈 녹으면

느릅나무
속잎 피어나는 열 두 굽이를

청노루
맑은 눈에

도는
구름

박목월, < 청노루 > 전문

청노루의 눈 속에 도는 구름을 볼 수 있으려면 청노루와 인간 사이에 어떤 갈등도 없어야 한다. 낡은 절조차 멀리 있는 골짜기는 인위적 개입이 없는 공간이다. 봄눈이 녹으면 속잎이 피어나고, 청노루가 하늘을 마주하는 곳이다. 자연의 섭리에 따라 만물이 조화롭게 살아가는 세계로 갈등이 없다. 이러한 자연은 서술어를 최대한 생략하여 만든 여백과 함께 선명한 이미지로 다가온다. < 청노루 > 는 인위적 개입이 없는 아름다운 생명의 세계로 존재하고 있다. < 청노루 > 의 자연은 현실적으로 존재할 수 없는 상상적인 세계다. 인간적인 갈등을 벗어난 이상 세계인 것이다. 이러한 무갈등 세계 지향은 인간마저 이상적인 자연 속에 수렴한다. 인간과 자연을 한국적 가락 속에 하나의 조화로운 세계로 만들어 버린다.

강나루 건너서
밀밭 길을

구름에 달 가듯이
가는 나그네.

길은 외줄기
남도 삼백리,

술 익는 마을마다
타는 저녁 놀.

구름에 달 가듯이
가는 나그네.

박목월, &lt;나그네&gt; 전문

　이 시는 3음보의 율격으로 나그네의 발걸음과 구름에 달 가는 흐름을 수렴하고 있다. 모든 연이 서술어를 삭제한 명사구로 끝나면서도 가락이 자연스럽게 이어지며 유기적 심상을 이루고 있다. 나그네가 ‘구름에 달 가듯이’ 가는 심상은 ‘강나루 건너서 가는 밀밭 길’과 ‘술 익는 마을마다 타는 저녁놀’을 배경으로 달관(達觀)한 나그네의 모습을 전경(前景)으로 뚜렷하게 다가오게 한다. 여기에 ‘길은 외줄기’, ‘남도 삼백리’는 다시 나그네의 운명을 배경 속으로 끌어들인다. 나그네는 자연 속에 하나의 풍경으로 수렴되고 마는 것이다. 그러나 심상만으로 자연의 풍경이 이루어지는 것은 아니다. 각 연의 두 번째 행에 동일한 음량(音量)의 부여는 밀밭 길, 저녁놀, 남도 삼백리, 나그네 사이의 경계 즉, 자연과 인간의 경계를 지우는 효과를 낳고 있다. 인간의 생명을 자연 속에 녹아 흐르게 함으로써 인간적인 갈등마저 지워버린다. 박목월 시의 자연은 인간적 갈등을 달관 혹은 초월한 이상적인 세계의 상징으로 상승하고 있는 것이다.

211

하지만 이러한 이상적 세계가 일상적인 세계를 거쳐 정화된 세계라고 볼 만한 근거를 찾기 힘들다. 박목월의 시의 변화나 시에 내재된 언어에서 그 흔적을 발견할 수가 없다. 오히려 시인 스스로 밝혔듯이 언어를 수묵화를 그리듯 담아내고자 하였던 시인의 실험적 기법의 승리라 하는 것이 적절해 보인다. 인상파 화가 풍의 입체적인 회화성에 대응하여 전통적인 수묵화의 농담과 필치에 맞는 담백하면서도 고요히 흐르는 정조를 담아내는 단형시를 개척한 것이다. 그의 단형시는 서술어가 의미를 형성하는 중요한 요소라는 것에 착안하여 서술어를 생략함으로써 의미를 유보하고 여백을 만들어 낸 것도 같은 맥락이라 할 수 있다. 그러므로 박목월 시의 갈등 없는 자연을 정신적 고투 끝에 얻어낸 심미적 경지로 평가하는 것은 무리라 할 수 있다. 박목월의 시는 한국현대시사에서 서구적 회화성에 대응해 전통적인 회화성을 실험한 기법의 승리를 보여준 서정시라 하는 것이 훨씬 타당해 보인다.

한편 박두진의 시는 동양적 극기정신이나 초월적 이상 세계와 다른 지점에 놓여 있다. 그의 시는 온갖 동·식물을 주워섬기는 격정적 리듬이 생명의 역동성을 보여준다.

아랫도리 다박솔 깔린 산 넘어 큰 산 넘어 큰 산 넘어 산이 안보여 내 마음 둥둥 구름을 탄다

우뚝 솟은 산, 묵중히 엎드린 산, 골골이 장송(長松) 들어 섰고, 머루 다랫넝쿨 바위 엉서리에 얽혔고 샅샅이 떡갈나무 억새풀 우거진 데 너구리, 여우, 사슴, 산토끼, 오소리, 도마뱀, 능구리 등 실로 무수한 짐승을 지닌,

산, 산, 산들! 누거만년(累巨萬年) 너희들 침묵이 흠뻑 지리함즉 하매

산이여! 장차 너희 솟아난 봉우리에, 엎드린 마루에 확 확 치밀어
오를 화염(火焰)을 내 기다려도 좋으랴?

팻내를 잊은 여우 이리 등속이, 사슴 토끼와 더불어 싸릿순 칡순
을 찾아 함께 질거이 뛰는 날을 믿고 길이 기다려도 좋으랴?

박두진, &lt;향현(香峴)&gt; 전문

이 시의 산은 인간의 감정을 넘어서는 대자연이다. 인간의 생활 감
정의 테두리를 넘어서 '다박솔 깔린 산', '우뚝 솟은 산', '묵중히 엎드
린 산'을 포괄하는 우주라 할 만하다. 그 우주 속에는 나무, 풀, 바위,
동물 등이 함께 살아가므로 생명이 넘친다. 그런데도 누대에 걸쳐 침
묵하는 산이니 지루하기 그지없다. 산의 생명력이 확확 치밀어 올라
세상을 뒤덮지 못하는 것이 안타깝다. 이러한 열정은 산을 영성(靈性)으
로 맞이하고 싶은 갈망이라 할 수 있다. 온갖 짐승이 어우러지고 여린
새싹이 돋아나는 생명의 축제에 빠져들고 싶은 것이다. 여기서 산은
생명의 기운을 간직한 영성의 세계로 자리잡고 있어 한국적 샤머니즘
의 시선을 느끼게 한다.

샤머니즘적 시선의 시적 형상화는 한국현대시사에서는 처음이다.
박두진이 기독교에 귀의했다고 해서 이러한 평가가 훼손되는 것은 아
니다. 샤머니즘이나 기독교는 모두 사후 세계와 영혼을 승인한 세계관
으로 동질적이다. 실제로 박두진은 죽음조차 생명의 기운으로 읽어내
는 샤머니즘적 인식을 보여준다.

북망 이래도 금잔디 기름진데 동그만 무덤들 외롭지 않어이.

무덤 속 어둠에 하이얀 촉루(髑髏)가 빛나리. 향기로운 주검의 내
도 풍기리.

　살어서 설던 주검 죽었으매 이내 안서럽고, 언제 무덤 속 화안히 비쳐줄 그런 태양만이 그리우리.

　금잔디 사이 할미꽃도 피었고 삐이삐이 배, 뱃종! 뱃종! 멧새들도 우는데 봄볕 포근한 무덤에 주검들이 누웠네.

박두진, ＜묘지송＞ 전문

　'무덤'은 죽음과 함께 고립된 공간이 아니라 주검의 향기를 피우며 태양을 그리워하는 생명의 공간이다. 죽음은 서럽거나 어두운 것이 아니라 금잔디, 할미꽃, 멧새, 봄볕이 포근히 감싸는 세계다. '삐이삐이 배, 뱃종! 뱃종!' 소리는 죽음이 생명과 함께 하는 공간이라는 것을 말하고 있다. 무덤은 안온하고 따뜻하고 향기로운 세계인 것이다. 박두진의 시에 나타난 자연은 죽음조차 생명의 기운으로 읽어내고 함께 하는 영성의 세계로 자연과 인간, 인간과 신이 분리되기 이전의 원시적 세계라 할 수 있다. 한국현대시사에서 박두진의 자연은 새로운 지평인 것이다.

　그 동안 청록파로 묶여서 동질적인 것으로 취급받던 것과 달리 세 시인의 차이는 분명하다. 세 시인의 시적 성취와 실패는 한국현대시사에 전통의 재발견과 해석이라는 과제를 해결하는 데 시사하는 바가 큰 것이다.

## 4-4. 원초적 인간을 탐구한 서정시

　서정주, 유치환 등은 도시문명을 추구하는 모더니즘 시와 인간이 배제된 자연을 노래한 시에 대응하여 인간의 본질을 탐구하고자 하였다. 문명의 제도와 관념에 은폐되었지만 잠재된 인간의 본질을 찾아 나선 것이다. 문명을 걷어냈을 때 남는 벌거벗은 인간은 생존의 본능이 절실하게 마련이며 생명을 기준으로 모든 것을 이해하기 마련이다. 서정주와 유치환이 육체를 가진 인간으로서 동물적 본능과 육체를 가졌기 때문에 어쩔 수 없이 갖는 유한성 그리고 유한성에서 비롯되는 허무와 숙명 등을 다루고, 이후 서정주가 사회·역사적 갈등을 생존을 위해 생명의 조화 속에 봉인하는 것도 이러한 문제의 해결 과정이라 할 수 있다.

서정주가 원초적 인간의 탐구를 본능적으로 수행했다면 유치환은 사변적으로 수행하였다. 서정주가 온몸에 들끓는 본능적 몸부림을 직접적 감정언어로 표현했다면 유치환은 선험적인 관념을 사변적 언어로 표현한 것도 문제를 대하는 태도가 달랐기 때문이다.

> 나의 지식이 독한 회의(懷疑)를 구(救)하지 못하고
> 내 또한 삶의 애증(愛憎)을 다 짐지지 못하여
> 병든 나무처럼 생명이 부대낄 때
> 저 머나먼 아라비아의 사막(沙漠)으로 나는 가자.
>
> 거기는 한 번 뜬 백일(白日)이 불사신같이 작열하고
> 일체가 모래 속에 사멸한 영겁(永劫)의 허적(虛寂)에
> 오직 알라의 신(神)만이
> 밤마다 고민하고 방황하는 열사(熱沙)의 끝.
>
> 그 열렬한 고독(孤獨) 가운데
> 옷자락을 나부끼고 호올로 서면
> 운명처럼 반드시 '나'와 대면(對面)ㅎ게 될지니.
> 하여 '나'란 나의 생명이란
> 그 원시의 존연한 자태를 다시 배우지 못하거든
> 차라리 어느 사구(沙丘)에 회한없는 백골을 쪼이리라.
>
> 유치환, <생명의 서> 전문

이 시는 원시의 생명을 찾고자 하는 의지를 형상화하고 있다. 회의와 애증(愛憎)에 시달리지만 부대낌을 지식으로 구할 수도 없으며 피할 수도 없으므로 생명은 점점 병들어가고 있다. 이 병든 생명을 구하기 위해서는 지식이나 생활이 쓸모없는 극한 상황을 만들고자 한다. 모든 것이 사멸하는 곳에서 영원한 생명을 찾고자 하는 것이다. 그것은 열렬하게 홀로 고민하면 '나의 생명'을 대면할 수 있으리라 믿음이 있기 때문이다. 이렇듯 죽음을 무릅쓰고 생명을 찾으려는 각오가 비장하지만 신념이 비장할수록 관념적인 성격이 강화된다. '나'와 '나의 생명'을 구별하는 논리적 사변은 '나'의 생명을 부정하고 있어 '생명'은 매우 추상적이고 모호해진다. 더구나 '나'의 죽음을 무릅쓰고 '생명의 나'를 찾겠다는 진술에서 '생명'은 더욱 모호해진다. '나의 생명'은 육체적 생명이 아니라 원시적인 영겁(永劫)의 허적(虛寂)이라는 관념적 진술에서 생명은 완전히 사변적인 것이 된다.

유치환의 이러한 사변성은 폐쇄성과 연결된다. '나의 생명'에 대한 사변적 집착은 구체적이지 못한 만큼 실체를 찾으려면 할수록 열렬해지고, 사변은 '나의 생명'이란 울타리를 빠져 나오지 못한다. 유치환은 해방 이후에도 일관된 시의 세계가 지속되는 것도 이런 까닭이라 할 수 있다. '나의 생명'에 대한 사변적 집착은 실제적인 생명을 간과하므로 허무를 절대화하고 만다. 유치환의 시는 선험적 관념의 도식을 벗어나지 못해 시적 생명을 얻기에는 역부족이었던 것이다. 반면에 서정주는 육체의 본능적인 감각을 따라가므로 격렬한 감정이 시적 긴장을 유발한다.

사향(麝香) 박하(薄荷)의 뒤안길이다.
아름다운 배암⋯⋯.

얼마나 커다란 슬픔으로 태어났기에, 저리도 징그러운 몸뚱어리냐

꽃대님 같다.

너의 할아버지가 이브를 꾀여내던 달변(達辯)의 혓바닥이
소리 잃은 채 날름거리는 붉은 아가리로
푸른 하늘이다 …… 물어뜯어라, 원통히 물어뜯어,

달아나거라, 저놈의 대가리!

돌팔매를 쏘면서, 쏘면서, 사향 방초(芳草)길
저놈의 뒤를 따르는 것은
우리 할아버지의 아내가 이브라서 그러는 게 아니라
석유 먹은 듯 …… 석유 먹은 듯 …… 가쁜 숨결이야.

바늘에 꾀여 두를까보다. 꽃대님보다도 아름다운 빛 ……

클레오파트라의 피 먹은 양 붉게 타오르는
고운 입술이다 …… 스며라, 배암!

우리 순네는 스물 난 색시, 고양이같이 고운 입술……
스며라, 배암!

서정주, &lt;화사(花蛇)&gt; 전문

이 시는 뱀을 통해 상반된 징그러움과 아름다움이 결합된 관능적 생명을 거친 언어와 숨가쁜 호흡으로 형상화하고 있다. '화사'는 뱀과 꽃이 결합된 이름부터가 징그러움과 아름다움이 결합되어 있다. 뒤안길로 사향 냄새를 찾아 온 뱀의 본능은 아름답지만 몸뚱아리가 징그러우니 뱀은 숙명적인 슬픔을 지닌 존재다. 징그러운 몸은 다시 아름다운 빛깔과 무늬를 지니고 있어 색대님 같지만 말을 잃어버린 뱀은 천형(天

刑)의 존재다. '몸뚱어리', '아가리', '대가리' 등의 비속어를 사용한 것도 뱀의 비속(卑俗)을 강조하기 위한 수사다. 하지만 '석유 먹은 듯······석유 먹은 듯······ 가쁜 숨결이야'는 머리를 들고 하늘도 물어뜯을 듯 꿈틀거리며 몸부림치는 생명의 기세와 호흡을 보여준다. 화자는 꿈틀거리는 생명의 기세를 좇아가고 있는 것이다. 저주와 분노가 아니라 가쁜 숨결이 넘치는 남성적인 생명을 따라가는 것이다. 또, 뱀은 몸에 두르는 아름다운 빛깔이자 스물 난 색시의 붉은 입술로 여성 육체의 성적 관능을 보여준다. 뱀은 여성적인 생명의 기운을 빛깔과 형태로 간직하고 있는 것이다. 그러므로 마지막 연의 '스며라 배암!'은 남성적인 생명과 여성적 생명이 하나가 되기를 바라는 갈망이 함유되어 있다. 스무 살 색시의 아름다운 입술의 관능이 뱀의 몸부림치는 기세가 되어 자신의 몸 속으로 스며들기를 바라고 있는 것이다. <화사>는 정신으로부터 분리된 육체적 감각의 혼돈을 솔직하게 묘사하고 있다. 그러므로 서정주의 시는 유치환의 시처럼 도덕(道德)같은 사변적 관념에 묶이지 않고, 정신과 육체가 분열된 자아의 고통을 극복하고자 한다.

애비는 종이었다. 밤이 깊어도 오지 않았다.
파뿌리 같이 늙은 할머니와 대추꽃이 한 주 서 있을 뿐이었다.
어매는 달을 두고 풋살구가 꼭 하나만 먹고 싶다 하였으나······
흙으로 바람벽 한 호롱불 밑에
손톱이 까만 에미의 아들.
갑오년(甲午年)이라든가 바다에 나가서는 돌아오지 않는다 하는
외할아버지의 숱 많은 머리털과
그 크다란 눈이 나는 닮았다 한다.

스물세 해 동안 나를 키운 건 팔할(八割)이 바람이다.
세상은 가도가도 부끄럽기만 하더라.

어떤 이는 내 눈에서 죄인(罪人)을 읽고 가고
어떤 이는 내 입에서 천치(天痴)를 읽고 가나
나는 아무 것도 뉘우치진 않을란다.

찬란히 틔워 오는 어느 아침에도
이마 위에 얹힌 시(詩)의 이슬에는
몇 방울의 피가 언제나 섞여 있어
볕이거나 그늘이거나 혓바닥 늘어뜨린
병든 수캐마냥 헐떡거리며 나는 왔다.

서정주, &lt;자화상&gt; 전문

　　모순된 사회제도에서 비롯된 가난과 어두운 집안 풍경은 조선인의 신분을 보여준다. 종인 애비는 밤늦도록 돌아오지 않고, 늙고 앙상한 할머니, 풋살구가 먹고 싶은 에미, 바람이 숭숭 스며든 흙벽 속에 가녀린 호롱불, 손톱이 까만 아들만 덩그렇게 놓인 방안의 풍경은 어둡고 음울하고 쓸쓸하다. 육체가 자리잡은 현실은 늘 어둡고 쓸쓸한 것이다. 육체적 생활의 고통을 벗어나려고 애썼던 스물 세 해는 또 다른 고통과 굴욕의 연속이다. 그 동안 생애를 지배한 것은 대부분 '바람'같은 방황이었다. 세상의 시달림은 끝이 없어 무엇 하나 이루어 놓은 것이 없다. 하지만 사람들은 고달픈 인생을 죄값이라 하고, 천치라고 비웃어도 '아무것도 뉘우치지 않을란다'고 당당하게 굴욕에 맞선다. 육체는 병든 수캐처럼 초라하고 천해 보이지만 방황과 고통 속에서도 찬란하고 맑은 시를 창조하는 정신이 있기 때문이다. 시는 서정주에게 정신이 육체적 절망과 대결에서 승리한 전리품인 것이다.

애비를 잊어버려
에미를 잊어버려

형제와 친숙(親淑)과 동무를 잊어버려,
마지막 네 계집을 잊어버려,

아라스카로 가라 아니 아라비아로 가라
아니 아메리카로 가라 아니 아프리카로
가라 아니 침몰하라. 침몰하라. 침몰하라!

서정주, <바다> 부분

이 시는 스스로 절망과 대결하면서 절망을 극복하려는 의지를 보여
준다. 애비, 에미를 잊어버리고, 형제, 친척을 잊어버리고, 계집까지 잊
어버리고, 가장 가혹한 곳을 찾아가면서까지 현실과 대결하고자 한다.
'아니 침몰하라. 침몰하라. 침몰하라!'는 외침은 육체적인 관계와 육체
가 기거하는 공간을 초극하기 위해 스스로 육체를 침몰시킴으로써 육
체적 절망을 딛고 일어서려는 초극의 의지라 할 수 있다. 이렇듯 육체
를 침몰하려는 격렬한 대결의식은 한국현대시에서 찾아보기 힘들다.
서정주는 인간의 존재 상황을 정신과 육체의 분열로 감각하고 분열된
자기 모순을 초극하려는 것이다. 이러한 초극 방향은 정신과 육체의
분열 이전의 원형적 인간을 찾아가는 여정을 계속하게 한다. 그가 현
실과 정신의 대립항을 소멸시키면서까지 동양적 신선이나 풍류로 거슬
러 올라가는 것도 원형적 인격의 추구인 것이다. 이후의 시 세계와 상
관없이 해방 전에 서정주의 시는 정신과 육체의 분열된 상황에 대한
절망과 초극의지를 통해 순수서정시의 지평에 새로운 문제를 던졌다고
할 수 있다. 서정주의 이러한 문제제기는 한국현대시사에서 순수시의
입지점을 굳건히 한다. 순수시의 내용성에 대한 비판을 잠재우는 계기
가 되었기 때문이다.

# 디지털 영상시대
# 시교육의 방향과 방법

최근 젊은 세대의 시에 대한 관심이 현저히 줄어들고 있다. 시를 읽을 때 느끼는 재미나 감동이 작기 때문이다. 독서 행위가 "자기 자신의 나르시스적 메시지"[1]라는 점을 볼 때, 독자 자신이 던지는 메시지와 시의 접점이 줄어들고 있는 것이다. 이러한 시와 독자의 단절은 디지털 영상시대의 문화적 환경과 밀접한 관련이 있어 보인다. 젊은 세대는 시보다는 게임, 애니메이션, 광고, 뮤직비디오 등과 같은 디지털 문화에서 재미를 느낀다. 인간의 정신활동을 손으로 만지고 눈으로 볼 수 있는 형식으로 바꾼 디지털 문화는 감각적으로 쉽게 즐길 수 있기 때문이다. 시교육 현장에서 교사에게 이러한 변화는 부담스러운 상태에 이르고 있다. 그 동안 시를 통해 추구해 온 '인간에 대한 총체적 이해'라는 교육의 입지점이 점점 줄어들고 있기 때문이다.

이에 대해 일부 교사는 시교육에 디지털 매체의 활용을 강조하고 실제로 디지털 영상매체 작품과 문학 작품을 함께 교육하기도 한다. 그러나 시교육에서 디지털 영상매체 활용의 방향과 방법이 정립되지 않아 영상세대에게 스스로 활자매체를 체험하도록 하는 교육 효과는 여전히 불확실하다. 교사가 오늘날 시의 다양한 형태와 디지털 영상문화의 성격에 대한 이해가 부족해서 교육의 방향과 방법을 설정하지 못한 데서 연유한다. 따라서 이 장에서는 디지털 영상시대 독자의 성격을 살피고, 이에 적절한 시교육의 방향과 방법을 모색하려고 한다.

---

1) 어도선, 「라깡과 문학비평 : 상호텍스트성·해석·전이」, 『라깡의 재탄생』(창작과비평사, 2002), 614면.

## 1. 디지털 시대의 독자와 시

오늘날 시교육의 방법을 설정하기가 쉽지 않은 것은 시의 형태가 다양한 데 있지만, 더 근본적인 것은 시가 인간의 정신활동이므로 일정한 틀로 교육하기가 쉽지 않다는 데 있다.[2] 오늘날 교육은 점점 과학화되어 가고 있는데 인간 활동은 과학화하기 힘든 영역이 존재하며, 시는 이러한 영역에 속한다. 정신 활동과 신체 활동까지를 디지털화하는 인지과학은 시교육마저 과학화를 요구하지만, 그것은 본래부터 불가능한지 모른다. 그런데도 인간의 정신 활동은 점점 인지과학의 힘으로 실재의 세계로 재현되고 있다. 더구나 디지털 기술로 재현된 영상이나 물건이 이제 우리의 정신적 활동에까지 영향을 미치고 있다.

> 인지과학은 인간의 정신 활동이나 신체기능을 추상적으로 다루지 않고, 구체적인 기술로써 재현하려는 것이다. 이때 가장 유효하게 원용되고 있는 것이 바로 디지털 개념의 기술이다. 인간이 느끼고, 사고하고, 말로 표현하는 것을 추상적으로 뭉뚱그려 논하는 것이 아니라 구체적 공식이나 절차로 환원시켜 원래의 기능대로 재현하는 것이다.[3]

문자언어를 통해 구현되던 정신 활동이 영상이나 음향 등과 같은 매체 활동인 시뮬라크르로 전환되는 현상을 지적한 말이다. 과거에 인간의 정신 활동만이 과거, 현재, 미래를 넘나들고, 현재 없는 것을 상상해내던 것이 오늘날에는 디지털 기술로 구체적인 영상, 음향이나 물건

---

2) 김우창, 「다원 시대의 문학 읽기와 교육」, 한국문학교육학회, 『문학교육의 민족성과 세계성』(태학사, 2000), 28면.
3) 주경복, 「레비-스트로스의 문화 이론과 디지털 문화」, 한국비평이론학회, ≪비평≫ 8호, 59면.

으로 만들어지고 있다. 나아가 인간의 정신활동을 과학으로 모사(模寫)하는 시뮬라크는 점점 실제적인 정신활동에 가깝게 재현되고 있다.

> 인지과학은 처음에는 단선적 연산에 의해 모든 절차가 일사불란하게 처리되는 계산주의 방법을 주로 활용하였으나, 곧이어 신경과학의 접목과 함께 일정한 과정마다 자율적 판단 능력을 가미하는 연결주의 방법이 보완되었다.[4]

이 방법의 대표적인 산물이 쌍방형 온라인 게임이다. 스타크래프트에서 보듯이 게이머가 처한 상황을 어떻게 판단하고 행동하느냐에 따라 미래의 상황이 변하게 된다. 시뮬라크가 정신활동의 자율성마저 흡입하고 있는 것이다. 또, 디즈니랜드가 해적, 개척지, 미래세계를 과학기술로 재현하는 것도 인간의 기억과 꿈을 재현하는 환상의 시뮬라크라 할 수 있다.[5] 오늘날 젊은 세대는 시뮬라크가 보여주는 자율성과 환상성에 매혹되고 있다. 뿐만 아니라 젊은 세대는 시뮬라크를 직접 만들기도 한다.

> 하하 : 네 디디바오가 진통임다. 저거 명품입니다. 하나에 70만원 이상 줘야하죠
>   2002/02/19×
> 바보들 : 디디바오를 짝퉁으로 알다니 ㅋㅋ 웃긴다
>   2002/02/19×
> 우와 : 디디바오 저거유럽에서 엄청 히트쳤더니만 한국으로 금방 건너왔네
>   2002/02/19× [6]

---

4) 위 논문, 59~60면.
5) 장 보드리야르, 「모양과 모양만들기」, 김우창 옮김, 『현대문학 비평론』(한신문화사, 1994), 547면 참조.

225

Total : 4783(1 searched), 1/1 pages
제 목 : 아디다스 가짜 상표 -,- (내용무)

이 사진과 글은 인터넷 게시판에 올려진 것이다. 인터넷 게시판에
올려진 사진과 이후 웹서핑자의 댓글이다. 이후 실제 판매회사, 사이트
명이 제시되면서 '디디바오'가 실체가 되어 사실과 허구를 혼동하는
사람이 나오기 시작하고, 마침내 창시자, 책임 디자이너, 회사 연혁 들
이 덧붙여지면서 '디디바오'를 실재로 인식하는 사람이 생겨난다. 이것
은 형식적인 완결성을 갖지는 않지만 일종의 문학행위의 한 형태라 할
수 있다.[7] 놀이로서 가상의 실재를 만들어 내는 방식이 문학의 한 속
성을 보여준 것이다. 실제로 우리 시에서도 가상의 실재 만들기 놀이
가 시의 한 형태로 나타나고 있다.

> 이곳의 남자와 여자들도 어느 날은 술에 취해 밤새도록 침대 위를
> 뒹굴며 서로의 육체를 탐하기도 하지만 그러나 아무리 몸을 뒤섞어

---

6) 최지현, 「인터넷에서의 청소년 문학 생활화 방안」, 한국문학교육학회, ≪문학
교육학≫ 9호, 90면.
226
7) 위의 논문, 91~93면 참조.

도 서로가 진짜 회원이라는 확신을 가지지는 못한다, 간혹 또 어느 날은 전혀 예상치도 못했던 사람이 무가당 담배 클럽 회원으로 밝혀져 바람의 국경선 저 너머로 압송되기까지 한다, 그의 죄는 너무 아름다운 노래를 불렀다는 것이다, 그래서 무가당 담배 클럽을 너무 낭만적인 분위기로 몰아갔다는 것이다, 지금 조용히 고백하건대(이 글을 읽는 그대들만 알고 있으라), 사실 나는 무가당 담배 클럽의 핵심 요원이다, 그런데 이런 나조차도 정확한 회원의 숫자와 그 규모를 알지 못한다, 나는 지금 무가당 클럽 한구석 내 자리에 앉아 조용히 이 글을 쓰고 있다, 어젯밤 심하게 과음했더니 숙취 때문에 나는 지금 몹시 머리가 아프고 속이 쓰리다.

박정대, &lt;무가당 클럽과 바람의 국경선&gt; 부분8)

이 시를 읽을 때 누구나 '무가당 담배 클럽'이 시적 허구라는 것을 알 수 있다. 그런데 박정대 시인은 시집의 약력에 출생지, 학력, 시집 출판 경력 등의 사실과 '현재 ≪목련통신≫의 편집장, 「무가당 담배 클럽」 동인으로 활동 중'이라는 가상의 것을 함께 기록하고 있다. 환상의 세계는 인간의 경험과 기억이 공존할 수 있는 인간의 정신세계인데 환상을 현실세계로 만들고 있다. 환상을 현실로 재현하는 시뮬라크가 시의 한 형태가 된 것이다.

그런데 인터넷 게시판에서 가상의 실재 만들기와 박정대 시에서 가상의 실재 만들기 사이에는 차이가 있다. 인터넷 게시판은 글을 읽고 쓰는 집단의 동의와 충성도가 만들어낸 놀이라면 박정대의 시는 개인의 정신적 활동이 만들어낸 놀이라 할 수 있다. 인터넷의 글은 '아디다스'라는 명품을 패러디한 사진과 그 패러디를 즐기는 놀이가 핵심이다. 물론 명품을 선호하는 세태에 대한 야유를 읽을 수도 있지만, 훼손되

---

8) 박정대, 시집 『내 청춘의 격렬비열도엔 아직도 음악 같은 눈이 내리지』(민음사, 2001), 33~34면.

는 자아에 대한 진지한 성찰이라고 할 수는 없다. 놀이 그 자체일 뿐이다. 반면에, 박정대의 시는 육체적인 연애를 한다 해도 서로 믿을 수 없는 사태를 묘사하고 있다. 불신의 사태는 아름다움과 낭만을 꿈꾸지만 그 꿈이 들통날까 두려워하는 사람들의 마음 때문이다. '무가당 클럽'은 시인이 꿈꾸는 세계가 현실적인 압력에 자꾸 굴복되어 가는 것에 대한 비판과 낭만적 세계에 대한 갈망을 표상하고 있다. 이런 점에서 박정대의 시는 합리성에 대한 비판과 초월이라는 포스트모던 시대의 시대 정신을 보여준다고 할 수 있다. 합리성을 기반으로 한 기존 세계를 파괴하고 초월하는 정신은, 아무리 영상시대라도 시가 반성적 사고를 하는 인간의 정신적 활동의 소산이라는 것을 말해준다.

반면에 인터넷 게시판의 글쓰기는 디지털 영상시대 독자의 특징을 잘 보여준다. 젊은 세대는 쌍방형 온라인 게임을 즐기고, 인터넷 게시판을 통해 허구 만들기를 즐기고 있다. 그것은 독자가 시뮬라크의 놀이 규칙을 동의하고 그 규칙만을 따를 때 가능하다. 놀이의 규칙 속에서는 놀이가 일원적인 세계로 존재하므로 반성적 사고가 없어도 흥미가 반감되지 않는 것이다. 그러므로 디지털 기술을 이용한 놀이를 즐기는 것은 인간의 본질에 대한 물음을 피해갈 가능성이 커진다.

시의 속성과 디지털 영상시대 독자의 이러한 불연속성에도 불구하고 시교육은 독자의 놀이만을 쫓아갈 수는 없다. 놀이의 원천은 현실세계와 그 현실에서 비롯된 정신활동이다. 인간은 의·식·주라는 기본적인 생존활동으로부터 자유로울 수 없으며, 이것을 분배하는 사회구조가 근본적으로 변하지 않았다. 삶을 영위하는 인간은 현실적인 사회구조에서 갈등하고 고민하게 마련이다. 원시시대부터 지금까지 이러한 정신활동은 계속되어 왔고 앞으로도 계속될 것이다.

228

뿐만 아니라 모든 텍스트는 이전의 텍스트로부터 자유로운 것이 아니다. 놀이로서 텍스트가 세계를 구성하는 모든 힘은 아니다. "텍스트는 이전의 텍스트들, 언어 사용, 역사적 기록과 사건, 언어의 놀이로 엮인 직물"[9] 같은 것이라 할 수 있다. 모든 텍스트는 상호텍스트성을 지니고 있는 것이다. 이런 점에서 디지털 영상문화도 이전의 문학적 전범, 언어 사용, 역사적 기록과 사건, 언어의 놀이와 상호텍스트성이 있다고 할 수 있다. 스타크래프트의 게임 서사나 화면의 이미지는 현실 전쟁이나 과거 문명의 문화유산을 디지털화한 것이며, 인터넷의 '디디바오' 글쓰기는 아디다스라는 명품을 패러디한 것이 그 증거라 할 수 있다. 디지털 영상문화의 원천이 현실이고, 이전의 문화적 유산과 상호텍스트성이 있다는 것은 디지털 영상시대 시교육의 방향을 시사해 준다.

디지털 영상시대 시교육은 시와 디지털 영상문화의 상호텍스트성을 활용할 필요가 있다. 상호텍스트성의 활용은 시 장르를 넘어서 탈장르적, 탈활자매체적 읽기와 쓰기의 방향으로 나갈 수밖에 없을 것이다. 그렇다고 시교육이 흐트러지지는 않을 것이다. 그 동안 전범 중심의 고착된 읽기에서 다양한 형태의 시와 타장르 텍스트의 소통은 세계를 보다 폭넓게 이해하는 계기가 될 수 있다. 시가 함유한 인간적인 가치와 시의 형태를 만드는 다양한 원리가 디지털 영상문화의 텍스트와 소통됨으로써 젊은 세대에게 전통적인 문화의 가치와 새로운 문화의 연속성을 체험하게 할 수 있기 때문이다.

구체적인 방법에 들어오면, 시의 형태가 다양하므로 그 다양한 형태에 따라 디지털 영상문화와 소통하는 방법에는 일정한 차이가 있을 수 있다. 하지만 가장 기본이 되는 것은 시의 기본적인 속성과 디지털

---

9) 어도선, 앞의 논문, 612면.

영상문화의 소통 방법을 살피는 것이라 생각한다. 시는 언어의 지시적 의미와 암시적 울림을 동시에 지닌다. 시가 지시적 의미를 따를 때는 서술이 우세해지고 암시적 의미를 따를 때는 이미지가 우세해진다. 서술은 대개 행위에서 발생하는 사상·감정을 전달하는 방식으로 말하기가 중심이 되고 이미지는 내면의 심리를 표현하는 회화적 이미지가 중심을 이룬다. 물론 대부분의 시가 이러한 두 방식을 함께 사용하므로 확연하게 구분되지 않는다. 그러나 회화성이 두드러진 시는 영상문화와 소통 가능성이 큰 반면에, 서술성이 두드러진 시는 상대적으로 영상문화와 소통 가능성이 미약해 보인다. 그러나 시의 서술성도 시적 형상을 생성한다는 점에서 디지털 영상문화와 소통할 수 있다. 따라서 시의 회화성과 서술성을 구분하여 디지털 영상문화와 소통하는 방법을 찾아보려고 한다.

## 2. 시의 회화성과 디지털 영상문화의 소통방법

시는 언어를 통해 암시적 의미를 형성한다. 시에서 언어는 지시적 의미를 벗어나 전후 맥락 속에서 새로운 의미 자장을 생성한다. 언어는 어떤 자리에 오느냐에 따라 그 뜻이 달라지는 기호인 것이다. ▲▲ ▲라는 기호가 〔▲▲▲ 토끼〕라는 자리에 놓이면 ▲▲▲은 산〔sa:n〕의 뜻으로 〔산토끼〕로 읽히지만 ▲▲▲이 얼굴 위에 놓이면 〔왕관〕으로 읽힌다. 어떤 자리에 놓이느냐에 따라 새로운 의미가 형성되는 속성은 언어의 특성이라 할 수 있다. 〔산 토끼〕를 살아 있는 토끼나 돈을 주고 사온 토끼로 읽을 수 있는 것은 〔산 토끼〕가 다른 말(기호)과의 결합 관계에 따라 결정된다. 그런데 시의 회화성은 이러한 언어의 결합 관계를 활용하는 은유를 통해 형성된다.

낙엽은 폴란드 망명 정부의 지폐
포화에 이지러진
도룬 시의 가을 하늘을 생각케 한다.
길은 한 줄기 구겨진 넥타이처럼 풀어져
일광의 폭포 속으로 사라지고
조그만 담배 연기를 품으며
새로 두 시의 급행 열차가 들을 달린다.

　　　　　　　　김광균, <추일서정> 부분

　'낙엽'이 '지폐'와 결합했다면 그 의미를 확정할 수 없지만, '망명 정부'와 '지폐'가 결합함으로써 무가치하게 널려 있고 쓸쓸하다는 느낌을 주게 된다. 이 느낌이 의미라 할 수 있다. 사실 '낙엽'과 '폴란드 망명정부의 지폐'는 동떨어진 사물이다. 두 사물이 결합하여 새로운 의미를 생성하는 것은 언어의 힘이다. '망명 정부의 지폐'는 경제적 맥락에서 무가치한 것이지만 또 색깔의 맥락에서는 푸른 빛깔일 수도 있고, 또 다른 맥락에서는 또 다른 것일 수 있다. '망명정부의 지폐'는 그 자체로는 의미가 없는 기호표현에 지나지 않는 것이다. 이 기호표현이 다른 기호표현인 '낙엽'과 결합하여 황량하고 쓸쓸한 느낌(의미)을 생성하고 있는 것이다. 이것은 전통적인 시의 문법에서는 비유이고 기호학적으로 보면 언어의 놀이라 할 수 있다. '길'이 '구겨진/ 넥타이'와 결합하는 것이나 '조그만/ 담배 연기'와 '급행열차'가 결합한 것도 모두가 예기치 못한 기호표현의 결합 관계라 할 수 있다. 이 모든 기호표현인 이미지들을 사실적으로 그린다면 어떤 풍경이 될까 상상해보면 즐거워진다. 이러한 우발적인 기호표현의 결합은 전통적인 시의 설명 방식으로는 자유로운 상상력이라 할 수 있다. 그러나 시인의 상상력은 감수성의 코드에 따라 언어의 놀이 방식을 규정하고 있다. 심리적 흐

231

름이 시의 유기적인 흐름을 형성하고 있는 것이다.

디지털 영상문화도 이 시에서 보여주는 기호표현의 놀이를 활용한
다. 예기치 못한 이미지와 음향의 결합을 통해 의미를 만들어낸다.

이 광고는 모란을 그린 한국화, 나비 그림, 노트북 컴퓨터가 하나
의 영상을 이루고 있다. '나비'와 '노트북'을 병치시키는 결합은 엉뚱
하다. 상식적으로 나비와 노트북은 전혀 별개의 사물이다. 그런데 이
엉뚱한 결합은 노트북 컴퓨터가 〔가볍다〕는 의미를 생성하고 있다. 또,
한국화의 꽃과 그래픽인 나비와 컴퓨터의 결합도 엉뚱하다. 전통적인
그림이나 사진의 측면에서 보자면 형식적으로 완결되지 못해 유기적
흐름을 이루지 못하고 있다. 그러나 메시지를 생성하는 코드 내에서는

유기적 구조를 이루고 있다. 한국화의 아름다움과 컴퓨터 그래픽의 결합은 노트북 컴퓨터가 뛰어난 멀티미디어 성능과 아름다운 품격을 가지고 있다는 의미를 생성한다. 당신이 나비처럼 가벼운 노트북 컴퓨터를 소유하면 동양화의 모란처럼 품격을 갖출 것이라는 메시지가 된다. 메시지를 만드는 중심이 다를 뿐이지 구조로부터 자유로운 것은 아니다. 광고에서 이미지 기호의 결합은 시처럼 기호표현의 놀이 방식을 활용하며 시의 유기적 구조와는 다른 층위지만 구조적 완결성을 추구한다.

이제 시와 광고의 차이를 살펴볼 필요가 있다. 시 <추일서정>과 노트북 컴퓨터의 광고는 의미의 진실성에서 차이가 난다. 시는 개인적인 정신활동의 산물로서 심리적 진실을 담고 있지만, 광고는 다수의 정신활동과 노동을 담고 있지만 심리적 진실을 담고 있지 않다. 시는 심리적 진실을 생성하기 위한 유기적 완결성을 이룬다면, 광고의 구조는 환상을 생성시키기 위한 키치에 가깝다. 광고의 이미지 놀이는 유기적 완결성보다는 디지털 기술의 힘을 빌리면 누구든지 쉽게 할 수 있다. 인터넷을 통해 이미지를 찾거나 스캐너를 이용해 그림을 디지털화히면 똑같이 만들 수 있을 뿐만 아니라 변경을 가할 수 있다. 여러 이미지를 모방 조립하는 패스티쉬나 하나의 이미지를 해체하여 부분적으로 수정하는 패러디를 통해, 유사한 영상이나 변형된 영상을 만들 수 있는 것이다.

디지털 영상문화의 키치적 속성은 스스로 창작하는 즐거움을 주기 때문에 매력적인 면이 있다. 그러나 시 <추일서정>과 <노트북 컴퓨터> 광고에서 이미지의 놀이를 비교해 본다면, 시의 언어 놀이가 훨씬 폭넓고 강렬한 형상이라는 것은 부정할 수 없는 사실이다. 영상 세대라 하더라도 이러한 사실을 이해하고 체험한다면 <추일서정>의 **233**

매력에 빠져들 것이다. 문제는 어떻게 시와 디지털 영상을 한 축에서 이해하고 체험하도록 할 수 있느냐는 것이다. 우선 시의 의미를 해석하는 것이 아니라 제시된 언어가 형성하는 이미지와 영상을 감상하도록 하는 것이 필요하다. 이것은 영상세대에만 국한되는 것이 아니라 시교육 전반에 필요한 교육 방법이다. 역으로 영상물을 시적인 언어로 바꾸어 읽고 쓰기를 교육하는 방법도 영상과 언어의 상호소통 가능성을 여는 길이 될 것이다.

먼저 <추일서정>을 상상력을 통해 영상으로 읽어내도록 교육하기 위해서 언어에 제시된 이미지를 학습자에게 영상으로 표현하도록 한다. 그림을 그리게 할 수도 있고 글로써 설명하도록 할 수도 있다.

> ① 나무에서 망명 정부의 지폐가 떨어지고 있고, 포화에 이지러진 건물과 함께 푸른 하늘이 보이고, 길은 포탄에 여기저기 움푹 패이고 폭격의 잔해들이 널려져 있어 지저분한데 햇빛은 찬란히 쏟아지고 있으며, 밤 깊은 시각에 멀리 담배 크기 만한 기차가 연기를 뿜으며 급하게 달려가고 있다.

> ② 나무에서는 낯선 국가의 망명정부의 지폐가 떨어지는 그림에, 구겨진 넥타이로 길을 그려 넣고, 기차가 사람처럼 담배 연기를 조그맣게 내 뿜고 있고, 바퀴가 달려가는 동작을 그대로 그린다.

①은 언어의 기호표현을 사실적인 풍경으로 바꾼 것이고, ②는 기호표현을 그대로 영상으로 바꾼 것이다. ①에서는 삶의 현실감을 느낄 수 있고, ②에서는 그로테스크한 환상을 즐길 수 있다. 이러한 영상 만들기는 시가 사실을 바탕으로 하면서도 상상력을 통해 형성된 언어라는 것을 이해할 수 있게 한다. 뿐만 아니라 시를 영상으로 바꾸는 작업은 하나의 시를 두 개의 텍스트로 읽을 수 있어 시에서 삶을 영위하는

인간의 정신활동과 가상의 세계를 창조하는 재미를 동시에 교육할 수
있다.

　반면에 광고의 그림을 시적인 글로 옮기라고 하면 쉽게 옮기지 못
한다. 그래도 함께 글을 만들어 가 보자. 광고가 여러 기호의 결합 관
계를 활용하는 방법은 시의 언어를 이해하는 데도 교육적 효과가 있을
것으로 기대된다. 먼저 위 광고에서 노트북 컴퓨터는 문장으로 따지면
주어에 해당된다. 나머지 기호들은 노트북 컴퓨터를 설명하는 술어에
해당된다. 노트북 컴퓨터는 모란꽃과 나비와 결합되어 있고, 모란꽃은
동양화와 결합되어 있다.


　　　　노트북 컴퓨터는 나비다.
　　　　노트북 컴퓨터는 모란꽃에 앉는다.
　　　　노트북 컴퓨터는 동양화다.


　세 문장을 기본으로 다음에는 문장과 문장을 연결할 필요가 있다.
노트북 컴퓨터가 나비가 될 수 있는 것은 모란꽃이 있기 때문이다. 또,
모란꽃에 앉기 때문에 동양화가 될 수 있다. 그러나 이러한 결합 관계
로만 의미가 완성되는 것은 아니다. 기호들의 결합 관계에서 생성되는
의미를 어떻게 담아내느냐는 문제가 남는다. 광고의 메시지인 '가벼움
과 품격'을 담아낼 언어를 보충할 필요가 있다. 노트북 컴퓨터의 무게
는 나비를 통해 나타내므로 노트북 컴퓨터에 나비의 속성을 부여할 필
요가 있다. 모란꽃에 앉는 모습에서 나비 같은 가벼움이 표현된다면
좋을 듯 싶다. 또, 품격을 나타내는 것은 동양화의 화폭이므로 동양화
의 품격을 표현할 언어가 필요해 보인다.

노트북 컴퓨터가
모란꽃에 가볍게 앉으면
나비가 된다.
수묵빛 모란꽃에 앉으면
한 폭의 동양화가 된다.

이 문장에서 '가볍게'는 개념이다. 개념어를 구체적인 이미지로 바꿀 필요가 있다. 나비의 속성과 관련하면 '살짝'이나 '사뿐히'같은 언어가 적절해 보인다. 마지막으로 광고가 소비자의 욕망을 코드화하고 그 코드 속에 주체로 불러들인다는 점에서 노트북 컴퓨터를 갖는 소비자의 목소리를 보충하게 하였다. 서정시에서 화자의 목소리가 중요한 작용을 한다는 점을 고려한 것이다.

노트북 컴퓨터가
노란 모란꽃에
살짝 앉으면
나비가 되고
수묵빛 모란꽃에
사뿐히 앉으면
천년 전
한 폭의 동양화가 된다.
지금
노트북 컴퓨터가 있다면
나는 모란꽃이 된다
한 폭의 동양화가 된다.

위에서 살펴본 바에 따르면 영상을 문자로 바꾸는 프로그램은 시언어의 형성 원리와 서정시 특성에 대한 교육이 가능하게 해 주고 있다. 실제로 학습자는 시의 영상화, 영상의 시화를 통해 서정시에 대한 이해와 시의 창작방법을 즐길 수 있었다. 그러나 회화성보다는 서술성에 의존하는 시는 어떻게 할 것이냐는 문제가 여전히 남는다.

## 3. 시의 서술성과 디지털 영상문화의 소통방법

서술성이 우세한 시는 말하기가 중심이므로 화자의 생각과 느낌이 추상적인 말로 나타나거나 이야기가 시상을 이끌어간다. 추상적인 언어와 사실적 이야기가 시적인 의미를 생성한다. 사실적인 이야기가 구체적인 형상을 만들고 추상적인 말은 생각을 나타낸다. 형상의 차원에서 보면 추상적인 말은 부재다. 형상을 병치하거나 대립시키는 상황만 존재한다. 그러나 보이지 않는 추상적인 말이 강렬한 메시지를 형성한다.

> 나는 이제 너에게도 슬픔을 주겠다.
> 사랑보다 소중한 슬픔을 주겠다.
> 겨울 밤 거리에서 귤 몇 개 놓고
> 살아온 추위와 떨고 있는 할머니에게
> 귤값을 깎으면서 기뻐하던 너를 위하여
> 나는 슬픔의 평등한 얼굴을 보여 주겠다.
> 내가 어둠 속에서 너를 부를 때
> 단 한 번도 평등하게 웃어주질 않은,
> 가마니에 덮인 동사자가 얼어죽을 때
> 무관심한 너의 사랑을 위해
> 흐릴 줄 모르는 너의 눈물을 위해
> 나는 이제 너에게도 기다림을 주겠다.
> 이 세상에 내리던 함박눈을 멈추겠다.
> 보리밭에 내리던 봄눈들을 데리고
> 추위에 떠는 사람들의 슬픔에게 다녀와서

눈 그친 눈길을 너와 함께 걷겠다.
슬픔의 힘에 대한 이야기를 하며
기다림의 슬픔까지 걸어가겠다.

정호승, <슬픔이 기쁨에게> 전문

'슬픔', '사랑', '평등'은 추상적인 개념이다. 본래 개념은 다른 낱말과 결합하고 차이를 만들어 의미가 결정되거나 혹은 구체적인 정황 속에서 의미가 결정된다. 이 시에서 '사랑'은 '슬픔'과 대비되어 의미의 범주를 형성한다. 그리고 또 다시 '사랑'은 추운 겨울 밤 거리에서 밤늦게 귤을 파는 할머니에게 귤 값을 깎으면서 기뻐하는 행위와 가마니 덮인 동사자가 얼어 죽어도 눈물을 흘릴 줄 모르는 행위로 구체화된다.

두 행위는 '너의 사랑법'을 압축적으로 보여준다. 너의 행위는 자기 호주머니의 돈은 아끼면서 타인의 고통에는 무관심한 이기적인 사랑을 대표한다. 사랑과 대비되는 '슬픔'도 귤을 파는 할머니와 동사자로 압축되어 있다. 두 사람의 고통과 죽음을 통해 가난한 사람의 슬픔을 보여준다. 가난과 고통은 '추운 밤거리의 귤 몇 개'와 '가마니'로 압축되고 있다. '귤 몇 개'로 할머니의 고단한 슬픔을 느끼게 하며, '가마니'로 집도 없이 떠도는 가난한 자의 슬픈 생의 무게를 느끼게 한다.

'함박눈을 멈추겠다는' 다짐은 압축과는 조금 다르다. '멈추겠다'는 강한 다짐이 전면에 드러나지만 '함박눈'의 의미는 직접 드러나지 않는다. '함박눈'이 내포하는 말들은 생략되어 있다. 화자가 '함박눈을 맞으며 기뻐하는 너'와 '함박눈을 맞으며 춥고 배고픈 자'를 동시에 바라보며 던지는 말이다. '함박눈'에는 '기뻐하는 사랑'과 '춥고 배고픈 슬픔'이 생략되어 있다는 것을 알 수 있다. 반면에 '보리밭에 내리는 봄눈'의 의미는 '슬픔의 힘'과 '기다림의 슬픔'이란 구절에서 직접 드러난다. 눈을 맞으며 추위를 견디고 봄이 되어 열매를 맺는 보리는 가난한 사람의 생존 투쟁과 생명력을 상징하는 알레고리라 할 수 있다. 이 시는 의미를 강하게 부각하는 압축, 말이 부재하지만 의미를 암시하는 생략, 누구나 의미를 쉽게 알 수 있는 알레고리 등의 방식을 사용하고 있는 것이다. 영상문화도 압축, 생략, 알레고리를 활용한 의미 만들기를 하고 있다.

겉에 드러난 것은 '서양 미녀의 다정한 눈길'인 영상, 이탈리아어의 '소르젠떼', '이태리 비즈니스 정장'이란 문자가 전부다. 그러나 이 세 가지 요소는 느낌과 생각을 생성시킨다. 광고를 보는 사람이 서양 미녀의 다정한 눈길을 느끼도록 하고 있다. '당신이 소르젠떼를 입으면

금발의 미녀가 반한다는 메시지로 개인을 주체로 세워, 스스로 미녀와 자신이 짝이 된다는 가상의 세계를 만들고 있다.'[10] 정작 소르젠떼 양복은 광고 속에 부재한다. 양복을 과감하게 생략하고 '미녀의 눈길'로 양복의 매력을 압축하고 있다. 양복은 '비즈니스 정장'이란 진술에서 상상하도록 만들고 있다. 그러나 상상의 코드는 '소르젠떼', '이태리' 등이 형성하고 있다. 이태리가 최고의 옷을 만든다는 우리 나라 사람의 선입견을 활용한 일종의 알레고리다. 이 광고는 양복을 생략하였지만, 미녀의 눈길로 양복의 매력을 압축하고, 이태리와 소르젠떼라는 말로 최고의 품격을 알레고리하고 있다. 그러나 소르젠떼 광고가 압축, 생략, 알레고리의 활용했다는 점에서 <슬픔이 기쁨에게>와 소통 가능성이 있다고 할 수는 없다.

시의 서술성은 생각하고 상상하는 시간을 요구하지만 영상은 즉각적이다. 그렇다고 시의 반성적 사고를 포기하고 영상의 속도를 추구할 수도 없다. 시의 서술을 읽어가면서 이루어지는 반성적 사고를 상상력을 통해 깊이 있게 통찰하게 할 수밖에 없다. 문제는 반성적 사고를 어떻게 유도할 수 있느냐이다. 우선 시의 구체적인 사실을 영상으로 바꾸도록 하고, 그 영상에서 느낀 점을 다시 추상적인 메시지로 상승시키는 과정이 필요해 보인다. 이 학습은 시의 언어가 만들어진 과정을 학습자가 체험하도록 하는 프로그램이다. 먼저 압축된 언어를 풀어내는 것을 할 수 있다.

> 나는 이제 너에게도 슬픔을 주겠다.
> 사랑보다 소중한 슬픔을 주겠다.
> 겨울 밤 거리에서 귤 몇 개 놓고

---

10) 우실하,『오리엔탈리즘과 우리 문화 바로 알기』(소나무, 1997), 87~95면 참조

살아온 추위와 떨고 있는 할머니에게
귤값을 깎으면서 기뻐하던 너를 위하여
나는 슬픔의 평등한 얼굴을 보여 주겠다.


귤을 두고 벌어지는 두 사람의 입장 차이를 체험하도록 하려면 갈
등이 유사한 사건을 제시할 수가 있다. 할머니와 너의 관계를 보여주
는 사회적 사건인 백혈병 환자의 약값 문제를 예로 들 수 있겠다.


백혈병 환자는 병의 악화를 막는 약을 먹어야 하지만 그 약은 한
달에 삼백 만원이 든다. 환자와 제약회사 사이에 갈등이 있다. 약 한
알의 생산 원가는 840원이지만 판매가는 2만 8천원이다. 이 사건과
시의 위 정황을 비교하여 보자.


제시된 상황에 대한 학생들의 입장을 발표하도록 하고 나서, 다시
시의 정황을 소르젠떼 광고처럼 영상으로 바꾸도록 하였다. 할머니의
정황과 심정이 드러나는 표정을 상상해서 묘사하도록 하였다. 이때 그
림을 그리게 할 수도 있지만 그림에 대한 훈련이 부족한 학생에게는
오히려 부담으로 작용하므로 그림으로 표현하는 것은 피하도록 할 필
요가 있다. 먼저 학습자들이 압축된 사실로부터 구체적인 정황을 만들
어 함께 정리하도록 하였다.


할머니는 아침부터 추위에 떨면서 귤 몇 개를 팔려고 하였지만 하
루종일 팔지 못했다. 하루 종일 추운 거리에서 온 몸이 꽁꽁 얼었지
만 팔지 못하면 굶을 수밖에 없으므로 밤이 늦도록 거리에 앉아 있
었다. 이제 행인도 곧 끊기므로 귤을 팔지 않을 수 없었다. 그 때 귤
이 먹고 싶은 사람이 할머니에게 귤 값을 물어보았다. 그 사람은 귤
을 조금이라도 싸게 사고 싶었다. 물론 조금 비싸게 산다고 해도 파
산하지는 않는다. 그 사람은 귤에 관심이 있지 할머니에게 관심이

있는 것이 아니다.

다시 위 정황을 바탕으로 할머니의 생각과 심정을 '슬픔'이란 추상적인 언어와 연결하여 묘사하도록 하였다.

구걸할 수 없는 노릇이다. 귤이라도 팔아야 떳떳하지 않은가. 연탄과 라면 살 돈은 벌어야 하지 않은가. 귤을 팔아야 하는데 걱정이다. 이제 행인도 끊기려 하지 않은가. 어떻게든 돈을 사야 하는데. 아이고 소리 한 번 할 수 없구나. 세상 천지에 그 많은 돈은 왜 이리도 내게는 오지 않는가. 화를 낼 수도 없고, 그렇다고 탁 죽을 수도 없으니 목숨이 모질긴 모질구나. 휴~ 언제 이것이 끝날 것인가.

육체적 고통, 정신적 걱정에 짓눌리고 미래가 없는 삶에서도 마지막 자존심을 잃지 않는 할머니의 영혼이 얼마나 슬픈가. 또 얼마나 맑은가. 우리가 남의 영혼을 한 번이라도 들여다보기는 보았던가. 그 몇 개의 귤에는 할머니의 목숨과 고통이 서린 영혼이 들어 있지 않은가. 우리가 먹는 것, 사용하는 것에는 모두 인간의 목숨과 고통이 서린 영혼이 들어 있다는 것을 느끼지 못한다면 인간에 대한 예의를 잃은 것이 아닌가. 이러한 깨달음과 겸손함 마음을 얻는다면 시교육의 목적이 달성될 것이다.

마지막으로 할머니의 영혼이 담긴 귤을 선전하는 광고를 만들도록 하였다. 상업적인 광고에 익숙한 젊은 세대에게 인간의 영혼이 담긴 광고를 만드는 일은 영상문화를 새롭게 인식하는 계기가 될 것이라는 기대 때문이다. 하나의 영상을 제시하고 여기에 광고 카피를 쓰도록 하는 정도가 적절하다. 영상을 만드는 일은 거의 불가능하기 때문이다. 할머니의 자존심과 맑은 영혼을 전면에 내세우고, 귤은 생략하는 방법을 택하였다. 서술 속에서 개념으로 제시된 언어를 영상으로 만들고 구체적 사실로 제시된 것을 생략하기 위해서이다. 영상을 서술로 서술을 영상으로 바꿈으로써 시의 언어를 이해시키고, 언어의 활용법을 스스로 체험하도록 한 것이다.

일러스트레이션 • 김진이

이 그림에 학생들이 써넣은 광고 문구 중에서 몇 개를 예로 들어보면 "귤은 할머니의 영혼입니다.", "귤은 할머니의 목숨입니다.", "지금 당신이 산 것은 귤이 아니라 할머니의 영혼입니다." 등이다. 사물에 대한 새로운 인식과 인간에 대한 사랑이 담긴 광고 문구는 시에 대한 깊은 이해와 더불어 반성적 사고를 수행하도록 한 것이다. 이러한 과정을 마치고 나서 다시 시를 감상하도록 한다. 학습자의 심리적 코드가 시의 심리적 흐름에 닿아 감상의 효과를 높일 수 있었다. '슬픔의 힘'

을 할머니의 영혼에 비추어 느끼고, '기다림의 슬픔'에서 할머니의 아픔과 꿈을 비추어 보게 된 것이다.

서술성이 우세한 시의 압축된 언어를 구체적인 사실과 정황으로 풀어 글로 쓰는 프로그램은 학습자가 인간과 삶을 이해하는 반성적 사고를 유도할 수 있었다. 또한, 시의 추상적 서술을 영상으로, 구체적인 형상을 추상적 언어로 바꾸는 프로그램은 학습자가 시의 언어를 이해하고 활용하는 법을 즐기도록 할 수 있었다. 뿐만 아니라 상업적인 영상문화에서 벗어나 영상문화에 진실을 담아내는 법을 이해하도록 함으로써 시와 영상문화의 통로를 마련할 수 있었다.

## 4. 디지털 영상시대 시 형태의 교육 방향과 방법

근대 도시문명의 다양한 소산을 즐기는 세대는 고정된 정전을 인정하지 않는다. 젊은 세대는 감각에 따라 쉽게 변화하는 문화를 즐기고 있다. 신세대는 시의 언어조차 이러한 감각으로 수용하고 있다. 빠르게 변화하는 속도를 따라가면서 환상을 즐긴다. 컴퓨터 게임의 환상적인 세계를 즐기며 인터넷의 순간적인 대화를 즐기는 세대는 반성적 사고를 요하는 시마저 속도와 환상 속에 수렴하기 시작한 것이다. 지속적이고 논리적인 세계는 반성적 사고를 통해 붙들 수 있지만, 속도와 환상은 순간적이고 비논리적인 세계로 정착하기 때문이다.

반성적 사고는 경험을 내면에서 조절하여 몸과 마음을 안정된 상태로 유지시킨다. 개인적인 경험을 자기 검열을 통해 사회적인 가치에 정착시키는 작업이다. 그러나 순간적인 감각은 사회적인 가치에 부합되는가와 상관없이 표출되고 사라진다. 오늘날 젊은 세대는 시도 표출되었다 사라지는 것에 불과하다는 인식을 보여주기 시작한다. 개인의 고유한 사고와 감성을 시간을 두고 다듬어내기보다는 즉각적으로 표출하는 경우가 많다. 이러한 시는 대부분 수다스럽다. 텔레비전 뉴스가 흥미를 위해 세계의 이것저것을 무질서하게 떠드는 것을 닮아 있다. 창작 방법에서 보면 이러한 시는 재미를 위해 이것저것을 모자이크하는 방식, 패스티쉬나 패러디와 같은 혼성모방 방식 등을 사용한다.

이러한 방식은 현실적 질서에서 보면 기괴한 세계일 수 있다. 온전한 것이 쉽게 해체되고 전혀 다른 것이 쉽게 결합되기 때문이다. 이 때 해체와 결합은 시의 언어와 통사구조의 일관성을 무너뜨린다. 무질서를 통해 새로운 질서를 만들려는 시도인 것이다. 그런데 새로운 세계의 창조에는 친숙한 세계를 파괴하려는 욕망이 내재해 있다. 이러한 "욕망은 이 세계를 친숙하고 편한 것이 아닌 '다른' 어떤 것으로 변형시키면서 이 세계에 부재한 영역을 지향하게 된다."[11] 젊은 세대의 환상은 여기서 탄생한다.

> 소년은 작문숙제 학교가는 소년이 걱정이다
> 소년의 얼굴이 어둡다 다리가 캄캄하다
> 소년은 무거운 가방을 들고 대문을 나선다
> 소년은 대문을 나서며 형용사를 바꾸어 본다
> 소년의 얼굴이 밝다 다리가 환하다
> 소년은 가벼운 가방을 들고 대문을 나선다
> 하루가 지겨운 소년은 하루가 즐거운 소년이 된다
> 소년은 환히 웃으며 하늘과 땅을 바꾸어 본다
> 갑자기, 자동차들이 하늘로 달리고
> 비행기와 새들이 땅 속 깊은 곳으로 날아다닌다
> 구름은 땅으로 흐르고
> 나무와 꽃들의 뿌리는 허공으로 자라오른다

---

11) 로즈메리 잭슨, 『환상성 : 전복의 문학』(문학동네, 2001), 31면.

소년은 콧노래를 부르며 하늘로 뛰어간다
구름 뒤로 파란 지붕의 학교가 보인다
소년은 하늘 꼭대기에 있는 교문으로 들어간다
정말 꿈만 같아! 외치며 소년은 교실로 들어간다
바바가 주전자를 노려보며 큰 소리로 말한다
야 지각대장! 오늘은 웬 일로 이렇게 일찍 왔어?
소년은 천장을 가리키며 조용히 말한다
주전자는 주전자야
바바는 신경질을 내며 작문숙제를 쓰기 시작한다
학교가는 소년은 잠꾸러기 지각대장 내 짝궁 염소
염소는 아침마다
구두를 신고 대문을 나선다
가방을 들고 대문을 나선다
염소는 대문을 나서며 동사를 바꾸어 본다
염소는 아침마다
구두를 먹고 대문을 나선다
가방을 쓰고 대문을 나선다
염소가 사라진 빈 방에서
창문과 물고기와 의자가 깔깔거리며 중얼거린다
미친놈! 오늘도 또 지각이겠군!

함기석, <학교가는 소년> 부분

소년은 작문숙제가 걱정이다. 가방이 무거운 것이나 얼굴이 어두운 것도 작문숙제 때문이다. 게으름 때문이 아니라 지겹기 때문이다. 작문 숙제의 규범과 그 규범에 맞게 글을 쓰는 것이 부담스러운 것이다. 부담에서 벗어나는 일은 형용사를 바꾸면서 일어난다. 그 순간 세계가 즐거워진다. 이제 자유로운 상상력으로 하늘과 땅을 바꾸어 본다. 그러자 꿈만 같은 세계가 펼쳐진다. 또, 실제 작문숙제에서 소년을 염소로 바꾸고, 동사들을 바꾼다. '신고'를 '먹고', '들고'를 '쓰고'로 바꾼다.

통사적인 규칙을 벗어난 낱말의 유희다. 이 유희는 이제 사물과 동물을 '인간'으로 바꾼다. 창문과 물고기와 의자가 깔깔거리며 중얼거린다. 학교의 작문숙제가 억압하던 규범을 해체하고 새로운 세계를 창조한 것이다. 이 세계는 인공적인 세계다. 자연적인 세계가 아니라 인공적으로 만들어낸 가상의 세계다. 디지털 영상문화의 매력도 인공적 세계의 유희와 관련이 깊다.

미야자키 하야오의 애니메이션 <이웃의 토토로>의 토토로와 고양이 버스가 관객에게 즐거움을 주었다. 토토로는 숲 속의 정령으로서 환상을 만들어내는 핵심적인 캐릭터이다. 토토로의 모습에는 여러 동물의 이미지가 들어 있다. '큰수리 부엉이, 너구리, 곰 등이 토토로라는 캐릭터 이미지'[12]로 결합된 형태다. 다른 종류의 것들이 뒤섞여 하나의 이미지를 만들고 있다. 이러한 잡종성은 신화의 속성이라 할 수 있다. 그리스 신화의 동물이나 『산해경』의 동물은 여러 동물의 속성이 결합된 모습이다. 이러한 잡종의 동물은 인간의 욕망을 반영한다. 신체적 한계를 넘어서고 싶은 욕망을 상상의 모습으로 그려낸 것이다. 고양이 버스의 웃음도 이러한 잡종성을 보여준다. 동물과 무생물인 버스를 교배하고 있다. 뿐만 아니라 두 동물은 인간과 정서적 소통을 하고 있다. 동물과 동물, 인간과 동물, 생물과 무생물의 구별이 없는 환상을 구현하고 있는 것이다. 환상은 눈에 보이지 않는 세계다. 그런데도 현실적으로 정신적 영역에 존재하며 때로는 실제 행동의 규범으로까지 작용한다. '마나'와 다를 바가 없다.[13] <이웃의 토토로>에서 토토로와 고양이 버스가 어린아이들의 눈에만 보이지만 실제로 고양이 버스를 타고 어머니에게 전달한 옥수수가 현실 세계에서도 그대로 존재하는 것도 이러한 사태를 표현한 것이라 할 수 있다. 환상과 현실의 경계를 약화시키거나 지움으로써 문명의 질서를 지우고 원시적인 상태를 회복하는 방식인 것이다.

<학교가는 소년>의 인공적 환상도 원시적인 상태의 회복을 꿈꾸는 지향이 들어 있다. 그 시에서 언어의 유희와 환상은 견고한 질서의 상징인 학교 교육을 벗어나 유년적인 세계의 회복을 보여준다. 그렇다면 환상은 모두 예술이 될 수 있는 것일까. 과거에 천상과 지상, 삶과 죽음을 넘나들던 환상이 예술 작품을 형성하는 경우가 적지 않았다. 이때 환상은 당대 종교적인 믿음과 관련된 진지한 긴장이 들어 있다.

---

12) 황의웅, 『미야자키 하야오는 이렇게 창작한다』(시공사, 2000), 82면.
13) 레비스트로스는 어느 날 건장한 청년이 추장이 버린 음식을 먹고 건강하게 지냈으나 추장이 먹은 음식이라는 사실을 알자 복통을 일으켜 몇 시간 후에 죽은 사실을 통해 실제와 상관없이 인간의 마음에 자리잡은 금기가 인간의 정신과 육체를 지배하는 것을 '마나'라 부른다.(『슬픈 열대』, 『야생의 사고』 등 참조)

<학교가는 소년>은 이와 달리 문명의 질서와 주체의 충돌이 긴장을 이루고 있다. <이웃의 토토로>는 유년의 동화적 세계의 즐거움을 강조함으로써 우회적으로 현실과 동화의 긴장 관계를 보여준다.

오늘날 시교육은 오늘날 환상의 속성을 이해하고 활용하는 방법에서만 가능할 것이다. <학교가는 소년>은 '문명의 질서와 주체의 긴장을 넘어서는 환상'이라는 현대 환상문학의 특징을 보여주며, 환상문학의 범주 속에서 시교육의 방향을 암시한다.

> 문학적 환상물 역시 다른 텍스트와 마찬가지로, 사회적 맥락 안에서 생산되고 사회적 맥락에 의해 결정된다. 비록 환상이 사회적 맥락의 한계들에 대한 투쟁이며, 자주 그 투쟁으로 인해 분명하게 구별된다 할지라도, 그것은 사회적 맥락으로부터 분리된 채 이해될 수 없다. 어떤 특정한 환상적 텍스트에서 취해진 형식들은 각각의 개별 작품 속에서 다른 방식으로 서로 교차되거나 상호작용 하는 수많은 힘들에 의해 결정된다. 이러한 힘들에 대한 인식은 작가들을, 환상 문학의 전통뿐만 아니라 역사적 사회적 경제적 정치적 그리고 성적 결정 요소들과의 관련 속에 위치시킨다.14)

> 현대 환상문학, 앞으로 살펴보게 되겠지만, 자연적인 것과 초자연적인 것 사이에서의 회의가 아니라, 일상적인 것과 부조리한 것 사이에서의 회의 속에 존재한다. 따라서 사회적 문제들을 작품 속에 옮겨 놓기도 하고, 괴물의 테마를 동원하여 인간의 소외 문제를 다루기도 할 것이다.15)

환상은 사회적 맥락에 대한 투쟁으로서 현실적인 요소들이 서로 교차하는 텍스트라는 말을 오해해서는 곤란하다. 환상은 현실적인 체험

---

14) 로즈메리 잭슨, 앞의 책, 11~12면.
15) 프랑수와 레이몽, 다니엘 콩페르 공저, 『환상문학의 거장들』, 고봉만 외 옮김 (자음과 모음, 2001), 16면.

에서 발생하는 내면적인 갈등을 다루고 있다는 말이다. 환상은 초자연적인 현상에 관한 호기심이 아니라 내면의식의 산물인 것이다. 자연적인 것과 초자연적인 것 사이의 회의는 신화시대의 산물로 인정할 수 있지만, 현대의 환상은 다른 지점에서 발생하고 있다. 환상은 일상적인 체험 속에서 부조리한 것을 인식하고 갈등하는 현대인의 존재와 관련된다. 따라서 시교육에서 환상을 다룰 때 환상의 범주를 분명히 할 필요가 있다. 단순히 삶과 죽음, 과거와 미래, 생물과 무생물, 인간과 자연, 자연과 초자연 등의 경계 넘나들기라고 할 수가 없다. 이러한 경계를 넘나드는 괴물이나 유령은 외부적인 매개물이 아니라 인간 내면의 작용으로써 발생하기 때문이다. 카프카의 『변신』에서 외적 개입없이 발생하는 변신은 현대 환상의 표본이라 할 수 있다. 이런 점에서 환상은 패스티쉬, 패러디, 알레고리 등의 다양한 방식이 활용될 수 있으나 내적인 무의식의 표현이라는 것을 분명히 해야 한다. 시의 환상은 단순히 외적인 것을 조립하는 것이 아니다. 그러므로 시교육에서 학습자에게 일상적인 것과 부조리한 것의 예를 제시하고, 이를 바탕으로 환상 만들기를 수행하도록 할 수 있다.

하나의 예를 제시하였다. 배신당한 사람이 사랑하는 애인을 죽이는 경우가 현실에서 종종 발생한다. 그러나 대부분은 이러한 행동을 취하지 않는다. 사랑의 감정이 남아 있기 때문인지 사회적 압력 때문인지 분명하지는 않지만 행동을 취하지 않는다. 이때 주의할 것은 두 사람이 헤어진 원인을 따지지 말라는 것이다. 환상은 원인을 따지면 성립되기 어려우므로 사랑하고 헤어지는 심정만을 표현하라는 것이다.

그 사람을 죽도록 사랑했는데 이제 정말 내가 죽고 싶은지 죽이고 싶은지…… 그때도 심장이 떨리고 다리에 힘이 빠졌던가. 밥도 먹

을 수가 없고, 아무 것도 할 수가 없어. 자존심인지 분노인지 알 수
가 없어……

　우선 사랑할 때와 배신당했을 때 몸과 마음을 변화를 표현하도록
하였다. 이때 인간의 육체를 유기체적인 것이 아니라 분리하도록 하였
다. 입, 입술, 눈, 다리, 심장, 위장 등이 느끼는 기쁨과 고통을 묘사하
도록 하였다.

> 그 사람의
> 눈동자와 혀는
> 피를 달구어 숨막히게 했어
> 입술은 신음소리도 낼 수 없었지
> 눈은 아무 것도 볼 수가 없었지
> 어느 날 그녀의 심장이
> 싸늘하게 굳자
> 나의 다리는 비틀거리고
> 살갗은 쭈글거리고
> 얼굴은 웃지 못하는 거야

　이제 그 사람을 나녀로 바꾸고, 이에 맞는 언어로 전체를 바꾸도록
하였다. 이 과정은 환상의 세계를 본격적으로 만들어 가는 과정이다.
그러나 환상 속에는 실연의 아픔과 해소라는 코드를 벗어나지 않게 하
였다. 그리고 마지막으로 제목을 붙이도록 하였다.

> 드라큐라의 구슬
>
> 그의 수정구슬,
> 오 수정구슬
> 지금도 아름답구나.

온 세상을 다 비치는 구슬에
스무살의 피를 지불했어
구슬의 수명이
불안했지만 어쩔 수 없었어
구슬이 내 피를 빨아들일수록
더욱 아름다웠어
마침내 온 몸이 쭈글거리자
그는 고백했어
미안해,
젊은 피가 부족해.

이 결과물은 사랑의 기쁨보다는 아픔에 초점이 맞추어져 있다. 학습자는 대부분 사랑의 기쁨보다는 슬픔에 집중했기 때문이다. 그러나 더 중요한 것은 사랑의 일상과 배신이라는 부조리를 환상으로 만드는 작업이다. '드라큐라', '피', '구슬'이란 언어를 사용하여 사랑의 아픔을 드라큐라에게 속아서 피를 빨린 환상적 이야기로 만들고 있다. 환상 만들기의 수행은 상상력을 통해 시의 감상능력과 창조능력을 배양하는 효과를 얻을 수 있는 것이다.

## 5. 요약

디지털 영상문화가 보여주는 시뮬라크는 인간의 정신활동을 현실적인 것으로 재현한다. 디지털 기술에 의해 영상, 음향이나 사물로 재현되는 시뮬라크는 점점 리얼리티를 획득하고 있다. 이러한 재현 방식은 과거의 문학적 유산을 활용하므로 상호텍스트성을 가진다. 기존의 언어 사용, 역사적 기록과 사건, 언어의 놀이가 직조된 텍스트로 이전 텍스트와 상호텍스트성을 갖는 것이다. 이러한 상호텍스트성을 바탕으로 시의 회화성을 영상으로 체험하는 방법과 시의 서술성을 영상으로 만드는 방법을 구체화할 수 있다. 그러므로 이 시대의 시교육은 시를 영상으로 읽고 감상하는 방법을 직접 수행하게 함으로써 실제로 영상과 시의 소통 가능성을 이해하게 할 수 있다. 이러한 다매체 문화와 기존문화의 소통 과정은 단순히 형식의 차원이 아니라 인식의 차원에서 소통이 가능한 것이다. 뿐만 아니라 가상의 세계를 창조하는 현대의 환상성은 일상적인 것과 부조리한 것의 갈등이 내재되어 있어 사회적 맥락을 함유하고 있다. 초자연적인 것과 자연적인 것의 회의가 아닌 것이다. 이러한 환상성은 새로운 시의 형태를 만들고 있다. 따라서 디지털 영상시대 새로운 시 형태의 교육에서 환상이 무조건적인 공상이 아니라는 것을 이해시키고 실제 창작과정을 수행하도록 할 때 학습자의 창의적인 사고력과 시 감상능력을 배양하는 효과를 얻을 수 있다.

# 참고문헌

[ 제1부 시교육의 이론과 실제 ]

강현재, 「시교육의 수용론적 방법 연구」, 서울대학교 석사논문, 1991.

강홍기, 「한국 현대시 운율 연구 : 내재율론」, 성균관대학교 박사논문, 1988.

교육인적자원부, 『고등학교 국어(상)』, 두산, 2002.

교육인적자원부, 고등학교 교육과정 해설 : 교육부 고시 1991-15호, 대한교과서
　　　주식회사, 2001.

구인환, 『문학 교수・학습 방법론』, 삼지원, 1998.

구인환・우한용・박인기・최병우, 『문학교육론』 4판, 삼지원, 2001.

권혁준, 「문학비평 이론의 시교육적 적용에 관한 연구 : 신비평과 독자반응 이
　　　론을 중심으로」, 한국교원대학교 박사논문, 1997.

기형도, 『입 속의 검은 잎』, 문학과지성사, 1989.

김대행, 『문학교육 틀짜기』, 역락, 2000.

김소월, 『진달래꽃』, 매문사, 1939.

김수영, 『김수영 전집 1 시』, 민음사, 1981.

　　　, 『김수영 전집 2 산문』, 민음사, 1981.

김승희 편저, 『이상』, 문학세계사, 1993.

김영랑, 『영랑시집』, 시문학, 1935.

김용권・김우창 외 공역, 『현대문학비평론』, 한신문화사, 1994.

김용택, 『섬진강』, 창작과비평사, 1985.

김은전 외, 『현대시 교육의 쟁점과 전망』, 월인, 2001.

　　　　, 『현대시교육론』, 시와시학사, 1996.

김인환, 『한국 문학이론의 연구』, 을유문화사, 1986.

김종길, 『시를 어떻게 읽을 것인가』, 고려대학교 출판부, 1998.

김준오, 『시론』, 삼지원, 1982.

김중신, 『문학교육의 이해』, 태학사, 1997.

김창원, 『시교육과 텍스트 해석』, 서울대학교 출판부, 1995.

김춘수, 『시론 : 시의 이해』, 소원문화사, 1976.

김흥규, 「한국시가 율격 이론 I : 이론적 기반의 모색」, ≪민족문화 연구 13≫,
　　　고대민족문화연구소, 1978.

문학과 문학교육연구소 편, 『문학교육의 인식과 실천』, 국학자료원, 2000.

박두진, 『해』, 청밀금, 1949.

박인기, 『문학교육과정의 구조와 이론』, 서울대학교 출판부, 1996.

박찬기 외, 『수용미학』, 고려원, 1992.

백석, 『백석시 전집』, 이동순 편, 창작사, 1987.

버드비숍 이사벨라, 『한국과 그 이웃나라들』, 이인화 옮김, 살림, 1994.

서정주, 『서정주 시 전집 1, 2』, 민음사, 1994.

성기옥, 『한국시가 율격의 이론』, 새문사, 1986.

송수권, 『우리들의 땅』, 문학사상사, 1988.

신경림, 『농무』, 창작과비평사, 1973.

신석초, 「이육사의 인물」, 『이육사』, 이동영 편저, 문학세계사, 1992. 224～
　　　236면.

오규원, 『현대시작법』, 문학과지성사, 1990.

오세영 외, 『시창작 이론과 실제』, 시와시학사, 1998.

오봉옥, 『지리산 갈대꽃』, 창작과비평사, 1988.

오탁번, 『현대시의 이해』, 나남출판, 1998.

우한용, 『문학교육과 문화론』, 서울대학교 출판부, 1997.

유약우, 『중국시학』, 이장우 역, 명문당, 1994.

유영희, 「이미지 형상화를 통한 시 창작교육 연구」, 서울대학교 박사논문,
　　　1999.

윤여탁, 『시교육론 : 시의 소통구조와 감상』, 태학사, 1996.

──────, 『시교육론 II : 방법론 성찰과 전통의 문제』, 서울대학교 출판부, 1998.

이성복, 『뒹구는 돌은 언제 잠 깨는가』, 문학과지성사, 1980.

이승훈, 『한국모더니즘 시사』, 문예출판사, 2000.

이은상, 『노산시조집』, 한성도서, 1933.

이창배, 『20세기 영미시의 형성』, 민음사, 1979.

임성훈, 「문학사 기술 방법 연구」, 동국대학교 박사논문, 1990.

정지용, 『정지용 전집 1 시』, 민음사, 1988.

정호승, 『슬픔이 기쁨에게』, 창작과비평사, 1979.

조창환, 「김소월 시의 운율론적 연구」, 서울대학교 박사논문, 1986.

차봉희 편저, 『독자 반응비평』, 고려원, 1993.

차봉희, 『수용미학』, 문학과 지성사, 1981.

한국기호학회 편, 『은유와 환유』, 문학과지성사, 1999.

한국문학교육학회, 『문학교육의 민족성과 세계성』, 태학사, 2000.

_____, 『문학교육의 새로운 구도와 실천』, 태학사, 2000.

한귀은, 「문학교육의 교육연극론적 연구」, 부산대학교 박사논문, 2001.

황정산, 「한국 현대시의 운율론적 연구 : 모더니즘 시를 중심으로」, 고려대학교 박사논문, 1998.

황지우, 『어느날 흐린 주점에 앉아 있을 거다』, 문학과지성사, 1988.

Barthes, Roland, 『이미지와 글쓰기』, 김인식 편역, 세계사, 1993.

Brooks, Cleanth, 『잘빚은 항아리』, 이명섭 옮김, 종로서적, 1984.

Cabanès, Jean-Louis, 『문학 비평과 인문과학』, 조광희 옮김, 이화여자대학교 출판부, 1995.

Brooks, Cleanth & Penn Warren, Robert, *Understanding Poetry*, New York: Holt, Rinehart and Winston, 1960.

Doubrovsky, S. & Todorov, T, 『문학의 교육』, 윤희원 옮김, 하우, 1996.

Fussel, Paul, *Poetic Form*, New York, Random House, 1979.

Ingarden, Roman, 『문학예술작품론』, 이동승 역, 민음사, 1985.

Lacan, Jacques, *ÉCrits : A Selection, trans. Alan Sheridan*, New York: W.W. Norton & Company, 1977.

Saussure, De Ferdinand, 『일반 언어학 강의』, 최승언 옮김, 민음사, 1990.

Scholes, Robert, 『문학이론과 문학교육 : 텍스트의 위력』, 김상욱 옮김, 하우, 1995.

Scholes, Robert · Kellogg, Lobert, *The Nature of Narrative*, London : Oxford University Press, rp. 1979.

Wellek, Rene & Warren, Ausin, *Theory of Literature*, 이경수 역, 문예출판사, 1987.

Wheelwright, Philip, 『은유와 실재』, 김태옥 역, 문학과지성사, 1982.

Wimsatt, W. T., *Versification Major Language Types*, New York University Press, 1972.

[ 제2부 한국현대시사 교육의 방향과 실제 ]

구인환, 『문학 교수 · 학습 방법론』, 삼지원, 1998.

구인환 · 우한용 · 박인기 · 최병우, 『문학교육론』 4판, 삼지원, 2001.

김병철, 『한국현대 번역문학사 연구』, 을유문화사, 1998.

김열규 · 박철희 · 이재선 외, 『한국문학사의 이상과 현실』, 새문사, 1996.

김용직 외, 『한국 현대시사 연구』, 일지사, 1983.

          , 『한국 현대시사의 쟁점』, 시와 시학, 1991.

김용직, 『한국 근대시사 上』, 학연사, 2002.

          , 『한국 근대시사 下』, 학연사, 1999.

          , 『한국 현대시사 1』, 한국문연, 1996.

          , 『한국 현대시사 2』, 한국문연, 1996.

김윤식, 『한국근대문예비평사연구』, 일지사, 1976.

김윤식 · 김현, 『한국문학사』, 민음사, 1973.

김은전 외, 『현대시 교육의 쟁점과 전망』, 월인, 2001.

          , 『현대시교육론』, 시와 시학사, 1996.

김재용 · 이상경 · 오성호 · 하정일, 『한국근대민족문학사』, 한길사, 1993.

노진한, 「문학사 교육 방법론 연구」, 서울대학교 박사논문, 1992.

문학과 문학교육연구소 편, 『문학교육의 인식과 실천』, 국학자료원, 2000.

백철, 『신문학사조사』, 신구문화사, 1986.

상허학회, 『희귀 잡지로 본 문학사』, 깊은샘, 2002.

서정주, 『현대시』, 일지사, 1969.

서준섭, 『한국모더니즘 문학 연구』, 일지사, 1988.

송성헌, 「한국문학사 기술 방법론 연구」, 경희대학교 박사논문, 2001.

양영길, 「한국 근대문학사의 서술 양상 연구」, 제주대학교 박사논문, 1998.

오세영, 「현대시사를 바라보는 시야」, ≪한국문학≫, 1987년 9월호.

오탁번, 『현대시의 이해』, 나남출판, 1998.

이태동 편, 『이상』, 서강대학교 출판부, 1997.

임성훈, 「문학사 기술 방법 연구」, 동국대학교 박사논문, 1990.

임화, 「조선신문학사론 서설」, ≪조선중앙일보≫, 1935. 10. 9 ~ 11. 3.

장덕순 외, 『한국 문학사의 쟁점』, 집문당, 1995.

# 참고문헌

정한모, 『한국 현대시 문학사』, 일지사, 1974.

정한숙, 『현대 한국문학사』, 고려대학교출판부, 1982.

조동일, 『문학연구방법론』, 지식산업사, 1980.

조연현, 『한국 현대문학사』, 성문각, 1985.

조운제, 『한국문학사』, 탐구당, 1981.

최동호 편, 『남북한 현대 문학사』, 나남출판, 1995

최동호, 「현대시사 서술 방법과 방향」, 《어문논집》 31. 안암어문학회, 1992.
12.

최재서, 『문학과 지성』, 인문사, 1938.

토지문화재단 엮음, 『한국문학사 어떻게 쓸 것인가』, 한길사, 2001.

한계전 외, 『한국 현대시론사 연구』, 문학과지성사, 1998.

Cabanès, Jean-Louis, 『문학 비평과 인문과학』, 조광희 옮김, 이화여자대학교
출판부, 1995.

Doubrovsky, S. & Todorov, T., 『문학의 교육』, 윤희원 옮김, 하우, 1996.

Wellek, Rene & Warren, Ausin, *Theory of Literature*, 이경수 역, 문예출판사,
1987.

* 잡지와 시집 목록은 생략


[ 제**3**부 디지털 영상시대 시교육의 방향과 방법 ]

국제어문학회, 『문자문화와 디지털 문화』, 국학자료원, 2001.

김상환 · 홍준기 엮음, 『라깡의 재탄생』, 창작과비평사, 2002.

김용권 · 김우창 외 공역, 『현대문학비평론』, 한신문화사, 1994.

김우창, 「다원 시대의 문학 읽기와 교육」, 『문학교육의 민족성과 세계성』, 한
국문학교육학회 편, 태학사, 2000. 13~33면.

김종길, 『시를 어떻게 읽을 것인가』, 고려대학교 출판부, 1998.

김준오, 『시론』, 삼지원, 1999.

김춘수, 『시론 : 시의 이해』, 소원문화사, 1976.

리의도 외 9인, 『우리 말글과 문학의 새로운 지평』, 역락, 2000.

박정대, 『내 청춘의 격렬비열도에 아직도 음악 같은 눈이 내리지』, 민음사,

2001.

　　　　, 『단편들』, 세계사, 1997.

서정학, 『모험의 왕과 코코넛의 귀족들』, 문학과지성사, 1998.

서준섭, 『한국모더니즘 문학 연구』, 일지사, 1988.

신범순, 「사이버 시대 시의 유령적 초상과 창조적 고민의 소멸」, 『사이버 문학론』, 이선이 편저, 월인, 2001.

오규원, 『현대시작법』, 문학과 지성사, 1990.

오세영 외, 『시창작 이론과 실제』, 시와 시학사, 1998.

우실하, 『오리엔탈리즘과 우리 문화 바로 알기』, 소나무, 1997.

유영희, 「이미지 형상화를 통한 시 창작교육 연구」, 서울대학교 박사논문, 1999.

이승훈, 『모더니즘 시론』, 문예출판사, 1995.

장정일, 『햄버거에 대한 명상』, 민음사, 1998.

정덕준, 「다매체 시대의 문학교육 방향 연구」, 한국문학이론과 비평학회, ≪한국문학이론과 비평≫ 12호, 2001. 12.

주경복, 「레비-스트로스의 문화이론과 디지털 문화」, 한국문학이론비평학회, ≪비평≫ 8호, 2002. 5.

최지현, 「인터넷에서의 청소년 문학 생활화 방안」, 한국문학교육학회, ≪문학교육학≫ 제9호, 2002. 여름.

한귀은, 「문학교육의 교육연극론적 연구」, 부산대학교. 박사논문, 2001.

함기석, 『국어선생님은 달팽이』, 세계사, 1998.

황지우, 『새들도 세상을 뜨는 구나』, 문학과지성사, 1997.

　　　　, 『어느날 나는 흐린 주점에 앉아 있을 거다』, 문학과지성사, 1998.

황희웅, 『미야자키 하야호는 이렇게 창작한다』, 시공사, 2000.

Adrno, T. W. · Horkheimer, *Dialetick der Aufklälung*, Frankfrut : Fisher Tashenbuch Verlag, 1969.

Barthes, Roland, S/Z., *trans. Richard Miller*, New York : Farr, Strauss and Giroux, inc, 1974.

　　　　, 『이미지와 글쓰기』, 김인식 편역, 세계사, 1993.

Baudrillard, Jean, 『기호의 정치경제학』, 이규현 옮김, 문학과지성사, 1992.

　　　　, 『보드리야르의 문화 읽기』, 배영달 편저, 백의. 1998.

, 『소비의 사회』, 이상률 옮김, 문예출판사, 1991.

, 『시뮬라시옹』, 하태환 옮김, 민음사, 1992.

Berman, Marshall, *All the Experience of Modernity*, Penguin Group, 1988.

Callinicos. A. T., *Aganist Postmodernism*, Cambridge : Polity Press, 1989.

Cleanth, Brooks & Penn Warren, Robert, *Understanding Poetry*, New York : Holt, Rinehart and Winston, c1960.

Deleuze, Gilles & Guattari, Félix, *Anti-Oedipus*, The University of Minnesota, 1983.

Derrida Jacques, *Acts of literature, ed. Derek Attridge*, New York : Routlege, 1992.

, *of Grammatology, trans. Gayatri Chakavorty Spivak*, Boltimore : Johns Hopkins University Press, 1976.

, *Writing and Difference, trans. Alan Bass*, Chicago : The University of Chicago Press, 1978.

Jackson, Rosemary, 『환상성』, 서강여성문학연구회 옮김, 문학동네, 2001.

Jameson, Fredric, Postmodernism, dr, *The Cultual Logic of late capitalism*, Duke University Press, 1992.

Lévi-Strauss, Claude, *The Savage Mind*, Chicago : The University of Chicago Press, 1996.

McLuha, Marshall, 『미디어의 이해』, 민음사, 2002.

Raymond, François & Compére, 『환상문학의 거장들』, 고봉만 외 옮김, 자음과 모음, 2001.

Saussure, De Ferdinand, 『일반 언어학 강의』, 최승언 옮김, 민음사, 1990.

Todorov, Tzvetan, *The Fantastic : A Structual Approach to A Literary Genre, trans. Richard Howard*, Conell University Press, 1975.

Williamson, Judith, 『광고의 기호학』, 박정순 옮김, 나남출판, 1998.

지은이 노철(盧徹)

광주에서 출생.
고려대 독문과를 졸업.
동 대학 국문과 대학원에서 석·박사 학위 받음.
고려대·한림대·상지대 등과 고려대·호서대 교육대학원 강사 역임.
현재 상지대 강사.

저서로는 『한국현대시 창작방법 연구』, 『문명의 저울』 등이 있음.

〔시교육 방법과 실제〕

2002년 10월 18일 인쇄
2002년 10월 24일 발행

저  자 · 노  철
발행인 · 김흥국
편  집 · 여수정 박소연 박정경 황효은

발행처 · 도서출판 보고사
등  록 · 1990년 12월(제6-0429)
주  소 · 서울시 성북구 보문동 7가 11번지
전  화 · 922-5120~1(편집), 922-2246(영업)
팩  스 · 922-6990
메  일 · kanapub3@chollian.net
www.bogosabooks.co.kr

ISBN 89-8433-138-4 (93810)

잘못된 책은 교환하여 드립니다.

정가 9,000원